ei

ÜBER DAS BUCH:

Von einem Seminar auf dem Lande – genauer gesagt im Südwesten Englands, nahe Dartmoor – erwartet man eigentlich nichts Aufregendes: eine Gruppe junger Männer, Studenten im Examenssemester, liest und diskutiert gemeinsam mit ihrem ein wenig kauzigen Professor. Doch unerwartet brechen Angst, Lebensgefahr und Tod in diese Idylle ein. Das »Häschenspiel«, eine pubertäre Mutprobe, die auch tödlich hätte enden können, stimmt nur auf das Drama ein. Ist David Henchman, das »Häschen« des Spiels und der auf den Tod Gehetzte der Hasenjagd, ein exzentrischer Feigling? Auf seiner Wanderung in die düstere Einsamkeit des Moors wird David Zeuge sonderbarer und beängstigender Vorgänge. Wer sind diese Männer, die gepflegte Schnurrbärte tragen, Tweedjacketts und teure Schuhe? Auch der Tote, der David irgendwie bekannt vorkommt, ist einer von ihnen. Bis zum Schluß, als John Appleby – auch er ein Gentleman – eingreift, bleibt es David ein Rätsel, warum diese feinen Herren ihn in einer nicht endenwollenden Jagd fast bis zum physischen und psychischen Zusammenbruch hetzen ...

DER AUTOR:

John Innes Mackintosh Stewart, geb. 30. 9. 1906 in Edinburgh. Studium der englischen Literatur in Oxford; Anglistik-Dozent in Leeds, Adelaide, Belfast, Oxford, Seattle und Fredericton. Schrieb unter dem Pseudonym Michael Innes seit 1936 zahlreiche Kriminalromane um Inspektor John Appleby. Publizierte unter seinem richtigen Namen literaturkritische und bibliographische Werke, Romane und Kurzgeschichten. »Meine Thriller sind eigentlich mehr Gesellschaftsromane als Mörderspiele«, sagt der in der Nähe von Oxford lebende Autor. »Ich porträtiere im Grunde ein England, das es so in Wirklichkeit nicht mehr gibt, das für mich aber lebendig geblieben ist.«

Michael Innes

Hasenjagd

Kriminalroman

ein Ullstein Buch

ein Ullstein Buch
Nr. 20720
im Verlag Ullstein GmbH,
Frankfurt/M – Berlin
Titel der Originalausgabe:
Appleby plays chicken
Aus dem Englischen
von Antje und Karl Telgenbüscher

Ungekürzte Ausgabe

Umschlagentwurf und Illustration:
Hansbernd Lindemann

Taschenbuchausgabe mit Genehmigung
der F. A. Herbig Verlagsbuchhandlung,
München

Printed in Germany 1987
Druck und Verarbeitung:
Clausen & Bosse, Leck
ISBN 3 548 20720 0

März 1987
9.–11. Tsd.

CIP-Kurztitelaufnahme
der Deutschen Bibliothek

Innes, Michael:
Hasenjagd: Kriminalroman/
Michael Innes. [Aus d. Engl. von Antje
u. Karl Telgenbüscher]. –
Ungekürzte Ausg. – Frankfurt/M; Berlin:
Ullstein, 1986.
(Ullstein-Buch; Nr. 20720)
Einheitssacht.: Appleby plays
chicken ⟨dt.⟩
ISBN 3-548-20720-0

NE: GT

INHALT

1. Teil

DAVID HENCHMAN

[illegible]

[illegible] Examen [illegible] mitsamt [illegible]

[illegible]

Kapitel 1

Von einem Seminar auf dem Lande erwartet man nichts Aufregendes. Das ist ja auch gar nicht der Sinn der Sache. Eine Gruppe junger Männer, die in einem Jahr Examen machen müssen, ein Professor, der seine Aufgabe als Tutor ehrgeizig erfüllt oder einfach nur liebenswürdig und darauf eingerichtet ist, einen Teil seiner Ferien in ihrer Gesellschaft zu verbringen, ein angenehmes Quartier in einem stillen Ort auf dem Lande, mit Hügeln, um darauf zu steigen, oder mit Altertümern, die an einem langen Nachmittag besichtigt werden können: das alles gehört aber unbedingt dazu. Morgens studieren die jungen Männer intensiv ihre Texte, wobei sie sorgfältig jeden dritten oder vierten Satz unterstreichen oder die Lektüre unterbrechen, um ganze Absätze in ihre dicken Hefte zu schreiben. Ihr Tutor, der weiß, daß das eine ziemlich nutzlose Plackerei ist, hält sich in seinem Zimmer auf und läßt sich nicht sehen. Er schreibt an einem Buch, von dem er weiß, daß es ebenfalls ganz nutzlos sein wird. Abends debattieren, argumentieren und streiten sich die jungen Männer. Einen Augenblick lang hören sie ganz konzentriert einem sanften Menschen zu, der eine Schwäche für logisch zusammenhängende Diskurse hat, und im nächsten werfen sie sich Beleidigungen an den Kopf, weil sie hinsichtlich der Lehre aus der Geschichte, daß man aus der Geschichte nichts lerne, nicht übereinstimmen. Ihr Tutor, der das für den lohnenswerten Teil seiner täglichen Arbeit hält, raucht Pfeife und trinkt Burgunder – was von ihm erwartet wird – und achtet virtuos darauf, daß der Trubel sich nicht vor Mitternacht legt. Das alles kann ganz lustig sein, aber aufregend ist es nicht.

Ein Seminar auf dem Lande hat etwas von einer antiquarischen Rarität. Während die Dörfler bei amerikanischen Touristen, skandinavischen Autostoppern und auch angesichts ganzer Busladungen ihrer Landsleute aus der Stadt keine Miene verziehen, neigen sie dazu, eine Studentengruppe zu begaffen, weil sie finden, daß es nicht leicht ist, die jungen Männer und ihren Lehrer auszumachen. Man bekommt das Gefühl, daß man eigentlich einen Backenbart oder einen enormen Schnurrbart und hervorstehende edwardische Augen haben und dazu einen Norfolkkittel mit einem hohen Kragen tragen müßte. Zumindest nimmt man an, daß man die Welt hinter sich gelassen hat, und ist nicht im entferntesten darauf gefaßt, daß sie einem in die Quere kommen könnte, daß gewaltsame und mysteriöse Ereignisse sich vor einem Hintergrund abspielen könnten, von dem sich allmählich herausstellt, daß möglicherweise Verwirrung und Krisen auf höherer Ebene in ihn hineinspielen. Aber dies alles und noch mehr – geschah in Nymph Monachorum.

Wer war diese Nymphe, und wie waren die Mönche mit ihr umgegangen? Um das Dartmoor herum gibt es eine ganze Menge Ortsnamen, die die sprachliche Phantasie beflügeln: Inwardleigh, Shebbear, Birch, Zeal, Laughter, Gerrydown, Cowsic, Childe's Tomb, Mole's Chamber, Little Miss Tor, Quintin's Man.*) Diese und andere wurden in die Legende von der jungen Dame eingebaut. Besonders Timothy Dumble, dessen pausbäckige Unschuld das Herz eines jeden Sonntagsschullehrers erwärmt hätte, war in diesem endlosen Spiel nicht zu schlagen; er war es, der Chipshop gefunden und Cookworthy und Sheepwash*) in einen einzigen skandalösen Zweizeiler eingearbeitet hatte. Auch das machte alles Spaß, und obwohl der alte Pettifor selbst keine Limericks oder dergleichen produzierte, gab er ungerührt sein Urteil über ihre Qualität ab. Er setzte eindeutig seinen Stolz darein, niemals auch nur mit der Wimper zu zucken, wenn die jungen Leute just diese Töne anstimmten. Anscheinend hegte er die Überzeugung, daß alles, was einen lebhaften Geist verriet, gut für sie war.

Diese barocken Stimmungen dauerten ja nicht an. Wenn die jungen Männer nicht zu einem ordentlichen Teil Ernsthaftigkeit fähig gewesen wären, dann hätten sie überhaupt nicht zu Pettifors Seminar gehört. Und Nymph Monachorum war von ihm vermutlich aus rein praktischen Erwägungen gewählt worden, als seines Zaubers und seines rätselhaften Namens wegen. Pettifor verstand einiges von Archäologie, und er kam selbst aus dieser Gegend. Man wußte, daß er einen Bruder hatte, der nicht weit von hier fast wie ein Landedelmann lebte. Gleichviel, »The George« war ein hervorragendes kleines Hotel, darin waren sich alle einig.

---

*) Die Ortsnamen könnten bedeuten:
Innerlich; Schaf - *bär* oder - *bier; Birke; Eifer; Gelächter; Gerry* (= Name) - *Hügel* oder - *Daune; Kuh* - *krank; Kindergrab; Maulwurfskammer; Berg des kleinen Fräuleins oder: kleiner Herr; Quintins Mann; Pommes frites-Laden; Kochenswert; Schafwäsche.*

Wenn es auch nicht eben billig war, so war das, was es bot, aber auch bemerkenswert – und irgendwie ergab es sich immer, daß Pettifors Studenten nicht gerade auf die Sozialhilfe angewiesen waren. Die anderen Leute, die kamen – Massen waren das nicht gerade –, wollten meist angeln. Sie sahen aus wie Geschäftsleute aus der City, wie Offiziere oder Ärzte – manchmal sogar so, als wären sie ziemlich vornehm. Aber es waren fast alles ältere Herren, und Pettifors junge Leute hatten nicht viel mit ihnen zu tun. Ein Colonel Farquharson allerdings war da, ein trauriger Mann, der düster und schweigsam herumsaß und zu großzügig Drinks spendierte. Und ein Dr. Faircloth, der zugleich gesprächiger und korrekter war. Der fachsimpelte mit Pettifor über prähistorische Gräber und Dolmen und schien weitreichende, aber vage Erinnerungen an das zu haben, was Pettifors junge Männer ihre Standardschwarten nannten. Timothy Dumble verkündete, Dr. Faircloth sei ein pensionierter Geistlicher von Vermögen, und jemand anders machte die triumphale Entdekkung, daß er in ein oder zwei Tagen die Ankunft seiner Tochter erwartete. Über Miss Faircloth wurde viel spekuliert. Falls und sobald sie käme, darüber gab es keinen Zweifel, würde sich jedermann nur in absolut korrekter Weise ihr gegenüber verhalten. Bis dahin aber bot sie der Phantasie einen weiten Spielraum – genau wie die Nymphe.

Nicht daß Miss Faircloth keine Rivalinnen gehabt hätte. Der »George« bot der akademischen Gesellschaft einen großen gutbeheizten Aufenthaltsraum unter dem Dach und weiterhin mehrere einheimische Mäd-

chen und zwei aus Italien, die sie dort abwechselnd bedienten. Zur rechten Tageszeit trippelten sie mit heißem gebutterten Toast und Krügen mit Apfelwein vom Faß umher. Abends konnte man sie auf dem Flur treffen, wenn sie die Wärmflaschen verteilten. Pettifors junge Männer, die von Mädchen ungefähr soviel wußten wie vom Weltraum, flirteten vorsichtig mit diesen angenehm dienstbaren Geistern und diskutierten sehr wissend die Unterschiede der nationalen Temperamente, die sie zeigten.
Vierzehn Tage – die letzten zwei Wochen im März – waren in dieser angenehmen, doch gänzlich ereignislosen Weise vergangen. Die erste Woche im April war dann ganz anders. Am ersten April ging ihren dramatischen Ereignissen – gewaltsamen und unberechenbaren Ereignissen – eine Art Vorspiel voraus. Dies hatte wenig mit dem zu tun, was folgte – jedenfalls nicht im Sinne einer offensichtlichen Verknüpfung von Ursache und Wirkung. Vielleicht aber bestimmte es in bedeutsamer Weise die seelische Verfassung von David Henchman. Was heißen soll, daß David vielleicht nicht ganz so gehandelt hätte, wie er es bei einigen späteren Gelegenheiten tat, wenn es nicht diese ziemlich absurde Geschichte in Timothy Dumbles Auto gegeben hätte. Der Leser wird Gelegenheit haben, sich später seine eigene Meinung darüber zu bilden.
Mit einer Diskussion über Yankees und Engländer fing es an. Leon Kryder, ein Rhodes-Stipendiat aus Princeton, USA, war an diesem Thema mehr interessiert als an der Diskussion über die Mädchen aus Italien und Devonshire. Er verband große Bewunderung der eng-

lischen Institutionen mit der nüchternen Entschlossenheit, die seiner Heimat in einem angemessen günstigen Licht darzustellen. Stärken und Schwächen hier wie dort, darauf lief es für Leon hinaus. Er war zwei oder drei Jahre älter als die anderen, die ihn mit heilsamer Ehrfurcht betrachteten, die sie hinter endlosen lästerlichen Reden verbargen. Seiner geduldigen und objektiven Soziologie setzten sie überspannte Behauptungen entgegen, die auf ihren Erfahrungen als leidenschaftliche Besucher amerikanischer Filme in den Kinos von Oxford beruhten. An jenem Abend hatte Timothy die Vereinigten Staaten als das Land der verwirrten Kinder definiert. Leon Kryder hatte darauf geantwortet, daß amerikanische Jugendliche einen größeren Konformitätsdruck hinsichtlich gesellschaftlich sanktionierter Verhaltensmuster aushalten müßten. Obwohl das Individuum dort sehr viel Freiheit habe, sei es doch nur die Freiheit, die gleiche Freiheit zu genießen wie jeder andere des gleichen Alters und der gleichen Gruppe.

Pettifor, der seine rituelle Pfeife rauchte, sagte daraufhin, das werfe ein ziemlich verwirrendes philosophisches Problem auf. Alles schwieg respektvoll, seine Schäfchen warteten darauf, daß er das genauer erklärte. Aber er sagte weiter nichts mehr – versank nur tiefer in seinem Sessel und starrte gedankenverloren ins Kaminfeuer. Pettifor kriegte Zustände, wenn seine Schüler nicht auf der Höhe seiner Gedanken zu sein schienen – eine Tatsache, die sie allerdings immer wieder überraschte.

Ian Dancer sagte, er sehe nichts Verwirrendes an der

amerikanischen Auffassung von Freiheit. Das sei wie bei Milton im »Verlorenen Paradies«, der erkläre, Freiheit bestehe in der Unterwerfung unter diesen schrecklichen alten Gott.
Was wunderbar an England sei, fuhr Leon unbeirrt fort, sei das mühelose Selbstvertrauen von Leuten, die sich hartnäckig außerhalb aller Gruppen hielten. David Henchman zum Beispiel. Schaut euch den an.
Alle schauten David an. Timothy Dumble schüttelte seine wirre Mähne und murmelte: »Schrecklich..., schrecklich«, als ob da wirklich etwas Mitleiderregendes zu sehen gewesen wäre. David, sagte Leon, nehme niemals an Unternehmungen des College teil (»Den hat noch niemand auf dem ollen Campus gesehen«, rief jemand im Scherz.) Er sei ja nicht einmal dabei, wenn man sich mit den Mädchen im gemeinsamen Aufenthaltsraum treffe. Trotzdem nehme ihm das niemand übel. (Jetzt riefen sie: »Nicht? Hast du 'ne Ahnung!« »David ist ein ganz übler Außenseiter!« »Ein harmloser Exzentriker ist er!« »Ein unaussprechlicher Paria!«) Aber der entscheidende Punkt sei, fuhr Leon fort, daß David sich das auch selbst nicht übelnehme. Er komme einfach nicht auf die Idee, daß er ein Rebell sei. Wenn David Mädchen nicht möge – was man eigentlich nicht von ihm sagen konnte –, dann gehe er selbstverständlich davon aus, daß er ein Recht habe, sie so wenig zu mögen, wie es ihm passe. Wenn David absolut nur daran interessiert wäre, die Technik des Fotografierens mittelalterlicher Dokumente zu vervollkommnen – eine Tätigkeit, an die er noch nicht im entferntesten gedacht hatte –, dann werde er davon aus-

gehen, daß es nur seine Sache sei, wenn er an 365 Tagen des Jahres nichts anderes tue. Nun gut, das sei wunderbar und in vielen Generationen fester sozialer Ordnung entstand, wo jedermann die Privilegien und Pflichten seiner sozialen Stellung gekannt habe. Und er glaube nicht, daß das eine Klassenfrage sei; bei einem jungen englischen Handwerker, nehme er an, sei das so ziemlich dasselbe. Ja, das sei wirklich toll. Trotzdem habe die Sache noch eine andere Seite. Alle grinsten sich eins. Wenn Leon ins Reden kam, dann hatte jede Sache zwei Seiten. Er war so verbissen fair wie kaum einer. Es sei nützlich, fuhr er fort, daß die Gesellschaft ihren Nonkonformisten einen ziemlich hohen Preis abverlange. Einmal werde so das Individuum veranlaßt, es sich zu überlegen, ob es eine unkooperative Persönlichkeit entwickeln oder ganz egozentrische Ziele wählen solle. Andererseits entstehe so eine kleine Elite, die bereit sei, auch dann rebellisch zu bleiben, wenn das sehr hart sei.
»Soll das heißen«, fragte Timothy, »daß es David zu leicht gemacht wird?«
Leon grinste: »Ich schätze, hier höre ich mal auf, persönlich zu sein, Timothy. Aber wenn Amerika das Land der verwirrten Kinder ist, dann ist England ein hübsch hergerichtetes Gehege für gehetztes Wild.«
»Aber wie ist das nun mit den verwirrten Kindern?« Ian Dancer, der junge Mann, der Milton zitiert hatte, fragte das. »Wie kommt es dazu?«
»Daß sie über ihre Verhältnisse leben müssen, würde ich sagen.«
»Meinst du seelisch?«

»Vielleicht kann man das so nennen. In den Vereinigten Staaten haben wir einerseits diesen Hang zum Konformismus, versteht ihr, und gleichzeitig durch und durch vom Wettbewerb bestimmte Ideale. Das Ergebnis ist eine ständige Angst unter den Jugendlichen. Ist man wirklich »in«? Entspricht man, als Individuum, den Anforderungen? Sie haben ständig Sehnsucht danach, irgend etwas zu bestehen, sie brauchen den sichtbaren Beweis, daß sie ihr Klassenziel erreicht haben. Daher die Studentenvereinigungen und die Initiationsriten und so, die ihr so blöd findet.«

In diesem Moment kam Pettifor aus seiner Versunkenheit hoch. »Es hat schon was für sich«, sagte er, »zu wissen, wie es ist, eine Prüfung zu bestehen. Ja, man sollte darauf achten, daß man dafür fit bleibt. Läßt man sich gehen, gerät man vielleicht in eine Krise.« Er machte eine Pause und schien sich dessen bewußt zu sein, daß seine Schüler ihn ziemlich verwirrt anschauten, als sei ihnen überhaupt nicht klar, in welchem Zusammenhang er das sagte. Er richtete sich auf, pflichtbewußt entschlossen, Klarheit zu schaffen. »Schmerzhafte Aufnahmeprüfungen, wie Mutproben zum Beispiel, sind natürlich kaum eine amerikanische Erfindung. Die echten amerikanischen Erfindungen sind nicht sehr zahlreich – obwohl natürlich sehr bedeutend.« Er machte wieder eine Pause, und jeder wußte nun, wie es weitergehen würde. Pettifor würde dieses kleine Rätsel jenen überlassen, die Lust hatten, darauf herumzukauen, und seinen Hauptgedanken weiterführen.

»Sind Mutproben nicht ziemlich primitiv?« fragte jemand unsicher.
Pettifor nickte. »Zweifellos. Aber die Vorstellung, daß man ins Mannesalter eintritt, indem man eine schlimme halbe Stunde aushält, ist sehr weit verbreitet. Sie finden das in zivilisierten Gesellschaften genauso oft wie in primitiven. Allerdings dauert es nicht immer nur eine halbe Stunde. Sie sollten etwas Zeit dafür opfern, mein lieber Leon, sich einige unserer öffentlichen Schulen daraufhin anzusehen.« Pettifor schaute mit dem leicht wölfischen Ausdruck auf seine Herde, den man in seinen hageren Zügen gelegentlich entdecken konnte.
»Meinen Sie nicht auch, Ian?«
»Meine Schule war natürlich ein ganz normales olles KZ«, sagte Ian Dancer mit nonchalantem Stolz, »aber noch gar nichts, verglichen mit dem Internat, das ich besuchte. Und da traten wir nicht ins Mannesalter ein.«
»Aber Sie ließen den Kindergarten hinter sich. Das ist auch ein neues Stadium, und da ist eine ordentliche Spritze Selbstvertrauen nötig.«
»Ordentlich war sie, das ist richtig. Aber Spritze ist technisch nicht ganz der richtige Ausdruck. David weiß das. Der war auch da.«
David nickte. »Ja – aber ich kann mich nicht daran erinnern, daß wir tatsächlich darin wetteiferten, was wir aushalten konnten. Das scheint mir völlig idiotisch. Stellen Sie sich bloß mal die Nervenkraft vor, die Leon verschwendete, bevor es ihm gelang, für eine Weile in ein zivilisiertes Land zu entkommen. Da war er nun

mit seinem natürlichen Talent für symbolische Logik, oder wie das heißt, und mußte sich halbverrückt machen mit der Frage, ob er wohl genauso hartgesotten war wie irgendein Halbidiot im selben Rooming-House. Ein Rooming-House, übrigens, ist das, worin die Collegestudenten drüben wohnen. Unser Leon war auch nur einer von diesen neurotischen Collegeboys.«
»Ihr seid wirklich eine ganz unverschämte Bande!« Leon ging mit einem riesigen Krug voll Apfelwein herum und schenkte jedem tüchtig ein. »Ich erinnere mich gar nicht daran, soviel Nervenkraft verschwendet zu haben. Ich bin eher sparsam mit ihr umgegangen. Ich wußte, was ich hier brauchen würde: ein heiteres Naturell und den sogenannten interessant-nervösen Ton.« Er blieb vor Pettifor stehen. »Wie schneide ich da ab, Professor?«
»Wirklich nicht schlecht, Leon. Dabei kann sie einem schon auf die Nerven gehen, diese Meute.« Pettifor schaute wohlwollend über seine übrigen Schutzbefohlenen hin. Mit welch seltsamen Gedanken er sich an diesem Abend auch immer beschäftigt haben mochte, mit einem Teil seiner Aufmerksamkeit war er doch dem Gespräch gefolgt. »Immerhin«, sagte er, »sie bemühen sich wirklich, Ihr erstaunliches Land zu verstehen. In der Hinsicht haben sie sozusagen einen ebenso pathologischen Durst wie nach diesem ewig fließenden Apfelwein. Erzählen Sie ihnen... Moment. Ja, erzählen Sie ihnen vom Häschenspiel.«

»Ach, das kenn' ich! Das hab' ich im Kino gesehen!« verkündete Timothy Dumble triumphierend. »Das ist es nämlich. Da muß man sich beweisen, daß man genauso kaltschnäuzig ist wie die anderen.«
»Macht man das mit einem Revolver«, fragte jemand, »bei dem nur eine Kammer von sechs geladen ist?«
»Ach was, das ist Russisches Roulette. Fürs Häschenspiel nimmt man Autos. Man stellt möglichst viele Autos in einer Reihe gegenüber einer Klippe auf. Die muß natürlich senkrecht abfallen. Und dann fahren alle volle Pulle auf die Kante zu. Der Typ, der zuerst rausspringt, ist das Häschen. Ist ganz simpel.«

Für einen Augenblick war es still, dann sagte David: »Und was wird mit den Autos?«
»Autos haben die Amerikaner doch jede Menge – nicht wahr, Leon?«
»Klar, Timothy, die können die gar nicht schnell genug über die Klippen schaufeln.«
»Trotzdem glaube ich, daß man nur in den einigermaßen wohlhabenden Schichten Häschen spielen kann. Hast du's mal gemacht, Leon?«
»Diese Art wohl nicht, glaube ich. Aber es gibt andere Versionen, bei denen man eine größere Zahl von Leichen pro Auto riskiert. Ihr würdet das hier vielleicht Sparhäschen nennen. Man braucht nicht einmal eine Klippe. Eine ganz gewöhnliche Straße tut's auch.«
»Das hört sich mehr nach unserem Geschmack an.« Ian Dancers dunkle Augen glitzerten über seinem

Zinnkrug, als er das losließ. »Erzähl uns mehr davon, Leon!«
»Man braucht eine gerade Straße, die ein bißchen abfällt und an jeder Seite einen hübschen Graben hat. Man hat vier oder fünf Leute im Auto. Alle sind so plaziert, daß sie ins Steuer greifen können. Und dann geht's los. Einer steuert. Aber nur solange, bis man Fahrt aufgenommen hat. Der erste, der dann das Steuer anfaßt, ist das Häschen.«
David schüttelte den Kopf. »Nicht halb so gut wie die Klippe«, sagte er. »Ist nicht so dramatisch und kann genauso in die Hose gehen.«
Ian setzte seinen Krug ab. »Du meinst, du würdest dir nichts draus machen?«
»Natürlich nicht«, sagte David etwas schnappig.
Timothy nickte. »Richtig«, sagte er, »wenn man sich schon ein Häschen erlaubt, dann muß es einfach üppig serviert werden. Sparhäschen, das wär 'ne blöde Niete. Gehn wir schlafen.«
Der alte Pettifor war schon aufgestanden. Da es sein Beruf war, mit jungen Männern – einzeln oder in Gruppen – umzugehen, kann man sich vorstellen, daß er etwas gerochen hatte, worauf er nicht besonders scharf war. Ganz sicher war ihm unbehaglich zumute. »Zu Bett, zu Bett, zu Bett. Es klopft am Tor«, murmelte er. »Und was geschehn, macht niemand ungeschehn; zu Bett, zu Bett, zu Bett.«
Man stand auf und sah ihm nach, wie er hinausging. Es war nicht nur, daß er es liebte, sich Shakespeare in den Bart zu brummeln – er hatte sie auch an eine harte Wahrheit erinnert.

Trotzdem spielten sie in dieser Nacht das Häschenspiel.

Hinterher fand David, daß er nicht mehr genau sagen konnte, warum. Aber er vermutete, daß Ian ihn angesteckt hatte. Von den Dancers waren schon zwei ältere Brüder in Oxford gewesen – vor etlichen Jahren; und sie waren immer noch Legende. Vielleicht spürte Ian nun den dunklen Drang, mit seinen Brüdern gleichzuziehen – die inzwischen wahrscheinlich gesetzte und erfolgreiche junge Banker oder Makler waren und Melone trugen. Es bestand kein Zweifel daran, daß die Idee, Häschen zu spielen, die Kraft hatte, sich festzusetzen.

Von Leon wurden sie gewiß nicht ermutigt. Die Sache wurde beschlossen, obwohl er so sauer war, wie man ihn bisher noch nicht erlebt hatte. Er hatte sofort erklärt, er würde nicht mitspielen. Dann war er weggegangen und hatte sich krampfhaft beiläufig mit dem Wirt unterhalten, der spät noch die Bar in Ordnung brachte. Er kam zurück und sagte kurz, daß er jetzt etwas Bescheid wüßte über Ärzte, Gemeindeschwestern, Krankenhäuser, Krankenwagen und so. Tatsächlich kühlte das etwas ab, aber nicht genug, um das verrückte Unternehmen zu stoppen. Ian – so sah das David – hatte es sich in den Kopf gesetzt, eine Art unterdrückter Fehde auszuschlachten, die seltsamerweise zwischen dem ganz und gar gutmütigen Timothy und einem Menschen namens Arthur Drury bestand, der ebenfalls keiner Fliege etwas zuleide tat. Diese beiden motzten sich niemals an, sondern wahrten stets eine etwas altfränkische Höflichkeit; wahrscheinlich hätte keiner von beiden erklären können, was sie eigentlich gegeneinander hatten. David hatte den Verlauf des Gesprächs nicht verfolgt. Er wußte nur – schon draußen im Hof und im hellen Mondlicht –, daß das Häschenspiel hauptsächlich eine Sache zwischen Timothy und diesem Drury war, daß aber auch andere mit drinsteckten und er selbst auch.

Zu Timothy sagte er prosaisch: »Wahrscheinlich geht dein Auto dabei drauf, und es wäre nicht gerade anständig, die Versicherung zu bescheißen.«

Timothy antwortete nicht direkt. Er war der Sohn wohlhabender und nachsichtiger Eltern, und auch nur die geringste Anspielung darauf war ihm verhaßt. Er riß die Türen seines großen alten Tourenwagens auf und sagte: »Rein mit euch, Jungs, wir suchen uns 'nen Hügel!«

Arthur Drury und Ian kletterten neben ihn, und David fand sich mit den restlichen zwei Teilnehmern von Pettifors Seminar auf dem Rücksitz wieder. Einen von ihnen, Tom Overend, kannte er ganz gut; im vergangenen Semester hatten sie zusammen in denselben Seminaren gesessen. Der andere war ein richtiges Kind und hieß Ogg – ein Erstsemester aus einem anderen College, der nur deshalb zur Gruppe gehörte, weil er Pettifors Neffe war. Ogg war noch nicht beim Militär gewesen und hatte sich stattdessen einen Bart wachsen lassen. Der müßte eigentlich noch zur Schule gehen und sich bei Geländespielen hervortun, dachte David. Auf keinen Fall sollte der in diesem verdammten Auto sitzen.

»Fahrt los, Jungs, fahrt los!« schrie Ogg so laut, daß er das ganze Hotel hätte aufwecken können. Er war ganz aus dem Häuschen. Das war endlich *das Leben.*
Sie fuhren durch das Dorf und dann aufs offene Land hinaus. Es stellte sich heraus, daß es nicht so leicht war, zu finden, was sie suchten. Die meisten Straßen waren schmal und gewunden und verliefen nicht zwischen Gräben, sondern zwischen hohen Böschungen, die ein führerloses Auto, das zwischen ihnen herumtrudelte, hätten umwerfen können. Wahrscheinlicher aber hätte es einfach die Böschung gestreift und wäre mit einem Stoß ruhmlos zum Stehen gekommen. Wenn sie sonst noch irgend etwas von der Umgebung mitbekamen, dann bloß leere Wiesen im Mondlicht. Alles war beängstigend still. Von draußen kam nur das Tuckern von Leons Motorrad hinter ihnen. Leon kam wahrscheinlich hinterher, um im Notfall zu tun, was er konnte. David zwängte sich herum, um nach ihm zu sehen. Sein Anblick erinnerte ihn vage an etwas Düsteres aus einem Film. Sie fegten durch eine Kurve, und Leon war verschwunden.
»Wollen wir uns wirklich alle wie komplette Idioten aufführen?« fragte Tom Overend an Davids Ohr. Seine Stimme vermied es sorgfältig, irgend etwas anzudeuten.
»Wenn du mich fragst, es ist ganz schön hirnverbrannt.« David sprach auch ganz beiläufig. »Vor allem das Baby da sollte längst im Bett liegen.«
»Wie war das, alter Junge?« Oggs vor Aufregung rotes Gesicht wandte sich ihm zu.
David spürte plötzlich Wut in sich aufsteigen – worauf

er wütend war, wußte er nicht genau. »Ich hab' gesagt, daß du eigentlich in deinem Heiabettchen liegen solltest«, wiederholte er grob, »schön zugedeckt, statt draußen mit den großen Jungs rumzumachen – der Teufel soll sie holen!«
Ogg lachte wild in seinen absurden Bart. Er war zu aufgedreht, um beleidigt zu sein. »Rechts rum!« schrie er plötzlich. »Fahr rechts rum, Timothy. Da geht's ein schönes Stück bergab, schön gerade. Fällt mir jetzt wieder ein.«
Die drei auf den Vordersitzen hatten miteinander geflüstert. Es hörte sich nach einem Streit an. Vielleicht gingen Timothy und Arthur jetzt endlich offen aufeinander los. Aber da riß Timothy das Steuer herum, und mit einemmal waren sie auf einer breiteren Straße, die sich gerade vor ihnen bergab in der Dunkelheit verlor. Ogg, der blöde Hund, hatte recht gehabt. David drehte sich noch einmal um und sah Leon hinter ihnen einschwenken. Ein Todesbote wie in dieser Phantasie von Cocteau – wie hieß der Film noch? Eine Mischung aus einer Motorradstreife und einem Helfer vom Automobilclub – darauf aus, einen in die Unterwelt zu geleiten.
»He, ihr da hinten, steht auf, daß ihr ins Steuer greifen könnt!« Während Timothy sprach, blickte er weiter starr geradeaus, aber David wußte, daß er jetzt ganz kühl und ruhig aussah.
»Ich halte das Steuer noch fest, bis wir ein bißchen Schwung haben, dann lasse ich los. Danach empfehlen wir uns dem Herrn, der uns erhält, nicht wahr, Mr. Drury?«

»Natürlich, Mr. Dumble, so machen wir's.«
David wußte nicht, ob er über sie lachen oder sie beschimpfen sollte. Sie kamen ihm vor, als spielten sie in irgendeinem lächerlichen Stück mit der Laienspielschar ihres Colleges und als versuchten sie, der Anweisung des Spielleiters, sich arrogant zu gebärden, Genüge zu tun. Ian hatte sich nach vorn und an die Seite gezwängt, damit die drei auf dem Rücksitz sich über den Vordersitz lehnen konnten. Für einen Augenblick sah David sein Gesicht. Es war ziemlich bleich, und sein Mund machte merkwürdige Bewegungen. Und trotzdem war er durch und durch ein Draufgänger, ein wilder Reiter, der, das fiel David jetzt wieder ein, morgen an irgendeinem Jagdrennen teilnehmen sollte. Man wußte eben nie, was einem Menschen an die Nieren ging. David war sich plötzlich bewußt, daß er keine Vorstellung davon hatte, wie er selbst aussah. Etwas anderes war, wie er sich fühlte. Darüber mußte er sich doch klar werden können. Einigermaßen erstaunt stellte er fest, daß sein Zustand mit »erbittert« ziemlich genau bezeichnet war – oder auch mit dem äußerst bescheidenen Wort »böse«. Er sah Ogg an. Ogg war ganz weg. Dieser bärtige Balg sah aus, als mache er sich gerade fertig, in das Tal des Todes zu galoppieren, um die Kanonen zu retten – oder was das auch immer war, wofür die Leute in schlechten Balladen galoppierten. David hätte sich gewünscht, irgendwie hinter ihn zu kommen, um ihn mit einem Tritt in den Hintern wieder in die Realität zurückzuversetzen. Aber das war nicht zu machen. Und jetzt flüsterte Tom Overend ihm wieder etwas ins Ohr.

»Also gut, Straßengräben hätten wir, David, mein Junge. Wer liest die Spielregeln vor?«
David sagte etwas Obszönes über die Regeln.
»Ist man auch das Häschen, wenn man einfach rausspringt?«
Diesmal gab David keine Antwort. Er fragte sich, ob er und Tom es schaffen würden, Ogg einfach zu schnappen und ihn über Bord zu kippen. Es wurde ihm klar, daß er überhaupt nicht scharf darauf war, die verstümmelten Überreste von Pettifors Neffen zurück in den Kindergarten zu tragen. Aber er hatte keine Zeit, diese Möglichkeit weiter auszuspinnen. Das Auto rollte sanft bergab.
»So, das ist es, Jungs!« Timothy sprach ganz ruhig, und David fand seine Stimme plötzlich schön – ziemlich extravaganter Gedanke. Hatte er sicher niemals zuvor gehabt. Timothy hatte die Hände vom Steuer genommen.
Also sie machten es – sie spielten das Häschenspiel. Es war irgendwie kleinkariert, blöde, unglaublich. Es war wie das Gefühl, wenn man erfährt, daß das eigene Land von jetzt an im Krieg ist. Und was geschehn, macht niemand ungeschehn. Ogg hatte angefangen, hurra zu brüllen.
Die Fahrt nahm zu. Sie waren in der Mitte der Straße, und der Wagen benahm sich, als werde er immer weiter schnurgeradeaus rollen. Die Scheinwerfer waren an – bei dem vollen Mondlicht machte das kaum einen Unterschied. Ein heller Streifen fuhr einfach stetig am Rand des linken Straßengrabens entlang. David versuchte, einen Blick auf den Tachometer zu werfen, aber

Ians angezogene Knie waren im Weg. Noch rasten sie nicht, aber langsam waren sie auch nicht mehr. Keine Aussicht, daß es schon jetzt passieren würde – daß sie gleich am Anfang einfach sanft in den Graben rollten. Sie spielten das Häschenspiel. Es hatte begonnen, und es gab niemanden, der abpfiff.

Nur der Wind pfiff. Er pfiff in Davids Ohr, während er über den Vordersitz gebeugt dastand. Das zeigte, daß sie allmählich einen ganz schönen Zahn draufkriegten. Ogg hatte mit dem Hurraschreien aufgehört. Vielleicht hatte er sich gefangen und irgendeine Art vernünftiger Vorstellung davon wiedergewonnen, auf was sie sich da eingelassen hatten. Es gab einen furchtbaren Schlag. Das Auto war durch ein Schlagloch gepoltert. Das bedeutete ziemlich sicher, daß...

Ja, tatsächlich. Der Schlag hatte den Wagen abrupt umgelenkt, und sie schossen direkt auf den Graben zu. Jetzt *konnte* niemand das Steuer ergreifen, nicht in diesem Bruchteil einer Sekunde. Timothy hatte recht gehabt, das war's. Das gab einen Trümmerhaufen. Und sie selber konnten froh sein, wenn sie mit gebrochenen Knochen davonkamen...

Rums! Als sie ganz runter von der Straße zu sein schienen und die Räder auf der linken Seite sich schon in der Luft drehten, passierte dasselbe nochmal. Es war kaum zu glauben, aber sie fuhren wieder in die andere Richtung, die Straße lag gerade vor ihnen – wurde steiler und ging unten in eine Kurve über. David hörte, wie Tom Overend tief Luft holte. Ein absolut fataler Aufschub. Jetzt wurden sie erst wirklich schnell.

Aber David war sich der Geschwindigkeit nicht mehr

bewußt. Plötzlich nahm er nur noch seine Hände wahr. Er hatte das Gefühl, als seien sie riesengroß und so schwer, als wären sie aus Granit gehauen.
Den anderen ging es ebenso. David wußte das ganz intuitiv. Es gab zwölf Hände in Timothys Auto, und jede wog einen Zentner. Es war absolut phantasielos gewesen, nicht vorauszusehen, daß es so sein würde. Wie in den Träumen, wo Schrecken die Füße an die Erde bindet und die Zunge mit dem Gaumen verschweißt.
Der Wagen schleuderte. Wieder – aber diesmal ganz leicht diagonal und mit unglaublichem Schwung – rasten sie auf den Graben zu. David unternahm eine ungeheure Willensanstrengung. Seine Arme bewegten sich einfach nicht. Er schaute zur Seite und sah Oggs Gesicht. Plötzlich waren seine Arme frei und seine Hände normal. Er beugte sich nach vorn, packte das Steuer und lenkte das Auto in die Mitte der Straße. Timothy trat sofort mit aller Kraft auf die Bremse. Die Tachonadel schnellte zurück. Das Häschenspiel war aus.

Leon Kryder war im Leerlauf auf seinem Motorrad den Hügel heruntergekommen und hielt jetzt neben ihnen. Sein Zorn war weg. »Na«, sagte er, »jetzt wißt ihr, wie's geht.« Er machte eine Pause, kriegte aber keine Antwort. »Euch hat's wohl vor Angst die Sprache verschlagen?« fragte er fröhlich. Aber er wußte, daß es nicht eigentlich das war; es war unmöglich, sich von solchem Schrecken so schnell zu erholen. Aber auch die anderen vermieden es verlegen, sich anzusehen; und Timothy

hatte einen Ausweg gefunden, indem er ausgestiegen war und die Bremstrommeln befühlte – dabei murmelte er, daß sie froh sein könnten, daß es nicht zu einem Brand gekommen sei. Und was geschehn, macht niemand ungeschehn. Sie hatten dieses Scheißspiel gespielt.
Arthur war der erste, der etwas sagte: »Verdammter Blödsinn!« Er sagte das zögernd, als suchte er nach dem richtigen Ton. Dann, mit Befriedigung, ließ er alle Flüche und Obszönitäten los, die er kannte, gleichmäßig verteilt auf Timothys beschissene Karre und ihre schwachsinnigen Insassen. »David ist der einzige, der ein bißchen durchblickt!« sagte er zum Schluß.
»Genau!« Tom Overend stieg sofort darauf ein. »David ist ein unheimlicher Schwachkopf, aber – Gott sei dank – hat er hin und wieder mal einen Lichtblick.«
»Eine idiotische, eine beknackte Episode, aber zum Glück ist sie gut ausgegangen!« Das war Timothys Kommentar, als er wieder ins Auto kletterte. »Und jetzt fahren wir nach Hause.«
Ian sagte: »Ja, wir fahren nach Hause.« Und dann: »Tut mir leid, Jungs.«
Timothy schaute ihn wütend an. »Was soll das heißen: ›Tut mir leid‹?«
»Ich habe doch wohl damit angefangen, fürchte ich.«
»Oh, halts Maul, um Christi willen!« Timothy ließ den Wagen an.
Nur Ogg sagte nichts und stieg in Davids Achtung. Sie fuhren los. Für einen Augenblick stand Leon Kryder bei seinem Motorrad und sah ihnen nach. Sie hatten Glück gehabt, dachte er, und wenn die Sache ihnen

peinlich war, um so besser. Das würden sie nicht noch einmal machen.

Kapitel 3

Am nächsten Morgen ging David Henchman allein aus dem Haus.

Das machte er ziemlich oft. Er vermutete, daß es das war, was die anderen gemeint hatten, als sie am Abend zuvor ihren fröhlichen Unsinn grölten – und ihn einen Paria und einen harmlosen Exzentriker nannten. Er selbst hatte niemals über seine leicht eigenbrötlerische Gewohnheit nachgedacht. Er brauchte sich deswegen auch keine Sorgen zu machen; denn einmal war es mit seiner Eigenbrötelei nicht schlimm, er hatte immer sein Maß an sozialem Kontakt, und wenn es in ihm schließlich nicht ein unterdrücktes Stück Herdentrieb gegeben hätte, wäre er sicher nicht mit Pettifors Haufen nach Devonshire gekommen. Wenn er so wegging, dann hatte er gewöhnlich überhaupt nicht das Gefühl, einen Ausbruch in die Einsamkeit zu machen, weil das etwa seine Nerven brauchten. Es ergab sich einfach – genauso kehrte er zurück und saß neben dem Nächstbesten am Abendbrottisch.

Aber an diesem Morgen war es anders. Er war froh, daß noch niemand im Speisesaal war, als er mit dem Frühstück fertig war, und er war ärgerlich, als er draußen auf Pettifor stieß, der an seinem alten Landrover herumfummelte. Aber Pettifor schaute ihn nur gleichgültig an, ohne ihn eigentlich zu sehen. Wahrscheinlich hatte er Wind von dem Idiotenstück der vergangenen Nacht bekommen und war nicht gerade glücklich darüber. David versuchte nicht, mit ihm zu reden. Tatsächlich fluchte er ausgiebig auf Pettifor und Pettifors Haufen und machte, daß er wegkam.

Ganz ohne ein fröhliches Morgengespräch gelang es ihm aber doch nicht, sich zu verdrücken. Wie oft bei alten Häusern hatte der »George« einen Torbogen, durch den man hindurchmußte, um auf die Straße zu gelangen. Das Zimmer darüber bewohnte Dr. Faircloth – da stand er am Fenster und seifte sich für die morgendliche Rasur ein. Es sah aus, als mache er Reklame für Rasierseife, so robust und fröhlich warf er sich dem Tag entgegen. »Guten Morgen!« dröhnte er. »Machen wir eine kleine Tour?«

»Ich dachte, ich schaue mich mal ein bißchen um.« David genierte sich ein wenig, weil er ganz ohne Enthusiasmus antwortete. Wenn pensionierte Geistliche – vorausgesetzt Faircloth war einer – in der Lage sind, beim Rasieren das Leben mit Freudenschreien zu begrüßen, dann war es ja nur höflich, ebenfalls das fröhliche Morgengesicht aufzusetzen. »Sieht ja aus, als ob es ein ganz hübscher Tag werden könnte.«

»Ja, das hoffe ich wirklich.« Faircloth steckte seinen Kopf noch weiter aus dem Fenster heraus, schnüffelte und nahm einen Schluck vom Tag, ganz so als koste er, bevor er dem Ober erlaubte, das Glas vollzugießen. »Ja«, sagte er, »er wird recht gut werden. Wie ich mir wünsche, mitkommen zu können!«

»Warum tun Sie es nicht, Sir?« David sagte das exakt mit der beiläufigen Höflichkeit, die jetzt erwartet wur-

de. Wie alle aus Pettifors Gruppe war er ein wohlerzogener junger Mann mit guten Manieren. Und wie er so zu Faircloth hinaufblickte, fand er es interessant, daß er weiter lächeln und gleichzeitig leise mit den Zähnen knirschen konnte. »In zehn Minuten geht ein Bus«, sagte er. Vielleicht war es nicht allzu gewagt, wenn er etwas mehr Ermunterung in seine Worte legte. Schließlich konnte Faircloth noch nicht gefrühstückt haben. Und wahrscheinlich war das Frühstück für ihn ein noch größerer Genuß als das Rasieren.
»Unglücklicherweise muß ich hierbleiben, meine Tochter kommt heute, aber ich weiß nicht wann.« Faircloth holte seinen Rasierapparat hervor. »An was denken Sie denn, wo Sie wohl hingehen möchten? Wie wär's mit dem Knack Tor? Geht steil hoch, aber der Blick von da oben ist wundervoll!«
David schüttelte den Kopf. Er würde sich auf keinen Fall sagen lassen, wohin er gehen sollte.
»Ich glaube nicht, daß ich weit gehe, ich muß noch einiges lesen.«
»Herrlich, ganz herrlich.« Faircloth hörte auf, sich zu schaben, und nickte heftig. »Ein schöner Tag, Einsamkeit und Platos *Staat* in der Tasche: das ist keine schlechte Definition von Glück.«
David mußte darauf achten, nicht allzu laut mit den Zähnen zu knirschen. Pensionierte Geistliche – besonders solche mit Vermögen – haben die Gabe, alles, was einem heilig ist, zu versauen. »Ich muß gehen«, sagte er, »oder ich verpasse den Bus.« Er hob die Hand, grüßte sehr wohlerzogen und tauchte finster die Stirn runzelnd durch den Torbogen.

Weil ihn die stille Dorfstraße tröstete, fluchte er, während er sie hinuntertrabte, nur noch halbherzig auf Pettifor und den Haufen. Und was Dr. Faircloth anging, der war doch ganz in Ordnung. Und da war schon der Bus, der ihn gleich von ihnen allen wegbringen würde. Er stieg ein und fuhr gute fünf Meilen mit. Dann marschierte er in die einsamste Gegend, die er auf seiner Karte finden konnte. Er zündete seine Pfeife an und schwenkte den schweren knorrigen Stock, der einmal seinem Großvater gehört hatte. Er sprach laut Bruchstücke von Gedichten vor sich hin.

Ja, so war es gut. Der knorrige Stock, die Pfeife, die nun schon so ein respektables Alter hatte, seine Khakishorts, seine himmelblaue Trainingsbluse, seine gut eingelaufenen Schuhe von Gunner: das war alles sehr in Ordnung und beruhigend. Wirklich ein prächtiger Tag. Es wehte ein leichter Wind, aber es gab Stellen genug, wo man die warme Frühlingssonne genießen konnte. An einem Bach fand er so eine geschützte Ecke und las – nach seinem Gefühl Stunden und Stunden. Platos Thema war die Gerechtigkeit – kein leichtes Thema, schien es. Einmal schaute er auf und sagte laut: »Der Mann kann schreiben!« Das verwirrte ihn selber ein bißchen. Und einmal stopfte er sich eine neue Pfeife. Dann, als die Sonne für eine Weile hin und wieder hinter Wolken verschwand, entschloß er sich weiterzugehen. Er würde irgendwo direkt ins Moor hineinwandern.

In dem Tal, in dem er jetzt aufstieg, säumten stark beschnittene Weiden den Bach, die verschwenderisch vie-

le Ruten von einem erstaunlichen Rot in den Himmel streckten – wie aus der Erde sprießende rothaarige Riesen oder wie die Explosion einer exakt geworfenen Bombenserie. Anfangs hörte er Traktoren hinter sich in den Feldern. Irgendwo schoß jemand. Aber jetzt war überhaupt nichts mehr zu hören. Er ging auf einem schmalen Pfad, dessen Verlauf durch Pfähle markiert war, die ein einzelner Telefondraht verband. Auf jedem vierten oder fünften Pfosten saß immer wieder ein Habicht. Wenn David näherkam, flog der Vogel auf, scheinbar schwerfällig wie eine Eule, ehe er aufstieg und schwerelos über der Einöde kreiste. David verließ jetzt den Weg und ging quer über das Gras. An manchen Stellen war es feucht und der Boden weich, aber meistens konnte er tüchtig ausschreiten. Er hatte kein bestimmtes Ziel – da war nur das vage Gefühl, er würde hier irgendwo prähistorische Steinkreise finden.
Davids Phantasie beschäftigte zu dieser Zeit sehr die Vorstellung von unauslotbaren Altertümern, das, was Thomas Mann Zeitkulissen genannt hatte, der Gedanke, daß die allerältesten Legenden der heutigen Zeit schon vor langer Zeit ebenso uralt gewesen waren. So stieg er guter Laune bergan, während sein Geist zwanglos mit dem beschäftigt war, was er vage von der frühen Eisenzeit wußte. Durch dieses Gebiet hier war die Wurfschleuder – eine neue und tödliche Waffe – nach Britannien eingedrungen. Die Wallburgen mit ihren hintereinander gestaffelten Ringwällen waren eine Erinnerung an diese Art der Kriegführung – vorgeschobene Verteidigungsanlagen zum Schutze des begehrten Eisens, das im Forest of Dean gefunden wurde.

Damals wie heute ging es im Krieg um die gleichen Ziele, und die waren nicht romantisch. Oder um fast die gleichen Ziele: damals Eisen, heute Erdöl und Uran. Genauso war es mit den Waffen: heute die Lenkwaffe, damals ein glatter Kieselstein oder eine gebrannte Lehmkugel, die aus der Lederschlinge geschleudert wurden. Eine solche Schleuder wäre auch heute noch im offenen Gelände eine beachtliche Waffe. Er fragte sich aber, ob sie eigentlich so etwas wie eine Präzisionswaffe gewesen war, wie es die Geschichte von David und Goliath nahezulegen schien. Oder hatte es organisierte Scharen von Schleuderern gebraucht, um Wirkung zu erzielen? Es kam ihm so vor, als hätte er gelesen, daß das in der La Tène-Zeit so gewesen sei.
Während er diesen Gedanken nachging, hatte er sich nicht um die Karte gekümmert, und jetzt hatte er plötzlich das durch und durch befriedigende Gefühl, nicht mehr zu wissen, wo er war. Vor ihm stieg das Moor zu einer Reihe von felsgekrönten Erhebungen hin an. Zwei – eine große und eine kleine – waren nahe beieinander. Er blieb stehen, um sie zu identifizieren. Es war nicht schwierig. Die kleine hieß Loaf und die große Knack Tor. Faircloth hatte vom Knack Tor gefaselt, und David hatte ihn ziemlich hochnäsig als Ziel abgelehnt. Naja, er würde ihn trotzdem mal angehen.
David ging weiter, in Gedanken bevölkerte er die nächste Anhöhe mit lauernden Männern in Fellen, in der blauen Bemalung der alten Britannier; Kiesel oder Feuersteine schienen plötzlich an seinem Ohr vorbeizusausen. Es war alles Unsinn und ihm ganz fern und konnte doch auf diese Weise ganz leicht heraufbe-

schworen werden. Und gerade darin lag ein gewisser Zauber. Er hatte aber, während er diese geisterhaften Krieger über die Heide bewegte, für sich selbst keine Heldenrolle vorgesehen. Dafür wenigstens war er nicht kindisch genug – und überhaupt war alles zu formlos und schattenhaft für ein dramatisches Schlachtengemälde. Über ihm sang eine Lerche. Ihr Lied machte die absolute Stille, die ihn umgab, vollkommen.

Die Wirkung dieser großen Einsamkeit war bemerkenswert, es war, als wäre er in einer der unbewohnten Gegenden dieser Erde. Eine Viertelmeile entfernt grasten zwei dunkle Ponys, und nichts sonst bewegte sich. Es hätten zwei prähistorische Geschöpfe sein können, unschuldig, noch nicht im Dienst des Menschen, und in dieser Gegend hatten die Menschen keine erkennbaren Spuren hinterlassen. Nur scheinbar wiesen die wirren Stapel von plattenförmigen Felsstücken, die sich auf vielen der Höhen auftürmten, auf Menschen hin. Sie sahen aus wie wilde Altäre von Kyklopen – so daß man erwartete, eine dünne Rauchfahne von der obersten Felsplatte aufsteigen zu sehen. Aber es war nur die innere Ökonomie der Erde, die sie hervorgebracht und dort eingesetzt hatte. Sie hatten keine Bedeutung außer jener, die die Phantasie ihr geben mochte.

Knack Tor lag nun genau vor ihm. An der Seite, wo der Loaf anschloß, rann aus einer Quelle ein kleiner Bach, dem David folgte. Der Wind hatte sich fast ganz gelegt, und er ging immer noch im hellen Sonnenschein, aber im Süden sah er Dunst aufsteigen, der vom Meer herkam. Die Stille um ihn herum war so vollkommen, daß das leise Geräusch des Rinnsals zu seinen Füßen so differenziert schien wie eine Symphonie. Jetzt wäre es unmöglich gewesen, laut Verse aufzusagen. Das wäre Anmaßung gewesen, nackte Hybris, die der Geist, der an diesem Orte wohnte, gehörig bestraft haben würde. Der Knack Tor lag nicht hoch über dem Meer – hier in dieser Öde und umgeben von kleineren Hügeln konnte man ihm aber leicht den ganzen Zauber eines großen Berges geben.

Wieder sah David zu den Steinhaufen ganz oben hin und bildete sich ein, es sei da etwas Starres und Endgültiges, ein grimmiges Gesicht aus Fels, das Kletterer nochmals herausforderte, die sich in einem langen Aufstieg aus fast unendlich tiefliegenden Tälern erschöpft hatten. Es war eine alberne Phantasie. Timothy und Ian und die anderen hätten ihn für einen kompletten Spinner gehalten. Aber vielleicht hielten sie ihn ja sowieso schon dafür. David hielt an und runzelte die Stirn. Er war sich eines nicht faßbaren Zweifels an sich selbst in den Tiefen seiner Seele bewußt. Vielleicht war es doch verrückt gewesen, sich so davonzumachen, ohne irgend jemandem – mit Ausnahme des unvermeidlichen Faircloth – ein Wort davon zu sagen. Er drehte sich um und starrte die Strecke zurück, die er gekommen war, und dachte, daß es schön wäre, jetzt einen von Pettifors Leuten auf sich zustapfen zu sehen – Timothy oder Arthur oder sogar Baby Ogg. Aber die Leere war vollständig. Sie schien sich ununterbrochen bis in den leichten Dunst am Horizont fortzusetzen.

Er drehte sich wieder um und sah zum Knack Tor hinüber. Von dem dunklen rohen Felstisch des Gipfels stieg eine dünne Rauchsäule auf.

Kapitel 4

Er mußte noch zerstreuter gewesen sein als gewöhnlich, dachte David, denn für einen Augenblick, als er die dünne Rauchsäule auf dem Knack Tor sah, hatte er ein »déjà vu« gehabt – dies »Das hat es schon einmal gegeben!«, das gewöhnlich dann auftritt, wenn das Bewußtsein ganz ohne Abwehr ist. Nur war es nicht so gewesen wie gewöhnlich, daß er das Gefühl hatte, etwas aus seiner mehr oder weniger unmittelbaren Vergangenheit habe sich noch einmal ereignet. Es war, als sähe er noch einmal etwas, das ihm seit Tausenden von Jahren vertraut war, als auch Rauch aufstieg von Hügeln wie diesen – und das zu entschieden unerfreulicheren Gelegenheiten.

David ging weiter und versuchte sich klarzumachen, daß er ein bißchen gesponnen hatte. Das passierte eben, wenn jemand nicht aufhörte, sich einzubilden, er habe ein Rendezvous mit der frühen Eisenzeit gehabt. Nüchtern gesehen war das da oben sicher ein Picknick, Leute, die den Teekessel über dem Feuer hatten oder sich ein Steak grillten. Und das erinnerte ihn daran, daß er selbst losgegangen war, ohne auch nur ein paar Kekse in der Tasche zu haben. Vielleicht konnte er auf der anderen Seite des Moors eine Tasse Tee trinken und irgend etwas zu essen bekommen, und jedenfalls würde es ein gutes Abendbrot geben, wenn er wieder in Nymph Monachorum war.

Diesen prosaischen Gedanken ging David ziemlich bewußt nach; er wollte sicher sein, daß seine Phantasie auch nicht im mindesten wieder mit ihm durchging.

Vielleicht war es jetzt auch besser, den Gipfel des Knack Tor auszulassen. Was das auch immer für Leute waren, sie schienen jedenfalls bis ganz nach oben geklettert zu sein. Von hier unten sah der Gipfel aus wie eine nackte Felsplatte, nicht größer als ein Billardtisch, obwohl sie wahrscheinlich wesentlich größer war. Ein merkwürdiger Ort für ein Picknick. Aber es gab keinen Grund, warum er den Leuten hätte auf die Pelle rücken sollen, und so hätten sie es ja empfinden müssen. Das war ärgerlich, denn auf den letzten Teil des Aufstiegs hatte er sich ziemlich gefreut. Aber er würde den Knack Tor seinlassen und statt dessen in Richtung Loaf gehen.

Genau das tat er jedoch nicht. Er ging auf seinem alten Weg weiter. Warum, vermochte er nicht klar zu sagen. Vielleicht war ihm wieder eingefallen, daß er doch ein geselliger Mensch sei. Es mußte nicht unbedingt aufdringlich wirken, einen Blick auf ein Picknick zu werfen. In dieser einsamen Gegend bedeutete das nicht mehr, als daß man eben gesellig war. Er würde die Felsen hochklettern, mit denen da oben ein paar Worte über die Aussicht wechseln und dann seiner Wege gehn.

David stieg also weiter auf. Als der Pfad steiler wurde, achtete er darauf, daß er nicht langsamer ging. Die kleine Rauchsäule war nicht der Rede wert, und doch war seine erste Reaktion auf sie nur dem dunklen und phantastischen Gefühl gewichen, daß sie wichtig – ja sogar bedeutungsvoll oder bedrohlich sei. Zumindest war sie ein winziges Stück des Unbekannten. Vielleicht war es ein gutes Prinzip, gerade dem Unbekannten niemals auszuweichen.

Das Wegstück, das er noch zurücklegen mußte, war doch länger, als er gedacht hatte. Der Rauch löste sich auf. Das Wasser mußte gekocht haben, oder die Steaks waren gut. Es fiel ihm auf, daß für keines von beiden genug Zeit vergangen war, seit er den Rauch zuerst gesehen hatte. Vielleicht hatte der Rauch auch gar nichts mit Kochen zu tun gehabt. Vielleicht war es ein Signal gewesen. David schwang seinen Stock und schritt tüchtig aus. Auch diesen Gedanken hatte er aus Büchern, wahrscheinlich Indianerbüchern. Und es konnte ja mehr sein als nur ein einzelnes Signal. Es gab eine Rauchsprache. Man hantierte mit einer Decke über einem rauchenden Feuer, und das Ergebnis war eine Art Morsealphabet aus Rauchwolken. Aber der Rauch auf dem Knack Tor war nicht in Wolken aufgestiegen, nur eine einzige Säule hatte fadengerade in der stillen Luft gestanden. Ein solches Signal hatte eine große Reichweite. Und in dieser Einsamkeit war das auch nötig. Außer der Person auf dem Gipfel – wer immer das auch war – gab es wahrscheinlich meilenweit kein anderes menschliches Wesen.
Aber kaum hatte David das gedacht, da zeigte ihm ein scharfer Knall von irgendwo vor ihm, daß das falsch war. Dort oben mußte irgend jemand auf der Jagd sein. Mochte der Himmel wissen auf was – in dieser Jahreszeit. Vielleicht gab es dort oben Hasen. Hasen haben keine Schonzeit, es sei denn – er erinnerte sich, daß Timothy ihm das sehr eindrucksvoll klargemacht hatte – der Lordstellvertreter hatte etwas anderes angeordnet. Oder war das nur in Irland so? Timothy hatte dort entfernte Verwandte. Aber Irland konnte sich heutzu-

tage doch wohl kaum einen Lordstellvertreter leisten …
Solche Gedanken beschäftigten David Henchman, während er weiter den Berg hinaufstieg, was zeigte, daß sein Gefühl, irgend etwas an dem Rauch auf dem Knack Tor sei seltsam, nicht sehr tief ging. Und ganz sicher war er nicht auf das vorbereitet, was ihn erwartete, nachdem er das letzte Stück – eine ziemliche Kraxelei – geschafft hatte. Kraxelei war eigentlich nicht das richtige Wort. Am Ende des Aufstiegs mußte man nämlich ein kurzes Stück richtig klettern. Jedenfalls an der Seite, auf der David den Gipfel erklomm. Fast zwanzig Fuß mehr oder weniger senkrechter Felswand mußten überwunden werden, und obwohl seine Hände und Füße genug Halt fanden, war einige Konzentration auf die Sache nötig. Es war nicht eigentlich beunruhigend, aber er war schließlich auch kein Experte. Über die letzte Kante am Ende krabbelte er nicht gerade ruhmreich auf dem Bauch.

Sein erster Eindruck war, daß irgend jemand dieses Unternehmen unmittelbar vor ihm absolviert hatte. Das war natürlich Unsinn. Er war ganz allein gewesen. Und trotzdem starrte er jetzt auf ein paar Schuhsohlen. Sie gehörten zu genagelten Männerschuhen. In einer direkten und instinktiven Reaktion auf die Tatsache, daß die Dinger ihm halb im Gesicht steckten, drehte David den Kopf, was ihm einen Blick auf das Oberleder ermöglichte. Da wurde ihm plötzlich klar, daß sie falsch herum lagen, wenn ihr Besitzer wirklich, wie er selbst, gerade hochkraxelte. Die Spitzen zeigten himmelwärts.

David quälte seine Oberschenkel über die Kante. Er

mußte sich etwas im Bauch gezerrt haben, denn er fühlte sich nicht gut.

Der Bursche hielt ein Nickerchen. Das war's – nichts weiter. Das große Felsgebilde auf dem Gipfel des Tor hatte die Form eines flachen Beckens, das an diesem milden Frühlingstag wunderbar die Sonne einfing. David stand auf. Zu seinen Füßen lag ein älterer Mann auf dem Felsen, das Gesicht nach oben. Ein Arm war verquer ausgestreckt, die Hand umklammerte einen kleinen hellen Metallgegenstand. Und außerdem hatte der Mann ein Loch mitten in der Stirn.

Sein Magen, dachte David, war seinen Augen und seinem Verstand voraus gewesen. Glücklicherweise wurde es besser. David löste seinen Blick von dem toten Mann – er war sicher, daß er tot war – und schaute sich um. Genau in der Mitte dieser felsigen Untertasse lag ein kleiner Aschenhaufen, über dem sich noch ein winziger Rauchfaden kräuselte. Das war es also, was er gesehen hatte. Er erinnerte sich, daß er auch etwas gehört hatte. Aber was war das gewesen? Er zermarterte sich den Kopf und fand, daß sein Gedächtnis ausgehakt hatte – was zeigte, daß man doch einen ganz schönen Schock bekommt, wenn so etwas passiert. Natürlich, was er gehört hatte, war der Schuß gewesen. Und das glitzernde Ding in der rechten Hand des Mannes war ein Revolver. Er hatte sich umgebracht. Und das erst vor ein paar Minuten. Vielleicht hatte der Mann David kommen sehen und hatte sich beeilt.

David fiel ein, daß er es trotz allem nicht für selbstverständlich halten durfte, daß dieser reglose Körper tot war. Man hatte ja von Leuten gehört, die die schrecklichsten Hirnverletzungen überlebt hatten. Was sollte er jetzt tun? Der Körper mußte noch warm sein. Das Herz! Er mußte das Herz tasten!

Glücklicherweise war er kein Baby wie Ogg. Einmal, am Suezkanal, hatte er gesehen, wie ein paar Männer plötzlich den Tod fanden, und es war sein Job gewesen, einigermaßen vernünftige Befehle zu geben. Aber damals war man ganz allmählich darauf eingestimmt worden, daß es zu Gewalt und Unheil kommen konnte. Aber das hier...

Er nahm sich zusammen und kniete sich hin. Der Tote schien Ende fünfzig gewesen zu sein. David erinnerte sich daran, daß man manchmal im Tode etwas jünger aussah. Die Stirn, die so abscheulich verletzt war, wirkte hoch und großzügig, und man hätte den Burschen für eine Art hochqualifizierten Kopfarbeiter halten können. Außerdem kam er ihm entfernt bekannt vor, so daß er einen Augenblick innehielt und sein Gesicht anschaute. Vielleicht gehörte er zu den wichtigen Leuten, deren Bild hin und wieder in den Zeitungen auftauchte. Vielleicht meinte er deshalb, er hätte ihn schon einmal gesehen. Oder vielleicht kam ihm der Mann nicht wegen seines Gesichts bekannt vor, sondern weil er tot war. Das war ein Anblick, den er kannte, sagte er sich.

Er hatte jetzt eine Aufgabe zu erfüllen. Aber kaum hatte er die Hand nach der Jacke des Mannes ausgestreckt, da ließ ihn ein Geräusch hinter sich innehalten. Er wußte sofort, was es war, denn er hatte nur einen Augenblick vorher das gleiche Geräusch gemacht. Es war das Knirschen von Schuhen auf Stein.

Jemand kam herauf, nicht von der Seite, von der er gekommen war, sondern aus der entgegengesetzten Richtung. Einen Augenblick später wiederholte sich das Geräusch, aber nicht so laut. Dann noch ein drittes Mal – David war jetzt sehr angespannt und still. Vielleicht kam überhaupt niemand herauf, vielleicht ging jemand hinunter.

Er holte tief Luft und brachte, was er angefangen hatte, zu Ende. Das schien jetzt am wichtigsten. Er mußte die Strickweste des Toten aufknöpfen und dachte dann, daß es vielleicht besser sei, auch unter das Hemd zu fassen. Nein, das Herz schlug nicht mehr, davon hatte er sich jetzt überzeugt. Es war ihm an die Nieren gegangen, das herauszufinden, aber er war auch sicher, daß er nicht geschludert hatte. Wer das auch war, der Bursche war hinüber.

Und nun mußte er noch etwas anderes herausfinden. David stand wieder auf und rannte zur anderen Seite des Felsbeckens. Er sah, daß es da einen leichteren Weg nach oben gab. Da ging niemand. Aber unten auf dem Moor, ungefähr dreißig Yards entfernt, spazierte ein Mann mit einem Rucksack am Gipfel des Tor vorbei. Jedenfalls sah es so aus.

David hatte tief durchgeatmet, bevor er sich neben den Toten gekniet hatte, jetzt atmete er wieder tief ein, um zu rufen. Aber dann ließ er es sein. Es war ganz sicher niemand sonst zu sehen. Er dachte daran, daß er mehrmals das Knirschen von Schuhen auf Stein gehört hatte. Dort unten gab es keine Steine – und wenn es sie gegeben hätte, dann wäre die Entfernung zu groß gewesen, als daß er ein so schwaches Geräusch hätte hören können. David war plötzlich klar, daß der Kurs, den der Mann mit dem Rucksack steuerte, falsch war. Der war hier oben gewesen. Und dann war er heruntergeklettert, hatte diese respektable Entfernung zwischen sich und den Gipfel gelegt und war dann herumgeschwenkt, um sich den Anschein zu geben, als käme er zufällig vorbei. Oder es sah wiederum nur so aus. David begriff, daß er in etwas hineingestolpert war, das nicht nur eine unglückliche Geschichte war, so wie sie sich letzte Nacht hätte in Timothys Auto ereignen können. Er war in eine finstere und geheimnisvolle Sache hineingestolpert. Es hatte sich etwas ereignet, dessen Erklärung wirklich sehr düster sein konnte, etwas, das von Anfang an einen ganz klaren Verdacht in ihm erregt hatte. Vielleicht war dies gar kein Selbstmord – wenn nicht, dann hatte man aber den Revolver so plaziert, daß der Eindruck entstehen mußte, es wäre einer. Vielleicht war es Mord. Vielleicht war der Mann, der so aussah, als marschiere er unbeschwert an allem vorbei, ein Mörder. Er hatte nicht mitbekommen, daß David zum Tor heraufkam, und war so fast im Augenblick des Verbrechens entdeckt worden. Es war ihm aber gerade so gelungen, sich aus dem Staub zu machen.

Und jetzt gab er sich als unschuldiger ländlicher Wandersmann.

Wie er so ging, schien er ganz von der Aussicht gefangen zu sein. Für den Gipfel des Knack Tor schien er sich überhaupt nicht zu interessieren. Er schaute unverwandt in die andere Richtung, die tatsächlich einen wunderbaren Blick auf Moor und Heide bot. In ein paar Minuten würde er nur eine Gestalt in der Mitte dieses schönen Bildes sein. Nun liegt natürlich einiger Trost darin, zu sehen, wie sich eine Person von möglicherweise mörderischen Neigungen entfernt. David war ziemlich überrascht darüber, als er merkte, wie stark diese einfache menschliche Reaktion in ihm war. Aber diese Einsicht brachte zusätzliche Kraft in seine Lungen, als er jetzt tatsächlich herrisch »He da!« rief und sofort nochmal »He!«.

Der Wanderer ließ mit keinem Zeichen erkennen, daß er etwas gehört hatte; er ging einfach weiter. Und diesmal war es nicht Davids Magen, sondern sein Rücken, der ihm einen Streich spielte. Wie ein elektrischer Schlag lief ihm ein merkwürdiger Schauer über den Rücken. Wenn der Mann dort unten nicht taub war, dann war es ganz unmöglich, daß er ihn nicht gehört hatte. Möglicherweise rechnete er damit, daß David, wenn er auch die Nerven gehabt hatte, ihn anzurufen, vielleicht nicht den Mut hatte, herunterzukommen und ihn zu verfolgen. Nun, er würde ja sehen. Und für den Anfang rief David noch einmal: »Kommen Sie bitte zurück!«

Wenigstens waren ihm die richtigen Worte eingefallen. Sie machten definitiv seine Überzeugung klar, daß der Spaziergang dieses Burschen am Knack Tor vorbei Schwindel war. Diesmal erzielte er eine sichtbare Wirkung. Der Mann hielt an, schaute sich auf seiner Höhe einen Augenblick lang suchend um und ließ dann – wie durch einen glücklichen Einfall gesteuert – seinen Blick bewußt nach oben wandern, bis er auf David ruhte. Er hob den Arm, als wollte er bedeuten, daß Kontakt hergestellt war und weiteres Rufen unnötig

wäre. Dann ging er umsichtig und ohne Hast in Davids Richtung, bis er fast genau unter ihm war.
»Irgend etwas nicht in Ordnung?« fragte er. »Hat es einen Unfall gegeben?«

KAPITEL 5

David fühlte, wie seine Zuversicht ins Wanken geriet. Wenn der Mann so ausgesehen hätte, wie er sich einen Ganoven oder Räuber vorstellte, dann hätte er besser gewußt, wie man mit ihm umgehen mußte. Aber der Mann war wie Pettifor – oder wenn nicht so wie er, dann doch wie einige der erfolgreichen Herren im besten Alter, die nach Nymph Monachorum zum Angeln kamen. Mit Autorität und Entschiedenheit auftretend und gleichzeitig jungen Leuten gegenüber sehr wohlwollend. Wenn er David an etwas Spezielles denken ließ, dann vielleicht an einen Militär, und zwar von genügend hohem Rang, um in schneidiger Weise ganz leutselig sein zu können. Kein Colonel, sondern eher ein Brigadier auf Inspektionsreise.
Diese Assoziationen waren ziemlich entmutigend. Aber es gelang David, sehr gesetzt zu sagen: »Ja, es ist wirklich etwas sehr Schlimmes geschehen. Es ist wohl besser, Sie kommen herauf.«
Der Fremde nickte. Man hätte meinen können, er akzeptiere sofort, daß David kein Typ war, der die Nerven verliert und ins Flattern gerät. Dann warf er einen schnellen abschätzenden Blick auf die Felsen. »Es steht zwar nicht im Marschbefehl«, sagte er, »aber wir brau-

chen es ja nicht an die große Glocke zu hängen.« Er streifte seinen Rucksack ab.

»Soll ich ein Stück runterkommen und Ihnen ein bißchen helfen?« David hatte selbst keine Ahnung, warum er das sagte. Vielleicht hatte er bemerkt, daß das Haar des Fremden eisgrau war, und hatte ihn gleich als uralt abgetan.

»Das ist sehr lieb von Ihnen, aber ich habe schlimmere Partien kennengelernt. Gimmer Crag zum Beispiel.« Das war eindeutig ironisch, David sagte nichts. Er sah zu, wie der schon etwas ältere Fremde heraufkam – er brauchte nur ein paar Sekunden –, und es wurde ihm klar, daß er selbst auf der anderen Seite des Gipfels eine komische Laienvorstellung gegeben hatte. Es würde nicht ganz leicht sein, das sah er jetzt, sich der Tatsache bewußt zu bleiben, daß er es sein mußte, der die Situation in den nächsten Minuten unter Kontrolle hielt.

Jetzt stand der Fremde neben ihm. Er roch nach Tweed und Tabak und sah sofort zu dem Toten hinunter. »Scheußliche Sache?« fragte er ruhig.

»Sehr übel!«

»Gestürzt, wie?« Der Fremde runzelte die Stirn. »Aber zum Donnerwetter, der müßte doch unten liegen, nicht hier oben. Sie haben ihn doch wohl nicht heraufgeschleppt, Junge, wie?«

»Natürlich nicht!« Trotz seines tiefsitzenden Schreckkens wegen der Sache, in die er da verwickelt war, stellte David fest, daß er ihm diese Anrede ziemlich übel nahm. »Und mit einem Sturz hat es überhaupt nichts zu tun. Vielleicht schauen Sie mal hin!«

Der Fremde ging zu der Leiche hinüber und schien sich niederknien zu wollen. Dann, als hätte er die unmißverständliche Wahrheit von der Stirn des Toten abgelesen, hielt er plötzlich inne und drehte sich ziemlich langsam zu David um. »Mein lieber Junge, es ist doch nicht Ihr... kein Verwandter?«
»Ich kenne ihn nicht. Habe ihn nie gesehen.«
David war sehr kurz.
Der Mann war im Begriff gewesen, »Ihr Vater« zu sagen und hatte sich dann gebremst. In seinem Ton war spontane Freundlichkeit und kontrollierte Sorge. Es war fast unmöglich, Schlechtes von ihm zu denken. Alles, was diese schlimme Sache betraf – alles, bis hin zu der Art und Weise, wie sein Schnurrbart geschnitten war, sprach zu seinen Gunsten.
David wußte, daß ein Urteil nach solchen Kriterien verdammt schwachsinnig war. Es war sogar naiv snobistisch. Ebensogut hätte er den Burschen nach seinem Tweedjackett oder nach seinen Schuhen beurteilen können. Übrigens waren seine Schuhe von genau der gleichen Art wie die des anderen Burschen – wie die des Toten. Und sein Tweedjackett auch. Wenn das überhaupt etwas bedeutete, dann, daß sie beide aus der gleichen gesellschaftlichen Schicht kamen. Ganz so wie Pettifor waren sie allerdings doch nicht. Vielleicht konnte man sagen, daß Pettifor ihr weltflüchtiger Bruder war. Sie gehörten zu den Leuten, auf die man hört, wenn man in Uniform ist und erster Klasse reisen muß. Zu denen, die immer einen Sohn haben, der gerade Winchester abgeschlossen hat, um ins Regiment einzutreten – womit die Coldstreams ge-

meint sind – um dann, wenn er sich gut macht, die Familienbank in Burma zu übernehmen.
Während David so, ziemlich phantasievoll, die beiden einordnete, den Lebendigen und den Toten, war er sich keineswegs sicher, ob er ihre Sorte, wenn sie wirklich zu dieser Sorte gehörten, überhaupt mochte. Diesmal gab er sich nicht wie gewöhnlich romantischen Träumereien hin. Trotzdem war er natürlich darauf eingestellt, ihr wie immer den förmlichen Respekt des jungen Mannes zu zollen. Und selbst wenn sie zu einer in mancher Hinsicht besonders bösen Klasse gehörten, so konnte er doch nur schwer glauben, daß Schießereien auf den Hügeln Südenglands ein ganz normaler oder auch nur denkbarer Teil ihrer Gepflogenheiten sein konnten. Das alles machte es ihm jetzt besonders schwierig, eine bestimmte Strategie zu finden und auch durchzuhalten. Dieser Bursche – der lebendige – würde ihm jetzt, und das schien absolut natürlich, Befehle erteilen. Und das ging ja nun gar nicht.
»Sie haben ihn nie vorher gesehen?«, wiederholte der Fremde doch etwas verwirrt über das, was David zuletzt gesagt hatte.
»Tatsächlich kommt mir irgend etwas an ihm bekannt vor. Aber ich glaube, da spielt mir mein Gedächtnis einen Streich. Tatsächlich bin ich sicher, ihn niemals vorher gesehen zu haben – auch nicht lebendig.«
»Sie meinen, Sie haben nicht gesehen, wie er es getan hat?«
»Es getan hat, Sir?«
Es entstand eine Pause, die David unerträglich lang vorkam. In dieses Schweigen und in dieses einsame stei-

nerne Becken fiel wie eine glitzernde Kaskade der Gesang einer Lerche. David fühlte, wie sein Herz gegen seinen Brustkasten pochte. Aber er war zufrieden mit dem, was er zuletzt gesagt hatte. Er hatte sogar das Gefühl, daß sich seine Schultern merkwürdig strafften, als wären sie von irgendeiner Last befreit worden. Und er lächelte, so daß der Fremde zum ersten Mal wirklich überrascht war. Aus irgendeinem Grund dachte David jetzt mit Nachsicht an Timothy und Ian, an die anderen und an das Häschenspiel. Was für ein grauenhafter Blödsinn war das gewesen!
»Ich meine, wie er sich erschossen hat, der arme Teufel!« Es war dem Fremden gelungen, einen geduldig erklärenden Ton anzuschlagen. »Das Ding da sehen Sie doch, nicht wahr?«
»Die Pistole? Natürlich sehe ich die. Ich habe sie übrigens auch gehört. Und Sie müßten sie auch gehört haben.«
Der Fremde schüttelte den Kopf. »Bis zu dem Zeitpunkt, wo Sie anfingen zu rufen, habe ich überhaupt nichts gehört. Und dann dachte ich, daß da ein Schäfer nach seinem Hund riefe.«
David dachte daran, daß sein Ruf ganz schön barsch gewesen war. Kaum vorstellbar, dachte er sich, daß es diesem ziemlich autoritätsbewußten Mann nicht aufgefallen war, daß ihn einer anbellte. »Wollen Sie nicht vielleicht sagen«, erwiderte David ruhig, »daß Sie zwar einen Schuß hörten, aber einfach glaubten, es sei jemand hier herausgekommen, um Wild abzuknallen?«
Wieder schwiegen beide für einen Augenblick. Auf der Stille lastete schwer, was in Davids Worten enthalten

war: der Fremde hätte sich etwas Plausibleres ausdenken können. Das zeigte aber keine Wirkung – jedenfalls nicht sofort. Der Bursche drehte sich nur wieder zu der Leiche um. »Wir sollten lieber ganz sicher gehen«, sagte er.
»Sie können ganz sicher sein.«

Diesmal schaute der Fremde David scharf und abschätzend an und sagte dann: »Ich bin nicht ganz sicher, was Sie damit sagen wollen, aber lassen Sie sich von einem älteren Mann einen Rat geben. Nehmen Sie's leicht. Eine Sache wie diese kann einen ganz schön durcheinanderbringen. Es ist keine Schande, wenn man auf so etwas ein bißchen nervös reagiert. Setzen Sie sich. Ich kann Ihnen einen Schluck Brandy geben, wenn Sie wollen. Aber Malzzucker ist besser – und den habe ich auch.« Er lächelte.
»Malzzucker und einen Taschenkompaß muß man sich unbedingt einstecken, wenn man wandern geht. Natürlich sind auch ein paar Pence ganz nützlich, für den Fall, daß man abends zu müde ist und dann ein Bus nicht schlecht wäre.«
David ertappte sich dabei, daß er fast im Begriff war, sich hinzusetzen. Dieses ungezwungen belehrende Gerede konnte einem wirklich den Boden unter den Füßen wegziehen. Aber er schaute auf die Leiche und rührte sich nicht.
Was ich im Sinn habe?« sagte er. »Zunächst mal dies: Dieser Bursche hier ist tot, und Sie und ich sind die beiden einzigen Menschen, die mit seinem Tod zu tun haben können.«

»Aber keiner von uns beiden hat doch damit zu tun!« Plötzlich war der Fremde ungeduldig. »Ich weiß rein gar nichts von dieser Geschichte. Wie Sie zweifelsohne gesehen haben, hatte ich nicht die Absicht, auf den Gipfel des Knack Tor zu steigen. Und was Sie angeht, die Möglichkeit, daß Sie das hier« – er wies grimmig mit dem Kopf zur Leiche – »zuwege gebracht haben, kann man meines Erachtens außer Betracht lassen.« Der Fremde lächelte wieder. Er war der typische ältere Mann mit Lebenserfahrung, ohne Überschwang, mit einer echten Schwäche für junge Leute, die Format zeigen. »So, nun hören Sie mal zu. Sie haben einen Schuß gehört, als Sie von der anderen Seite her zum Gipfel aufstiegen?«

»Ja, sicher!«

»Aber Sie haben niemanden gesehen?«

»Ganz recht!«

»Und Sie sahen auch niemanden hier oben stehen?«

David schüttelte den Kopf. »Das wäre auch nicht möglich gewesen, es sei denn, derjenige wäre ganz dicht an den Rand herangegangen. Schauen Sie sich doch hier um, dann verstehen Sie das.«

»Sie haben vollkommen recht!« Der Fremde sagte das, nachdem er sich sowohl das Felsbecken, in dem sie standen, als auch das gesamte Terrain unter ihnen sorgfältig angeschaut hatte. »Also, wo waren Sie, als Sie den Schuß hörten?«

David zeigte ihm, wo er ungefähr gewesen war. Für den Augenblick war er durchaus bereit, dem Fremden die Initiative zu überlassen. Er stellte sich vor, daß das eine Möglichkeit wäre, etwas herauszubringen, wenn er ganz aufmerksam war. Er sagte: »Danach kam ich direkt herauf!«

»Sehr gut! Und Sie sehen doch auch, daß unterhalb des Gipfels nichts als vollkommen unbewachsenes Moor ist. Nichts, was auch nur andeutungsweise ständig Deckung bietet. Natürlich gibt es den nächsten Hügel – ›The Loaf‹ heißt er ja wohl. Dort gibt es natürlich Deckung. Aber so schnell ist die Entfernung nicht zu schaffen!«

David studierte das Gelände und war sich wieder sehr stark bewußt, wie einsam es hier war. Aber hinsichtlich der Topographie schien der Bursche recht zu haben. »Ja«, sagte er, »da stimme ich Ihnen zu.«

Der Fremde nickte. »So weit, so gut. Wir können sicher sein, daß sich nach dem Schuß niemand hätte entfernen können, ohne von einem von uns beiden entdeckt zu werden. Das müssen Sie zugeben!«

»Ja – wenn Sie immer mal wieder zum Tor hinübergeschaut haben.« David machte eine Pause.

»Aber als ich Sie sah, schienen Sie ganz von dem Blick in die andere Richtung gefangen zu sein.«

»Mein lieber Junge, zweifellos haben Sie mich innerhalb von Sekunden, nachdem Sie mich gesehen hatten, angerufen. In dieser kurzen Zeit habe ich vielleicht wirklich in die andere Richtung geschaut. Aber natürlich habe ich immer wieder zum Tor und zum Horizont rechts und links von ihm gesehen. Das ist ganz natürlich in einer Gegend wie dieser.«

Wieder war der Fremde leicht ungeduldig. »Aber was ich eigentlich sagen will, ist, daß Sie die Situation im allgemeinen richtig deuten. Wenn Sie unten waren und

einen Schuß hörten, und wenn das der Schuß war, der diesen Mann getötet hat, dann hat er sich entweder selbst erschossen, oder ich war's. Ist das richtig?«
»Ja, ich denke schon.«
»Und sehen Sie auch, daß, wenn jemand kommt, um die Sache aufzuklären – was ja die Polizei sofort tun muß –, er verpflichtet ist, auch die umgekehrte Möglichkeit in Betracht zu ziehen?«
»Daß, wenn es Mord ist, ich der Mörder sein kann? Ja, natürlich.« David sagte das ganz ruhig, obwohl er jetzt zum ersten Mal klar an die phantastische Tatsache dachte, daß er selbst in Verdacht geraten könnte.
Der Fremde lächelte wieder freundlich. »Aber unglücklicherweise gibt es viel mehr Leute, die sich selbst ihren Schädel auspusten, als solche, die das jemand anders für sich tun lassen. Wir haben es hier höchstwahrscheinlich mit Selbstmord zu tun. Das sehen Sie zweifelsohne auch. Aber es gibt noch eine andere Möglichkeit, und zwar eine, von der ich glaube, daß Sie sie nicht in Betracht gezogen haben. Dieser Bursche kann tatsächlich ermordet und der Anschein von Selbstmord nur arrangiert worden sein. Das ist eine haltbare Hypothese, wenn man berücksichtigt, daß Sie sich geirrt haben können, was den Schuß angeht.«
»Wie soll ich mich denn bei dem Schuß geirrt haben?« So verwirrt, wie David aussah, war er gar nicht. Er hatte das Gefühl, daß er tatsächlich etwas herausbekam. Die Art und Weise, wie der Fremde da von der Polizei redete, hatte etwas Gezwungenes. Vielleicht war er aber auch wirklich ganz gelassen. Das paßte durchaus zum Image eines Militärs in den mittleren Jahren. Trotzdem

war da etwas Unechtes in seinem Benehmen. War es denkbar, daß er auf Zeit spielte? Plötzlich war sich David einer Gefahr bewußt, an die er vorher gar nicht gedacht hatte. Lässig ging er deshalb wieder zum Rand des Felsbeckens, stieg auf die niedrige natürliche Brüstung, die es fast ganz umgab, und sah sich das Moorgelände noch einmal genau an. Das wenigstens war in Ordnung. Verbündete des Fremden, die einen finsteren Ring um den Gipfel schlossen, waren nicht zu sehen, aber es war natürlich denkbar, daß sie hinter dem Loaf lauerten. Etwas beschämt darüber, daß er diese höchst melodramatische Phantasie gehegt hatte, wiederholte David seine Frage. »Wie soll ich mich denn bei dem Schuß geirrt haben?«
»Wissen Sie, auf dem Moor wird immer irgendwo geschossen. Es ist denkbar, daß Sie auf Ihrer Wanderung vorher Schüsse gehört haben. Als Sie dann dies hier« – der Fremde nickte wieder kurz in Richtung der Leiche – »fanden, kann Ihnen Ihr Gedächtnis einen Streich gespielt haben. Oder es hat vielleicht einen Schuß sehr weit weg gegeben, den Sie gerade noch gehört haben. Als Sie dann auf einen Mann mit einer Kugel im Kopf stießen, brachte Ihr Gedächtnis den Schuß sozusagen nahe heran.«
»Ich weiß nicht, ob ich verstehe, worauf Sie hinauswollen.«
»So ähnlich könnten Sie sich auch vor Gericht fühlen.«
»Vor Gericht?« David war wirklich verblüfft.
»Wenn diese unangenehme Geschichte jemals vor Gericht kommt. Die Verteidigung geht ja gewöhnlich so vor, daß es für den Zeugen nicht ganz einfach ist, zu

sehen, worauf sie hinauswill. Das kann einen schon nervös machen.«

David war ziemlich wütend. »Ich glaube nicht«, sagte er, »daß mich das im Augenblick sehr interessiert.«

»Nun gut, was ich sagen wollte, ist folgendes: Vorausgesetzt, daß der Schuß, den Sie gehört haben oder glauben, gehört zu haben, tatsächlich nicht der Schuß war, der unseren Freund hier auf die Reise geschickt hat, dann kann er ermordet worden sein – aber eine ganze Weile, bevor Sie oder ich hier auf der Szene erschienen.«

»Aber die Leiche ist ja noch warm!«

Der Fremde schüttelte den Kopf.

»Ich hatte mir nicht vorgestellt, daß das gestern abend passiert ist. Eine Stunde ist alles, was wir brauchen. Wenn die Polizei es sich in den Kopf setzt, daß dies kein Selbstmord ist – ich sehe übrigens nicht, warum sie das tun sollte –, dann wäre diese Argumentation doch vernünftig.«

»Verstehe.« David hatte das Gefühl, wenn auch sehr dunkel, daß er tatsächlich verstanden hatte. Jetzt war klar, daß der Fremde sich in eine Richtung vortastete, die eindeutig nicht mehr ehrenhaft war. Abrupt fragte David: »Und der Rauch? Den haben Sie doch gesehen?«

»Ja, das habe ich.« Zu Davids großer Überraschung lief der gewandte Fremde rot an, fast als hätte plötzlich etwas seinen Ärger erregt. Dann wandte er sich ab, ging zu dem kleinen Aschenhaufen und scharrte mit dem Fuß darin. »Zweifellos sehr merkwürdig«, sagte er. »Hier oben gibt es nichts Brennbares, also muß irgend

jemand das Material für ein kleines Feuer mit heraufgebracht haben.«
»Vielleicht ein Signal?«
»Ein Signal?« Einen Augenblick lang sah der Fremde ganz ausdruckslos aus. »Hm, das ist eine Idee. Daran habe ich nicht gedacht.« Er lächelte. »Ich sehe, Sie haben eine romantische Ader.«
»Aber der entscheidende Punkt ist doch wohl, daß ein Toter kein Feuer anzünden kann. Und daß ein kleines Feuer wie das da nicht sehr lange brennt.«
Der Fremde machte eine zustimmende Geste. »Das ist zweifellos wahr. Aber es ist wieder nur eine Zeitfrage. Sehr lange bevor Sie hierherkamen, hatten wir die Zugänge zum Tor beide nicht genau im Blick. Wenn Sie von dieser Stelle hier über das Moor schauen, haben Sie den Eindruck, daß es meilenweit keine Deckung gibt. Aber das ist eine Übertreibung. Wenn Sie mir fünfzehn Minuten geben, kann ich mich sogar für einen Burschen mit einem Fernglas unsichtbar machen. Ich glaube sogar, daß ich das nach jeder Himmelsrichtung hin schaffen könnte.«
David dachte, daß es jetzt an ihm sei, ein bißchen Ungeduld zu zeigen. »Hören Sie«, sagte er, »ich bin nicht wirklich sicher, daß wir so weiterkommen. Sollten wir uns nicht besser entscheiden?«
»Ganz richtig. Und die Antwort ist natürlich, daß wir Hilfe holen müssen, obwohl natürlich Hilfe für unseren Freund hier nicht viel bedeutet. Am besten rührt sich einer von uns hier nicht weg, und der andere macht sich auf den Weg ins nächste Dorf. Dabei ist es sicher unwichtig, wer von uns geht.«

David schwieg für einen Augenblick. Es war vielleicht aufschlußreich, daß der Fremde nicht einfach knappe Befehle erteilte. Darin schien etwas wie ein Eingeständnis zu liegen. Er erhob jetzt nicht mehr so fraglos den Anspruch, eine ältere Person und eine Autorität zu sein, die zufällig des Wegs gekommen war.

»Das glaube ich aber doch«, sagte David. »Oder vielmehr, ich glaube nicht, daß Ihr Vorschlag etwas taugt. Wenn in diesem Augenblick ein Polizist auftauchen würde, so wäre dem sofort klar, daß er keinen von uns beiden aus den Augen verlieren dürfte. Na, und mit uns selbst ist das doch nicht anders. Wir müssen entweder hier bleiben, bis wir jemand auf uns aufmerksam gemacht haben, oder gemeinsam bis zum nächsten Dorf gehen.«

Jetzt schwieg der Fremde, so als prüfte er unvoreingenommen diese beiden Vorschläge. Dann schüttelte er den Kopf. »Aus meiner Sicht«, sagte er, »ist das alles Unsinn. Ich weiß, daß ich diesen armen Teufel nicht erschossen habe, und ich bin ganz einfach sicher, daß Sie es auch nicht gewesen sind. Es ist klar, daß er sich selbst das Gehirn ausgepustet hat, und das ist alles. Aber mir mißfällt der Gedanke, diese Leiche einfach hier liegenzulassen. Das hat etwas Ungehöriges. Und warten, bis jemand auftaucht, kommt nicht in Frage. Es könnte uns passieren, daß wir hier stundenlang warten müssen – vielleicht tagelang.«

»Es ist sinnlos, sich zu streiten«, sagte David, »ich kann Ihnen ebensogut sagen, daß ich nicht die Absicht habe, Sie aus den Augen zu lassen, ehe wir nicht beide der Polizei gegenüberstehen.«

Das war ein Einschnitt. Sie sahen sich an. David hatte die Hände in den Hosentaschen gehabt, jetzt nahm er sie heraus. So war mehr mit ihnen anzufangen. Er versuchte, sich an das wenige zu erinnern, was ihm die Armee über den Kampf Mann gegen Mann hatte beibringen können. Ihm fiel nicht mehr ein, als daß es ein scheußliches Wissensgebiet gewesen war.

Nicht, daß der Fremde gefährlich wirkte. Er drehte sich um und machte einen kleinen Spaziergang zur Leiche und zurück; dabei hatte er eine Miene aufgesetzt, die nicht dazu paßte. Er sah aus wie einer, der nur den milden Sonnenschein genießen will. Dann fragte er: »Sehen wir das jetzt nicht ein bißchen falsch. Können wir nicht davon ausgehen, daß wir beide in diese Affäre hineingestolpert sind, und uns begreiflich machen, daß wir gar nichts tun können. Der Mann ist tot. Wir können ihm sowieso nicht helfen. Wenn wir in eine penible polizeiliche Untersuchung geraten, so wird das eine höchst unangenehme Geschichte werden. Ich weiß nicht, wer oder was Sie sind; aber wenn ich raten müßte, würde ich sagen, Sie sind ein Student in den Ferien. Nun, diese Angelegenheit wird für Sie wahrscheinlich wochenlang alles durcheinanderbringen. Und dasselbe gilt für mich. Warum gehen wir also nicht einfach weg, Sie in die eine Richtung und ich in die andere? Es ist ganz undenkbar, daß man zufällig auf uns stößt.«

Obwohl David so ziemlich alles erwartet hatte, war er sich bewußt, daß er den Fremden mit großen Augen anstarrte. Mit dem, was der Mann da gesagt hatte, hätte er sich wohl kaum gründlicher verraten können – und doch schien er sich dessen gar nicht bewußt zu sein. Es hatte schon vorher Hinweise darauf gegeben, daß die Einstellung des Mannes »nicht astrein« war, wie es Timothy Dumble bezeichnet hätte. Und nun kam hier ein Vorschlag, der mit der Rolle, in der er sich anfangs präsentiert hatte, überhaupt nicht in Einklang zu bringen war. Gentlemen militärischen Zuschnitts, die, mit gewaltsamem Tod konfrontiert, irgendeine typische Floskel wie »scheußliche Sache« murmeln, schlagen nicht eine Viertelstunde später vor, sich aus dem Staube zu machen. David zweifelte jetzt nicht mehr daran, daß er es mit einem ausgemachten Ganoven zu tun hatte. Dieser Gentleman war ein Krimineller und sein Feind.

Das vereinfachte die Sache. David gab sich überhaupt keine Mühe, zu verhindern, daß man ihm ansah, zu welcher Schlußfolgerung er gerade gekommen war. Der Fremde wurde blaß, als sei er sich erst jetzt der Krise bewußt geworden, und David spürte irgendwie, daß er angespannt und bereit war. Jetzt war er wirklich gefährlich. Und da war etwas – David spürte, wie sein Gehirn danach tastete –, das man ihn auf keinen Fall tun lassen durfte.

Da war eine einfache physische Aktion, die man ihm nicht erlauben durfte.

Tatsächlich drehte sich der Fremde um und schlenderte noch einmal weg. Diesmal ging er zum Rand des Felsens hinüber, so daß David sich einen Augenblick fragte, ob er sich plötzlich aus dem Staube machen wür-

de. Aber er stieg nur auf einen Felsblock und sah noch einmal prüfend auf das Moor. »Nun«, sagte er, »das ist jetzt sowieso nur noch eine akademische Frage. Da kommen ein paar Männer direkt auf den Tor zu.«
Er stieg wieder herunter und schlenderte zurück. »Oder vielleicht sind's auch Mädchen. Ich bin nicht sicher.«
David schien das ein sehr wichtiger Punkt. Nichts gegen Mädchen, aber man kann nicht gut ein paar von ihnen auffordern, einen Verbrecher am Schlafittchen zu nehmen. Also ging er hinüber und schaute selbst nach. Das Moor war leer wie eh und je.

Er fuhr herum und wußte schon, was er sehen würde. Denn nun – zu spät, er war schon reingelegt worden – war ihm aufgegangen, welche simple Handlung er hätte verhindern müssen: daß der Fremde sich über die Leiche beugte und die Pistole an sich brachte. Es würde eine weitere Leiche geben.
Und jetzt war es natürlich passiert. Als David sich umdrehte, richtete sich der Fremde gerade auf, die Waffe war in seiner Hand. An dem, was er vorhatte, konnte nicht viel Zweifel sein. Dann sagte er ganz unerwartet: »Schauen Sie sich das an!« Er trat einen Schritt vor und hielt ihm die Pistole, die sehr klein aussah, so entgegen, als sollte er sie sich ansehen.
Diesmal war es David blitzartig klar, was gespielt wurde. Der Fremde wollte ein zweites Mal morden und nicht etwa um Rat fragen oder verhandeln. Aber diese Pistole war ein armseliges Ding und höchstens für ein

Verbrechen aus Leidenschaft in einem Boudoir geeignet. Nur aus ganz großer Nähe würde Verlaß auf sie sein. Und genau das war es, was der Fremde nun zu erreichen versuchte. David dachte nicht daran, ihm da entgegenzukommen. Jetzt mußte er schnell sein, so schnell, daß es an ein Wunder grenzte. Und tatsächlich, irgendeine biochemische Reaktion machte das möglich. Wie der Blitz setzte er über die Felskante hinter sich. Er hatte keine Zeit gehabt, festzustellen, ob man an der Stelle herunterkonnte, seine Hände und Füße mußten eben da Halt finden, wo es ging. Roher Fels schürfte über seine Brust, ein Steinsplitter pfiff an seinem Ohr vorbei, und von oben hörte er einen Knall. Gerade, als ihm das Unglaubliche klar wurde, daß man wirklich auf ihn geschossen hatte, fühlte er Boden unter den Füßen. Für einen Augenblick mochte er auch das nicht glauben, es war unmöglich, daß er diesen kurzen, aber sehr schwierigen Abstieg so ungeheuer schnell geschafft hatte. Aber so war es. Er drehte sich um und rannte ohne aufzuschauen den steilen Hang des Tor hinunter.

Es knallte noch einmal. Das kam unmittelbar, nachdem er eine merkwürdige Vibration im Fuß gespürt hatte. Er fragte sich, ob sein Verfolger einen Glückstreffer gelandet hatte. Es hieß ja, daß man manchmal den Schmerz eine ganze Zeit nicht spürte. Aber er lief ohne irgendwelche Schwierigkeiten weiter – und hörte jetzt nichts mehr als die Geräusche seiner eigenen Flucht. Es war schändlich, aber immerhin war es ein einigermaßen geordneter Rückzug. Er achtete genau darauf, wo er auf diesem trügerischen Boden hintrat,

und überlegte sich, wohin er lief. Gleichzeitig hatte er sehr große Angst. Der Gedanke ging ihm durch den Kopf, daß es überhaupt nicht so war wie in Timothys Auto die Nacht zuvor. Trotzdem mußte die Gefahr im Augenblick viel geringer sein, denn die Pistole war für den Fremden auf diese Entfernung sicher ziemlich nutzlos. Und er selbst hatte einen Vorsprung, den ein älterer Mann wahrscheinlich nicht verringern konnte, selbst wenn er die Verfolgung tatsächlich aufnahm.
Zuerst versicherte sich David, daß das Wegstück vor ihm einigermaßen eben war, dann schaute er sich um. Er hatte dem Burschen unrecht getan. Er mußte das Felsstück genauso schnell geschafft haben wie er selbst und war nun hinter ihm. Am Laufstil erkannte David sofort, daß er es mit einem Sportler zu tun hatte. David legte zu. Es wurde ihm bewußt, daß er gleichzeitig seltsame Rechenaufgaben löste: wieviele Quadratmeilen Einöde gab es in diesem Teil der Welt für diese phantastische Hetzjagd auf einen Menschen, in die er da hineingeraten war. Er schätzte das Alter des Fremden und korrelierte es mit dessen mutmaßlicher Energie.
Und allmählich – er mußte unterdessen einige hundert Yards zurückgelegt haben – ließ sein erbärmlicher Schiß ein wenig nach. Es gab nichts, wovor er sich fürchten mußte, Unvorsichtigkeit und Pech ausgenommen. Ein schwerer Sturz, eine Knöchelverletzung, dann war er allerdings erledigt. Wenn er aber so schlapp war, daß er von seinem Verfolger in einem ganz normalen Lauf wirklich eingeholt wurde, dann hatte er auch verdient, was auf ihn zukam.

Wieder sah er sich um. Der Fremde hatte weder aufgeholt, noch war er zurückgefallen. Im Laufen schien er in der Tasche herumzufummeln, und David fragte sich, ob er nach Patronen suchte, um seine miese kleine Pistole wieder zu laden. Dann hob der Fremde die Hand an den Mund und blies schrill auf einer Pfeife. David empörte das hauptsächlich. Als hätte er jemandem die Uhr geklaut und renne jetzt weg. Schließlich war der Fremde der Verbrecher – und einer von der ganz gefährlichen Sorte. David sah nach vorn. Das Moor dehnte sich vor ihm in sanften Wellen, und in der Ferne konnte er gerade noch eine Reihe von Pfählen erkennen. Auf jedem vierten oder fünften Pfahl würde immer wieder ein Habicht sitzen. Die Erinnerung schien Sicherheit zu verbürgen – und tatsächlich wußte er ja, daß ein paar Meilen weiter eine Schotterstraße an diesen Weg anschloß und daß dann ein Dorf kam. Im Augenblick brauchte er einfach nur geradeaus zu laufen.
Plötzlich wurde ihm klar, daß er genau das nicht tun konnte. Der Pfiff hatte etwas bewirkt. Genau voraus, wenn auch etliche hundert Yards entfernt, schien ein Mann aus dem Moor auferstanden zu sein. Sein Verhalten war nicht mißzuverstehen, er war der Aufforderung gefolgt, sich der Jagd anzuschließen. David war sich sofort grimmig im klaren darüber, daß die Hetzjagd in diesem Augenblick einen anderen Charakter angenommen hatte. Zwei gegen einen. Jetzt war es eine Hasenjagd.

Was für ein Blödsinn, sagte David zu sich selbst und schlug gleichzeitig einen scharfen Haken nach rechts. Auf ein Gewaltverbrechen zu stoßen, unmittelbar nachdem es begangen worden war, das war schon für sich ein ziemlich unwahrscheinliches Abenteuer. Immerhin, so etwas kam vor, und für ihn bestand die gleiche geringe Wahrscheinlichkeit, in so etwas verwickelt zu werden, wie für jeden anderen. Soweit es die Wahrscheinlichkeitsrechnung betraf, gab es für David sozusagen nichts, worüber er sich hätte beklagen können. Es war wie ein Gewinn bei einer Lotterie mit sehr geringen Gewinnchancen, oder als hätte man eine Riesensumme im Toto gewonnen, so verwunderlich war das auch nicht. Das war's, worauf Pettifor ganz sicher mit müheloser Klarheit hinweisen würde, wenn ihm die Sache unterbreitet würde.

David behielt seinen neuen Gegner scharf im Auge, zugleich war ihm, während er rannte, wider alle Vernunft zum Lachen zumute. Ob das bedeutete, daß er sich weiter von seiner panischen Angst erholte, wußte er nicht zu sagen. Es war schon ein lächerliches Spektakel, daß sein Verstand in dieser bizarren Notlage weiter so funktionierte wie bei einem ernsthaften und gebildeten Mann. Und dabei hätte ihn doch in diesem Augenblick nur beschäftigen sollen, wie wahrscheinlich es war, daß sie ihn erwischten. Wenn der zweite Typ auch ein Schießeisen hatte und sie partout darauf aus waren, ihn umzubringen, dann waren seine Aussichten nicht allzu gut.

Wieder schlug er einen schnellen Haken. Er hatte nämlich gerade eine ungesund grüne Fläche vor sich auf dem Moor entdeckt. Das hat man im schottischen Hochland besser eingerichtet, dachte er, da gibt es lange Moorstrecken, für einen Wettlauf wie geschaffen und kaum sumpfig... Er hörte, daß der hinter ihm etwas rief. Wahrscheinlich glaubte sich der Fremde jetzt in Rufweite seines Gehilfen und bellte ihm irgendeine Instruktion zu. Es war wirklich blödsinnig. Einem Mörder in den Weg zu stolpern, der gerade vom Tatort wegspazierte, war eine Sache, aber daß der dann noch einen Komplizen hatte, der ein Stück weiter auf der Lauer lag, war wieder etwas ganz anderes. Das machte die ganze Geschichte grotesk... An diesem Punkt seiner Überlegungen war David unkonzentriert, stolperte und flog kopfüber ins Heidekraut.

Er raffte sich wieder auf. Die Atemnot war jetzt schon ungemütlich. Er hörte wieder jemanden rufen. Diesmal beängstigend nahe hinter sich. Er rannte weiter – und zwar erstaunlich schnell. Jetzt war ihm ganz klar, wie groß seine Angst war. Sie hatte wieder zugenommen, jetzt war es Todesangst. Für einen Augenblick gab ihm das Kraft. Mit einer Leichtigkeit, die einer Gazelle Ehre gemacht hätte, war er über einen Wassergraben gesetzt, dessen Ränder trügerisch aussahen. Trotzdem war er sich nicht sicher, ob ihm nicht doch die Knie zitterten. Vielleicht wegen des Sturzes vorhin. Oder war das diese schreckliche Angst? Jetzt kam es darauf an, sich klarzumachen, daß das Leben unheimlich lebenswert war... Er schlug wieder einen Haken.

Diesmal waren es verstreute Steine, die ein ziemlich

schwieriges Wegstück vermuten ließen. Er schaffte es aber immer noch, auf die Straße – wenn man sie so nennen wollte – zuzuhalten, von der er auf dem Hinweg abgebogen war, um auf den Knack Tor zu steigen. Nur jetzt befand sich genau vor ihm ein langer Sumpfstreifen. Es fiel ihm ein, daß man ihm erzählt hatte, an manchen Stellen gebe es Sumpfstücke, die wirklich gefährlich sein konnten. Man sackt ab und läßt ein paar Blasen aufsteigen. Aber gefunden wird man nie – es sei denn, daß man Hunderte von Jahren später als Moorleiche aus dem Torf gegraben wird, perfekt präpariert. Das vereinfachte, bei Licht besehen, seinen Freunden hinter ihm sehr das Geschäft. Sie brauchten ihn bloß abzuschießen, oder, falls sie ihn einholten, dachte David grimmig, ihn gründlich totzuschlagen und dann nur noch das passende Sumpfloch für ihn zu suchen. Danach konnten sie dann in aller Ruhe zum Abendbrot nach Hause gehen. Aber warum hatten sie das nicht mit der Leiche gemacht, die sie schon hatten? Vielleicht war der Sumpf ein bißchen zu elastisch, hatte zuviel Auftrieb und war widerspenstig. So daß, sagen wir, Hände und Füße hartnäckig sichtbar geblieben wären. Für Aaskrähen sehr attraktiv... David merkte, wie er noch schneller wurde. Es ging ihm auf, daß Angst einiges für sich hatte. Brachte einen vorwärts.

Noch ein Schuß. Es hörte sich an wie ein schwaches Plop, und David war überzeugt, daß die einzige Schußwaffe, über die der Feind verfügte, immer noch die Pistole war, die er zuerst in der Hand des Toten gesehen hatte. Das machte ihm Mut. Er riskierte es, sich umzuschauen. Er sah den Fremden, der immer noch dranblieb, und den zweiten Mann, der jetzt an dessen Seite war. Das war auch ermutigend. Er hatte es vollkommen vermieden, abgeschnitten zu werden, und zwei von den Burschen hinter ihm waren auch nicht gefährlicher als der eine. Und die Distanz zwischen ihnen war immer noch so, daß der zweite Schuß nicht mehr als eine Demonstration gewesen war. Vielleicht konnte man ihn sogar als das Eingeständnis der Niederlage deuten, denn jetzt war der Weg nicht mehr weit weg, und sobald er den erreicht hatte, würde er sicheren Boden unter den Füßen haben. Ihre einzige wirkliche Chance war gewesen, daß er noch einmal stürzte und sich dabei so verletzte, daß er aufgeben mußte. Einmal auf festem Boden, mußte er es geschafft haben. Der Fremde war sicher Bergsteiger gewesen, und er war trotz seines Alters in guter Kondition. Aber Davids Distanz war früher die Meile gewesen, und er glaubte nicht, daß er ganz schlapp geworden war.

Falls der zweite Mann nicht jung und ein einigermaßen guter Langstreckenläufer war – oder falls es nicht noch irgendein unerwartetes Mißgeschick gab –, dann hatte er es mit ziemlicher Sicherheit geschafft. Das war David plötzlich aufgegangen. Ohne noch einmal einen Blick nach hinten zu wagen, streckte er einen Arm in die Luft und winkte herausfordernd. Die blöde kleine Pistole machte noch einmal plop. Er nahm den Arm wieder herunter und stellte etwas Unglaubliches fest: sein Zeigefinger war voll Blut.

Es tat nicht weh, aber es ernüchterte ihn. Und jetzt mußte er auch noch scharf abbiegen und einen Umweg machen, um dem üblen Sumpfstreifen auszuweichen.

Wenn den seine Verfolger vor ihm entdeckt hatten – und möglich war das –, dann hatten sie gute Aussichten, ein ganzes Stück zu gewinnen, wenn sie als erste die neue Richtung eingeschlagen hatten. Und es würde ihnen gleich noch in anderer Hinsicht nutzen, es gab ihnen nämlich die Möglichkeit, einen ziemlich steilen Aufstieg auszulassen, den er direkt annehmen mußte. Noch einmal quälte David sich etwas mehr Geschwindigkeit ab. Das Gelände machte jetzt das Laufen schwierig. Weil der Boden zufällig anders war, oder weil das Gelände offenlag, war das Heidekraut dicht und hoch. Als er auf dem Gipfelpunkt dieser kurzen Steigung angekommen war, war er froh, zu sehen, daß es auf dem Weg hinunter wieder besser gehen würde; denn so wie die Dinge jetzt standen, hatte sein Gehechel schon etwas Beunruhigendes. Die Gegend war wirklich verdammt einsam. Es gab den kleinen Trampelpfad und sonst nichts – er sah aus wie ein sauberer Scheitel auf dem Rückgrat eines unnatürlich gutgepflegten pelzigen Ungeheuers. Plötzlich schien ihm alles, was in seinem Leben sicher und wohlvertraut gewesen war, beängstigend weit weg: vor allem die kaum vergangenen ruhigen Tage im »George«, der alte Pettifor, Timothy und Ogg, das Baby, und die wohlhabenden Angler aus Lombardstreet und Westminster und Pall Mall – weit weg, zeitlich und räumlich. Er ahnte jetzt, wie es sein würde, wenn er den Mut verlöre, seltsamerweise würde es ganz anders sein, als wenn man nur eine Scheißangst hatte. Während er in einem Tempo abwärts hastete, von dem er wußte, daß es unvernünftig hoch war, setzte er sich zwanghaft mit den

Ausmaßen dieses Melodrams auseinander, in das er hineingezogen worden war. Es konnte einfach nicht Meilen und Meilen so weitergehen, obwohl es vom höchsten Punkt der Steigung und vom Gipfel des Tor genauso ausgesehen hatte. Wenn er nur so durchhielt, dann würde er bald diese brutale Einsamkeit hinter sich haben.

Bloß wie? Und wo würde er endlich in Sicherheit sein? Diese Frage traf ihn in dem Augenblick wie ein Schlag, als er den Trampelpfad erreicht hatte. Von der Karte her erinnerte er sich daran, daß es genau geradeaus eine Art Dorf gab. Aber vielleicht waren es nur zwei oder drei Häuser; würden die viel Sicherheit bieten?

Ganz abrupt, wie es ihm manchmal passierte, kamen die Antworten auf seine Fragen nicht in Worten, sondern in Bildern – lebhafte, fast halluzinatorische Bilder, wie sie einem manchmal in der Dunkelheit erscheinen, wenn man kurz vor dem Einschlafen ist. Er sah sich, wie er aus einer Gruppe kleiner Kinder die Lage eines Polizeireviers herauszufragen versuchte, das es nicht gab, wie er in Wortschwällen einem silberhaarigen Geistlichen, der einen Spaziergang machte, seine Situation zu erklären versuchte, wie er – und diese Vision schockierte ihn am meisten – im ersten Haus, in das er hineinkommen konnte, von Panik geschüttelt unter ein Bett kroch. Das alles war extrem lächerlich, spiegelte aber doch eine nüchterne Tatsache wider, über die er sich Klarheit verschaffen mußte. Wenn ein Bursche mit einer Pistole hinter einem her ist, und wenn er überzeugt ist, daß es ziemlich eindeutig um dein oder sein Leben geht, dann ist der Punkt, an dem man hoffen kann, definitiv in Sicherheit zu sein, nicht leicht auszumachen. David rannte, und diese eisige Wahrheit fraß sich immer tiefer in ihn hinein.

Natürlich war das Magazin der miesen kleinen Pistole nicht unerschöpflich, und es war auch nicht ausgemacht, daß die Taschen des Herrn mit den teuren Schuhen und dem gepflegten Schnurrbart vor Reservemunition platzten. Sobald er keine Munition mehr hatte, war er erledigt – und sein Verbündeter, den David nur vage wahrgenommen hatte, auch. Wenn David hätte sicher sein können, daß der letzte Schuß schon abgefeuert war, dann wäre er ganz zuversichtlich so weitergelaufen.

Es war erstaunlich, daß er davon überzeugt war. Schließlich würde es immer noch zwei gegen einen sein, und ein bekannter Schläger war David auch nicht gerade. Es war ihm aber vollkommen klar, daß es ihn enorm befriedigt hätte, wenn er kehrtgemacht hätte, um die beiden so gut er konnte zusammenzuschlagen. Er rannte noch immer, aber er fühlte, wie ihm bei diesem neuen Gedanken das Blut in den Kopf stieg. Und wieder verwandelten sich seine Gedanken in Bilder. Er sah, wie er es seinen Verfolgern anständig gab, wie sie heulend und sich windend zu Boden gingen. Diese Vision tat ihm so gut – besonders, weil sie nach den anderen kam –, daß sie für einige Sekunden die Oberhand über die Wirklichkeit gewonnen haben mußte. Als David – immer noch rennend – seine wirkliche Umgebung wieder richtig wahrnahm, stellte er fest, daß sich die Situation geändert hatte. Direkt vor ihm auf der schmalen Straße hielt ein Auto.

Merkwürdig, daß er es nicht eher gesehen hatte, merkwürdig auch, daß es nicht vom Gipfel des Tor aus zu sehen gewesen war. Aber er sah sofort, warum. Der Pfad senkte sich hier stark ab und bildete auf etwa fünfzehn Yards einen Hohlweg. An dieser besonders geschützten Stelle wurde sehr schön die milde Mittagswärme eingefangen. Und der einzige Insasse des Autos – es war ein großer offener Wagen – schien das voll zu nutzen. Es war eine junge Frau. Sie hatte sich auf dem Vordersitz langgemacht, und während sie einen freigiebigen Streifen ihrer bloßen Beine, die für die Jahreszeit ungewöhnlich braun waren, der milden Sonne darbot, aß sie genüßlich ein Sandwich. Elegant war dieser Anblick wohl nicht, aber doch erfreulich, was David gerade noch registrierte, obwohl ihn seine Lage ganz in Anspruch nahm.

Das Mädchen drehte den Kopf und starrte ihn an. Das war nur natürlich. So wie er diesen einsamen Pfad total ausgepumpt herunterstampfte, mußte er einen verwirrenden, wenn nicht wirklich alarmierenden Anblick bieten. Aber was um Himmels willen sollte er jetzt tun? Dies war keine von den Situationen, die er eben noch phantasiert hatte. Diese enthielt durchaus ein neues Element, und um das zu erkennen, brauchte er nur eine Sekunde. Er war nicht nur in Gefahr, er war auch gefährlich. In dieser gottverlassenen Gegend und mit zwei Mordbuben hinter ihm war es einfach ungesund, sich mit ihm zusammenzutun. Wenn diese junge Frau ein junger Mann gewesen wäre oder auch nur ein Kindskopf wie Ogg, Pettifors bärtiger Neffe, dann hätte es anders ausgesehen. Einen anderen Mann zu veranlas-

sen, das Risiko einzugehen, das wäre durchaus fair gewesen. Aber man konnte ja wohl nicht gut ein Mädchen dazu auffordern, sich einem als Zielscheibe anzuschließen – auch dann nicht, wenn nur mit einer dämlichen kleinen Pistole geschossen wurde.
Während David diese Klischees der Ritterlichkeit hin und her wendete, zog das Mädchen schnell die Beine aus seinem Blickfeld und sagte: »Kann ich etwas für Sie tun?«

Das war eine komisch unpassende Frage – von der Art, wie sie Verkäufer benutzen, wenn sie sich im Laden an einen heranmachen. Nicht, daß sie aussah wie ein Ladenmädchen. Nach Davids großzügigen und unschuldigen gesellschaftlichen Maßstäben schien sie ihm vielmehr ein ganz normales Mädchen zu sein, eben wie eins von den Mädchen, mit denen er gewöhnlich zusammenkam. Nun, jetzt hatte er dieses Mädchen getroffen. Sie hatte sich geäußert, und es gab ein einfaches Problem, das auf der Stelle gelöst werden mußte. Entweder sagte er »Ja« und blieb stehen oder »Nein« und lief weiter. Im Augenblick hörte er hinter sich nichts, aber binnen kurzem würden seine Verfolger auf der Straße und fast wieder auf Schußweite heran sein. Es gab gewiß keine Muße für etwas, was man eine Unterhaltung hätte nennen können. »Nein«, sagte er, »ich bin o.k.«, und rannte weiter.
Er nahm an, daß die Gangster sich nicht damit aufhalten würden, sie fertigzumachen. Auf jeden Fall hatte sie so eine bessere Chance, ganz unbehelligt zu bleiben, als wenn er mit langen Erklärungen angefangen und sie

gebeten hätte, ihn in die nächste Stadt zu bringen. Aber hier, das sah er jetzt, war ein Problem, das wiederkommen konnte. Wenn er zum Beispiel auf ein paar schnatternde alte Frauen stieß, dann mußte er dieselbe Antwort geben. Jetzt aber hörte er hinter sich, wie der Motor des Wagens ansprang.

Daran hatte er nicht gedacht. Sie war stutzig geworden oder war neugierig, vielleicht machte sie sich auch wirklich Sorgen um ihn. Und da war sie schon. Er hatte noch keine fünfzig Yards hinter sich gebracht, da bremste sie schon genau neben ihm. Diesmal blieb er stehen. Das war nicht anders möglich. Und dieser Halt machte ihm klar, wie fertig er war. Wahrscheinlich konnte er seinen Beinen befehlen weiterzumachen, und sie würden wohl gehorchen, aber gefallen würde ihnen das gar nicht.

»Laufen Sie vor irgend etwas weg?« Das Mädchen schaute ihm ins Gesicht, als sie das fragte. Ihre Augen waren blau, sehr blau. Sie schien wirklich durcheinander zu sein.

»Ja!«

Es war nur die Atemnot, die David zwang, sich so kurz zu fassen. Er bemerkte, wie sie, bevor sie weitersprach, nach rückwärts die Straße hinaufsah. Da war noch niemand. Dann fragte sie prosaisch: »Sind Sie ein Strafgefangener?«

Er wußte nicht, ob er lachen oder sie innerlich ein blödes Weibsstück nennen sollte. Und selbst wenn sie ein bißchen dösig war, sie sah sehr gut aus. Aber das nahm er im Augenblick nur ganz am Rande wahr; es hatte nichts damit zu tun, daß er dann hastig sagte: »Nein –

wirklich nicht. Aber ich muß trotzdem hier weg. Nehmen Sie mich mit?«
»Ja, natürlich. Steigen Sie ein!«
Da saß er schon neben ihr. Er war überzeugt, daß er das Richtige getan hatte, vorausgesetzt, sie kamen hier sofort los. Wenn sie erst einmal fuhren, bestand für sie keine Gefahr und für ihn auch nicht, was ja schließlich auch nicht ganz unwichtig war. Aber sie sozusagen in seinem Kielwasser zurückzulassen, indem er wieder ins Moor oder weiter die Straße herunterrannte, während sie, Hilfsbereitschaft signalisierende Laute produzierend, ihm nachkam, hätte mindestens bedeutet, sie einem nicht abschätzbaren Risiko auszusetzen. »Fahren Sie los«, sagte er, »ich erkläre es Ihnen dann.«
Das Mädchen nickte und drückte auf den Starter. David war sich plötzlich einer neuen Angst bewußt. Es war ihm vorher nicht aufgefallen, daß sie den Motor abgestellt hatte. Immerhin, es war ein großes modernes Auto, und da durfte es eigentlich keine Schwierigkeiten geben. Im Moment aber sprang der Motor nicht an. »Dammtnochmal!« Das Mädchen wußte, worum es ging. Ohne daß sie hinsah, ließ sie ihre Hände ruhig und gekonnt über Knöpfe und Hebel gleiten. Ihre Augen, diese wirklich wunderbaren Augen, starrten in den Rückspiegel über der Windschutzscheibe. »Sind das die Leute, die hinter Ihnen her sind?«
David drehte sich um und schaute die Straße hinauf. Seine Verfolger lagen weiter zurück, als er erwartet hatte, und waren noch kaum zu erkennen. Aber sie waren es – und sie holten auf. »Ja«, sagte er, »das sind sie«, und dann: »Fahren Sie jetzt los!«

Das Mädchen sagte scharf: »Natürlich fahren wir jetzt los! Der Vergaser saftet ein bißchen, wenn man's falsch anfängt, so wie ich eben. Aber in ein paar Sekunden haben wir's geschafft. Wir müssen ihn jetzt nur ein paar Sekunden in Ruhe lassen.«

»Hm, gut.« David sagte das so gelassen, wie er nur konnte. Er hatte jetzt das Gefühl, daß er doch das Falsche getan hatte. »Das sind übrigens keine sehr netten Leute, fürchte ich. Wenn es ganz dick kommt, werden Sie sich dann auf den Wagenboden legen, wenn ich es Ihnen sage?«

»Wenn es Sie erleichtert, sicher.« Die Stimme des Mädchens war ruhig und ein wenig ironisch, so daß er annahm, sie würde so leicht den Kopf nicht verlieren. Aber ihr Körper war angespannt, und ihre Hand schwebte über dem Starter. Man hätte denken können, daß sie zählte. »Jetzt«, sagte sie und drückte den Startknopf. Und dann: »Verdammt! Verdammt! Verdammt! Verdammt!« Der Motor hatte durchgedreht, aber es war wieder nichts passiert.

David schaute zurück. So wurde das nichts. Tatsächlich war die Lage verzweifelt. Er hatte also doch diese ganz reizende junge Dame in eine große Gefahr gebracht. Sie sah ihn jetzt fragend an, und ihre Augen trafen sich. In diesem Moment hatte er irgendeine ganz unerklärliche Eingebung – ein Instinkt, eine Wahrnehmung, ein Kalkül, er wußte nicht was. Er sagte: »Ich verschwinde!« Dann sprang er aus dem Auto und rannte.

Natürlich würden sie nicht anhalten, um mit dem Mädchen irgendwie abzurechnen; warum auch, was hätte ihnen das genützt. Wahrscheinlich würden sie sogar die Straße verlassen, um ihr auszuweichen, so daß er selbst dadurch ein ganzes Stück gewinnen würde. Es konnte nur einen Grund geben, warum der Fremde diese verzweifelte Jagd nicht aufgab: er konnte es einfach nicht riskieren, daß David entkam und dann später in der Lage war, ihn zu identifizieren. Er würde sich instinktiv ganz darauf konzentrieren, daß er von niemandem gesehen wurde. Mit Sicherheit würde er um das Mädchen und um jeden anderen, der ihm zufällig in die Quere kam, einen möglichst großen Bogen machen.

David rannte daher jetzt halbwegs erleichtert weiter, und was ihm unmittelbar bevorstehen mochte, regte seine Phantasie jetzt weniger zu extravaganten Gedankenflügen an. Ganz sicher konnten sie ihm nicht einmal in den erbärmlichen Weiler folgen, denn sobald sie irgendwie Aufmerksamkeit erregten, verloren ihre gegenwärtigen Bemühungen jede Basis. Es konnte unmöglich noch weit sein. Der Pfad stieg vor ihm steil an, und David vermutete, daß er von dort oben auf verstreute Kamine und Dächer schauen würde, die höchstens eine halbe Meile entfernt waren. Das würde er sicher schaffen. Was seine Beine betraf, hatte er sich nämlich geirrt. Sie waren immer noch kein bißchen abgeneigt, genau das zu tun, was er von ihnen verlangte. Er trat kürzer, um mit der Steigung fertig zu werden, und kam ganz gut hoch. Und tatsächlich, da unten breitete sich das kleine Dorf vor ihm aus. Dahinter konnte er Felder und Bäume sehen. Er hatte den Rand des Moors erreicht.

Nun ja, er hatte nicht den Wunsch, es wiederzusehen.

Er dachte wieder daran, daß er nicht mehr viel Luft hatte, und machte ein paar Atemübungen, wie er es sonst vielleicht am Ende eines Geländelaufs getan hätte. Und dann hörte er hinter sich ein Auto. Es hörte sich an, als führe es mit hoher Geschwindigkeit, obwohl die Straße ganz sicher nicht zum Schnellfahren geeignet war. Es war sowieso kaum eine Straße für Kraftfahrzeuge, deshalb hatte ihn ja die Anwesenheit des Mädchens so überrascht. Sie schnitt aber wohl eine Ecke des Moors ab und hatte deshalb ein gewisses Maß an Verkehr. Während David weiterrannte, schaute er über die Schulter zurück. Aber die Kuppe des Hügels, über den er gerade gekommen war, versperrte ihm die Sicht. Das Auto hatte ihn fast schon erreicht, als er es sah. Es war ihm nicht unbekannt, es war das Auto des Mädchens. Sie mußte es schließlich in Gang gebracht haben und jetzt versuchen, die Panne von vorhin wieder gutzumachen, indem sie schnell nachkam, um ihn einzuladen. David schwenkte zum Straßenrand hinüber, hielt an und machte kehrt. Jetzt erst kriegte er den Wagen voll zu sehen. Nicht das Mädchen saß am Steuer, sondern der Fremde.
Die nächsten Sekunden waren ein einziges Durcheinander. Der Wagen schleuderte, und David nahm schon an, daß der Fremde ihn des Tempos wegen nicht mehr unter Kontrolle hatte, als er plötzlich selbst etwas scheinbar völlig Unkontrolliertes tat. Ohne zu überlegen hatte er sich kopfüber den sanften Abhang neben der Straße hinuntergeworfen. Es donnerte ihm in den Ohren, Heidekraut peitschte ihm ins Gesicht, die Räder verfehlten ihn nur um ein paar Zoll. Atemlos und

völlig durcheinander krabbelte er den Abhang wieder hoch. Dreißig Yards vor ihm war das Auto. Es bewegte sich nicht mehr, sondern lag in einer Art flachem Graben auf der Seite. Der Fremde und ein anderer Mann kletterten heraus. Von dem Mädchen keine Spur.
Für einen Augenblick hatte die Geschichte wieder einmal ganz unvorhergesehen etwas Lächerliches. Seine Verfolger, die sich aus dem Auto hangelten, nachdem ihnen gerade ein weiterer Mord danebengegangen war, sahen nur absurd aus, wie glücklose zweitklassige Schauspieler, die in einer Slapstick-Komödie notgedrungen riskante Rollen übernommen hatten. Aber wenn dieser Eindruck vermuten ließ, daß David ein bißchen wirr im Kopf war, so dauerte der Anfall glücklicherweise nicht lange. Er brachte sich wieder auf die Straße – was das Auto wahrscheinlich nicht schaffen würde – und rannte. Er rannte schneller als je zuvor – dahin zurück, woher er gekommen war.

Kapitel 8

Es gab nämlich etwas, das er sofort klären mußte. Hatten sie das Mädchen nur ausgetrickst, oder hatten sie Gewalt angewendet? In jedem Fall war sein Zusammentreffen mit ihr, milde gesagt, eine unglückliche Geschichte gewesen, und er war es sich schuldig, nachzusehen, was los war. Wie auch immer, die Mordbuben waren jetzt sowieso zwischen ihm und dem Dorf; daß er wieder zurücklief, hatte also nichts Donquichotisches an sich. Sicher hatte er keine großen Reserven

mehr, aber es gab überhaupt keinen Grund, anzunehmen, daß das bei seinen Feinden anders war. Als er wieder auf die Hügelkuppe zurannte, drehte er sich um und sah nach ihnen. Wenn sie vorhatten, ihm nachzukommen, dann waren sie noch nicht so weit. Sie standen immer noch neben dem Wagen, und der Fremde schien sein Bein zu betasten oder zu reiben. Wenn er Glück hatte, dann hatten sie bei dem, was da eben passiert war, viel mehr abgekriegt als er.
Er war wieder auf der Hügelkuppe und glaubte für einen Augenblick, das Mädchen ausgemacht zu haben; kaum mehr als zweihundert Yards entfernt, schien sie auf ihn zuzugehen. Aber es war nicht das Mädchen. Es war ein Mann.
David hielt an. Er stellte fest, daß er jetzt etwas gegen Männer hatte. Männern mißtraute er. Besonders, wenn sie Schußwaffen hatten. Vielleicht hatte dieser Mann keine. Vielleicht aber doch. David konnte sehen, daß er etwas unter dem Arm trug. Es konnte eine Angelrute sein. Vielleicht war es aber auch ein Spazierstock. Es *konnte* natürlich auch ein Gewehr sein.
Der Mann schlenderte die Straße herunter. Wenn er David gesehen hatte, so ließ er es sich nicht anmerken. Er war groß und trug Knickerbocker – man konnte schon vermuten, daß dieses Kleidungsstück vielleicht ländlich, aber nicht bäuerisch war. So eine Art Landedelmann vielleicht... An diesem Punkt wurde David klar, daß es inzwischen so weit gekommen war, daß er jetzt Gentlemen noch weniger ausstehen konnte als gewöhnliche Männer. Er stellte sich vor, daß die Gestalt, die da auf ihn zukam, auch einen wohlgestutzten

Schnurrbar trug und dazu neigte, bei jeder Gelegenheit »scheußlich« oder »ganz fabelhaft« zu nuscheln. Und jetzt wußte er auch, was der Bursche unter dem Arm hatte. Allerdings nicht genau. Wahrscheinlich war es eine Schrotflinte, aber es konnte sehr gut auch ein Gewehr sein.

Der Mann – Gentleman oder nicht – kam stetig näher. Mal schaute er nach rechts, mal nach links, als ob er sich Hoffnung machte, ein Nilpferd oder einen Tiger vor die Flinte zu bekommen. Nur geradeaus blickte er nicht – jedenfalls nicht konzentriert oder auch nur mit Interesse. Schon fühlte sich David ziemlich angestrengt übersehen. Und das war irgendwie ein Verhalten, das ihm gar nicht gefiel.

Er versuchte, sich zusammenzunehmen und etwas gesunden Menschenverstand aufzubringen. Es war doch einfach unvorstellbar, daß das *noch* einer von denen war. Die Gegend hier konnte doch nicht plötzlich en bloc von Desperados übernommen worden sein, seit er an diesem Morgen Nymph Monachorum verlassen hatte. Mit hoher Wahrscheinlichkeit war die Gestalt, die da auf ihn zukam, harmlos, gelinde gesagt. Es stand fast fest, daß das ein rechtschaffener Bürger war, der – glücklicherweise – im Augenblick eine Waffe trug. Ob das nun ein Gewehr oder eine Schrotflinte war, seine Waffe konnte es sicher mit der idiotischen kleinen Pistole aufnehmen.

David rannte weiter. Da zog die Gestalt die Waffe unter dem Arm hervor und schien sie beiläufig zu inspizieren. Das hätte eigentlich in Ordnung sein sollen. War es aber aus irgendeinem Grunde nicht. Obwohl

David von solchen Sachen nicht besonders viel verstand, spürte er, daß irgend etwas mit diesem Sportsfreund und dem, was er tat, nicht stimmte. Es lagen jetzt nur noch etwa hundert Yards zwischen ihnen. Damit war er vermutlich schon für jeden, der bei einem Gewehr vorn und hinten unterscheiden konnte, so leicht zu treffen, als hätte er sich gar nicht bewegt.
Sicher mußte er sein möglichstes tun, um das Mädchen so schnell es ging zu finden. Soviel Anstand mußte er wenigstens zeigen. Aber selbst, wenn er um diesen Burschen in Knickerbockern herumkam, würde er nicht viel tun können, um ihr zu helfen. Angenommen, es war ihr noch nichts geschehen – was recht wahrscheinlich war –, dann konnte es katastrophal sein, wenn er diesen Burschen zu ihr hinführte.
Ein Ausweichmanöver, und zwar sofort, war jetzt das einzig Richtige. Wenn er sich in dem Mann vor ihm getäuscht hatte und diese Aktion ihm einen potentiellen Verbündeten nahm, nun, dann war's auch nicht zu ändern.
David sah hinter sich. Er sah, daß seine ersten Feinde jetzt wieder unterwegs waren. Dann schaute er nach links. Hier am Rande des Moors gab es wirklich eine ganze Menge Deckung: welliges Gelände mit einem Dickicht oder einem Wäldchen hier und da zog sich zu einem flachen Tal hinunter, in dem ein Bach durch langgestreckte niedrige Schonungen zu fließen schien. David machte kehrt und rannte auf eine vielversprechende, vom Regen ausgewaschene Rinne zu, die er keinen Steinwurf entfernt ausgemacht hatte. Etwas sirrte an seinem Kopf vorbei. Er glaubte, es wäre ein Insekt

gewesen, dann, den Bruchteil einer Sekunde später, hörte er einen Knall.
Immerhin, er hatte sich nicht getäuscht. Den Kopf eingezogen, rannte er so schnell wie nie zuvor und sagte sich, daß darin ja auch eine gewisse Befriedigung läge. Alles andere war ja auch reichlich unbefriedigend. Ein Gewehr – selbst ein leichtes Sportgewehr – änderte alles. In geübten Händen bedeutete es nichts anderes als einen baldigen Tod – jedenfalls dann, wenn er wieder ins offene Moor zurückgetrieben wurde.
Um seine beste Chance wahrzunehmen, mußte er auch große Risiken eingehen, um es schnell bis zu dem Dorf zu schaffen. Sie konnten ihn einfach nicht aus allen Rohren ballernd ins Dorf hinein verfolgen. Dies war ja schließlich kein dreidimensionaler Western. Es mußte doch eine Grenze geben – in jeder Hinsicht –, über die hinaus sie einfach nicht gehen konnten.
Die nächste Phase von Davids Flucht war seltsam unwirklich und schattenhaft. Sein Kopf schien sie kaum unter Kontrolle zu haben. Und trotzdem machte er weder Fehler, noch handelte er überstürzt. Zum ersten Mal war jetzt vor allem eine Menge Vorsicht und Überlegung nötig. Das Gelände hatte sich – fast ehe er es bemerkt hatte – vollkommen geändert; er bewegte sich in der Deckung von hohen Erdwällen, kroch durch dichtes Gebüsch und lag in einem Graben und horchte auf Geräusche, die nicht kamen.
Langsam erkannte er, daß er seine Verfolger für eine Weile ganz abgeschüttelt hatte. Vielleicht, indem er zuließ, daß etwas Primitives in ihm die Oberhand gewann und sein Denken ausschaltete. Wie lange schon, wußte

er nicht, denn es war vor allem sein Zeitgefühl, daß nicht mehr funktionierte. Dagegen war sein Richtungssinn sehr geschärft. Er wußte einfach, wo das Dorf war. Über eine Wiese, einen Bach hinauf, noch eine Biegung, dort war es. Was er da, genau an der Stelle, wo sich der Bach aus seinem Blickfeld schlängelte, sehen konnte, das mußten tatsächlich die ersten Häuser sein: weißgekalkte Wände und graue Reetdächer. Es war schwer, nicht zu glauben, daß nun der Weg in die Sicherheit frei war. Auf der Wiese waren Schafe, er hörte einen Hund bellen, und aus einer schwer zu bestimmenden Richtung kam das dumpfe Brummeln eines Motors – er nahm an, daß es eine Art Pumpe war. Seine Feinde schienen einer Vergangenheit anzugehören, an die er sich nicht mehr genau erinnern konnte. Wahrscheinlich waren sie zum Tee nach Hause gegangen.

Als er sich bei diesem kindischen Gedanken ertappte, wurde sich David der Gefahr bewußt, daß all dies eine Falle sein konnte. Ganz plötzlich hatte er schändlich abgebaut. Das war's. Wenn er sich nicht zusammennahm, würde er sich einfach mitten auf die Wiese setzen und Gänseblümchen zählen. Typen wie die gehen nicht nach Hause. Wenn man denen entwischt und sie nicht mehr direkt hinter einem herstapfen können, fangen die an vorauszudenken. Die fangen an und denken für dich. Das heißt, die wissen, daß du versuchst, das Dorf da zu erreichen. Also schirmen sie es ab.

David hockte neben einem Gatter und spähte vorsichtig über die vollkommen friedvolle Wiese gegenüber. Es war ein ziemlich klarer Fall, daß die tatsächlich zwischen ihm und dem Dorf waren – aber schließlich waren sie ja doch keine ganze Truppe. So wie die Dinge standen, brachten sie keine Treiberkette auf die Beine. Sie würden sich an günstigen Stellen postiert haben. Und jetzt würden sie auch einkalkulieren, daß er ziemlich schlau und vorsichtig war. Was würden sie im Auge behalten: die raffinierten Zugänge, die schlauen Anmarschwege und die Linien kontinuierlicher Deckung, wie man sie bei militärischen Geländeübungen ausfindig machen mußte. Also würde es das beste sein, einfach aufzustehen und ungedeckt geradeaus zu marschieren.

David stand auf. Aus irgendeinem Grunde verschwamm ihm die Landschaft vor den Augen, aber er war todsicher, daß sein duseliger Schädel tatsächlich ein taktisches Meisterstück ausgeheckt hatte. Er kletterte über das Tor – am Morgen dieses Tages wäre er darüber geflankt – und marschierte diagonal durch die Wiese. Er überraschte sich dabei, wie er die Schafe zählte. Auch das war raffiniert. Es hielt einen wach. Oder tat es das gerade nicht? Jetzt war er auf der anderen Seite. Und es war überhaupt nichts passiert, es war so gewesen, wie er es mit Recht erwartet hatte. Es war ein hübscher Bach. Er murmelte und gluckste. Das rhythmische Geräusch des Motors war jetzt lauter. Wahrscheinlich pumpte er Wasser in die Viehtränken. Das hier war überall besiedeltes Land – Bauern, Schäfer, bellende aber gutmütige Hunde. Und da war ein Haus. Er würde hineingehen und sagen, was los war. Vielleicht würden die Leute überrascht sein. Aber er würde alles genau erklären.

Das Haus war solide und zweistöckig, er war schon drin, ehe er merkte, daß es gar keine Tür mehr hatte. Nur die Türöffnung war da. Das Haus war verlassen und teilweise eine Ruine. Es fiel ihm ein, daß es in dieser Gegend viele davon gab. Oft lagen sie verstreut an ziemlich abgelegenen Orten. Irgendein Wandel in der ländlichen Wirtschaftsstruktur hatte dazu geführt, daß man sozusagen die Außenposten aufgab. Dasselbe fand man im Sumpfland des Nordens – genau am entgegengesetzten Ende Englands. Bauernhäuser, die verfielen und in der Erde versanken. Nicht wegen abnehmender Erträge, sondern der Busse und Motorräder wegen. Das Ergebnis war trotzdem sehr deprimierend.
David wußte, daß das verzweifelt unwichtige Gedanken waren, aber für ein paar Sekunden wanderte er weiter im Modergeruch über verfaulte Fußbodenbretter. Er versuchte, sich daran zu erinnern, wie das Zeug hieß – das Zeug, mit dem man solche Häuser gebaut hatte. Lehm mit Kies und Stroh vermischt – wie hieß das? Er hielt inne und lauschte. Es war der Bach, der gluckerte. Einfach eine Art von Lehm und Kies. Wahrscheinlich eine Entdeckung der Ureinwohner dieser Gegend, und die Leute hatten immer so weiter gebaut. Das würde Kugeln sehr gut aufhalten können...
Plötzlich war das verlassene Haus unfreundlich und sogar düster. Er fragte sich, warum. Es hatte mit den Kugeln zu tun. David trat wieder nach draußen und ging bachaufwärts. Da war ein kleiner Pfad, und weiter oben konnte er noch ein Haus und die Spuren einer Straße oder eines Weges sehen, die von dort aus weiterführten. Dieser Weg würde ihn direkt ins Dorf bringen.

Was in den letzten Minuten geschehen war, hatte er kaum im Griff gehabt. Er dachte das, ohne beunruhigt zu sein. Aber jetzt war er wieder ganz da. Dieser Plan, offen geradeaus zu gehen, weil der Feind nach jemandem Ausschau hielt, der durchs Gelände schlich und sich herumdrückte, das war's. Und er hatte schon fast gewonnen. Er konnte Kinderstimmen hören, sie waren schwach, aber es waren Kinder, irgendwo genau vor ihm.

Jetzt hatte er die Straße erreicht – sie war in ziemlich schlechtem Zustand, aber für ein Auto oder einen Lastwagen durchaus befahrbar. Sie machte einen Bogen zu dem anderen Haus hin, das jetzt genau vor ihm lag. Es gab auch dort keine Zeichen von Leben, und er sagte sich, daß es sinnlos wäre hineinzugehen. Ein merkwürdiges Gebäude. Es war klein, hatte aber einen komplizierten Grundriß, so als wäre es für irgendeinen technischen Zweck gebaut worden. An ihm vorbei oder besser, durch einen seiner Flügel hindurch, floß der Bach, wie bei einer Mühle. David interessierte sich dafür. Nicht nur er allein, stellte er fest. Da war noch jemand. Ein Mann stand da und schaute sich das Gebäude an. David fiel wieder ein, daß er etwas gegen Männer hatte. Und dann sah er, daß dies einer von den Männern war, die er auf den Tod nicht ausstehen konnte. Es war der Mann in Knickerbockern.

Sie waren nur so weit voneinander entfernt, wie das Gebäude lang war. Der Mann drehte sich um; sie sahen sich an.

Kapitel 9

Dieses Zusammentreffen war so überraschend und direkt, daß es David wieder sehr wach machte. Er glaubte nicht mehr daran, daß er die Dinge im Griff hatte. Er sah ganz genau, daß er mit hoher Wahrscheinlichkeit in ein paar Minuten tot sein würde. Und diese Betrachtung des Todes wirkte sehr belebend. Mit einem Satz sprang er in den Schutz des Gebäudes. Er hatte aber gar nicht das Gefühl, daß er selbst gesprungen war, sondern ihm war, als wäre er von einem Katapult abgeschossen worden. Wie auch immer, für den Augenblick war er vergleichsweise sicher.

Auch dieses Gebäude wirkte wie verlassen und aufgegeben. Er befand sich in einem leeren rechteckigen Raum mit einem Zementfußboden, aus dem an manchen Stellen abgebrochene und verrostete eiserne Rohre heraussahen; in einer Ecke war eine gußeiserne Wendeltreppe, die durch ein quadratisches Loch in der Decke nach oben führte. An einer Wand gab es eine Reihe von Schaltern und Sicherungskästen, die auf irgendeine ziemlich komplizierte elektrische Anlage hinwiesen, aber die Drähte waren herausgerissen, als sei jemand in wahnsinnigem Zorn durch das Haus gegangen. Alle Fenster waren zerbrochen, und in der Mitte des Raumes lagen die Reste eines großen Fasses, das man anscheinend in Stücke geschlagen hatte. An einer Tür, die in weitere Räume führte, flappte ein gedruckter Anschlag über Mindestlöhne in der »apfelverarbeitenden Getränkeindustrie«. Es war entsetzlich trostlos, und in David wehrte sich alles gegen den

Gedanken, hier sterben zu sollen. Er rannte zu der Wendeltreppe und stieg hoch.
Es stellte sich heraus, daß das für sich schon eine gefährliche Sache war. Das Rückgrat der Treppe war gebrochen. Sie schwankte beängstigend, als David hinaufstieg. Und als er im nächsten Stockwerk war, veranlaßte ihn irgend etwas, ihr einen wütenden Tritt zu geben. Sie fiel krachend in sich zusammen, und er stand in einer Wolke von Staub und Rost. Er hätte sich gewünscht, daß die Treppe dem Knickerbockermann auf den Kopf geknallt wäre. Das hätte ihn sehr befriedigt. Aber der war wohl noch nicht auf der Szene erschienen. Und David hörte auch nicht, daß sich irgendwo etwas bewegte. Nur das sich entfernende Geräusch eines Motorrads war zu hören. Die Straße mußte in der Nähe sein. Dieser armselige kleine Blindgänger von einer Fabrik – wenn das hier diese Bezeichnung überhaupt verdiente – konnte wirklich nicht allzuweit vom Rand der Zivilisation entfernt sein.
Dieser Raum war ziemlich wie der untere. Aber an einer Seite hatte er einen offenen Durchgang, der zu einem anderen, wesentlich größeren verlassenen Raum führte. In der gegenüberliegenden Wand war eine große Öffnung mit einer schmalen Betonplattform nach außen, die frei in die Luft ragte. Darüber hingen die Reste eines Ladebaums. Das Ganze hatte also wohl einmal dem Laden und Entladen von Lastwagen unten gedient. Im nächsten Raum standen ein paar klotzige Maschinenwracks, und am anderen Ende schien es sowohl eine ordentliche Treppe als auch die Reste eines Aufzugs zu geben. David befand sich in einem Raum, in

dem es nichts als Hunderte – vielleicht Tausende – kleiner leerer Flaschen gab. Sie waren in Kästen gestapelt oder auf dem Fußboden aufgetürmt; viele waren zerbrochen, viele noch heil. An etlichen klebte noch das Etikett. David nahm mechanisch eine in die Hand und sah sie sich an. Anscheinend hatte die Flasche etwas enthalten oder enthalten sollen, das Ananasnektar hieß. Für ehrliche Äpfel ein schändliches Ende, dachte er. Diese miese kleine Fabrik hatte die Pleite verdient. Gerade wollte David die Flasche fallen lassen, da hörte er in dem gegenüberliegenden Raum ein Geräusch. Er fuhr herum. Es war der Gehilfe des Fremden, der plötzlich aus dem Heidekraut aufgetaucht war. Er kam die Treppe hoch und war von den Knien aufwärts schon sichtbar. Eine Schußwaffe schien er nicht zu haben. So fest er konnte, warf David die Flasche auf die unerfreuliche Gestalt. Sie zerplatzte unmittelbar neben seinem Kopf an der Wand. Der Mann duckte sich, rutschte tiefer und verschwand. Eins zu Null für Apfelnektar. David griff sich noch eine Flasche und rannte zu der offenen Plattform. Wie er vorausgesehen hatte, verlief die Straße genau darunter. Gegenüber an einer niedrigen Mauer lehnte der Knickerbockermann. Er sah großartig aus, so als sei er in stille Meditation versunken. Er rauchte Pfeife, und sein Gewehr war nicht zu sehen. Jetzt schaute er auf. Es war das zweite Mal, daß sich ihre Blicke trafen. Knickerbocker sah ihn an, aber er rührte sich nicht. Das hatte etwas extrem Aggressives, und David feuerte ihm sofort eine Flasche hin. Es war kein guter Wurf, aber sie traf den Burschen wenigstens am Knie. Er jaulte auf und schien nach irgend etwas zu greifen. Dann aber überlegte er sich's und tat gar nichts, behielt aber das Obergeschoß scharf im Auge. Den Luxus eines zweiten Wurfes konnte David sich nicht leisten. Er drehte sich wieder um.

Der andere Mann war wieder da. Diesmal hatte er die Treppe geschafft. Aber von seinem Boß war nichts zu sehen, und David stellte sich vor, daß er so alleine gar nicht scharf auf seinen Job war. Der Bursche rannte aber auf ihn zu, und so schien das jetzt doch ein übler Augenblick zu werden. David hatte nur die Flasche. Das Problem beim Flaschenwerfen ist, daß es schwerfällt, so etwas wie Schnellfeuer durchzuhalten. David griff sich einen ganzen Kasten und lobbte den rüber. Das war keine besonders gute Idee und verdiente eigentlich nicht, daß sie so erfolgreich war. Der Kasten flog unter die Decke und wirkte ziemlich genau wie eine Splitterbombe. Mit schrecklichem Getöse, aber ohne große Wirkung regnete es Flaschen auf den Feind. Der Mann zog sich wieder zurück, die Treppe hinunter. Davids Eindruck, daß er nicht sehr wild auf seinen Job war, hatte sich bestätigt.

Für den Augenblick waren die Brüder ziemlich lau. David wußte nicht, warum. Es flogen ihm keine Kugeln um die Ohren, und diese letzte Attacke war eindeutig lahm gewesen. Es war fast, als ob seine Verfolger ihre Zweifel hatten, was sie mit ihm machen sollten, wenn sie ihn kriegten. David behielt die Treppe im Auge und bewegte sich noch einmal vorsichtig zu der Betonplattform hinüber. Knickerbocker lehnte immer noch lässig an der Mauer. Hauptsächlich um seine Kampfmoral zu halten, schickte ihm David noch einmal Ananasnektar

rüber. Aber der Wurf ging daneben, und Knickerbocker ließ sich nicht dazu herab, ihn zur Kenntnis zu nehmen. Er hätte ein Mensch mit philosophischen Neigungen sein können, der auf einem Landspaziergang eine Pause gemacht hatte, um über die Wandelbarkeit der menschlichen Dinge nachzudenken. Jetzt aber hörte man das Geräusch von Füßen, und der zweite Mann kam um die Ecke des Hauses und schloß sich ihm an. Die zwei schienen einen kleinen Schnack am Wegesrand zu halten. David glaubte jetzt zu wissen, warum nicht mehr geschossen wurde. Das Dorf lag wirklich gerade um die Ecke, und seine Freunde dort unten hatten offenbar das Gefühl, daß sie möglicherweise vor den Augen und Ohren der Öffentlichkeit operierten. Das Getöse, das durch den Einsturz der Treppe entstanden war, mußte sie sehr beunruhigt haben. Sie wußten, daß jetzt jeder weitere kleine Mord, den sie vorhatten, ganz ruhig und unaufdringlich abgewickelt werden mußte. Davids Taktik war dementsprechend, so viel Terror zu machen, wie er konnte.
Dafür waren die Flaschen einfach ideal. Er nahm wieder einen ganzen Kasten und schleuderte ihn von der Plattform auf die Straße. Der Lärm war nicht schlecht. Dann probierte er das Loch im Fußboden aus, wo die Wendeltreppe gewesen war. Das war noch besser. Der Widerhall in dem großen geschlossenen Raum unten war enorm. Er schickte gleich noch etliche Kästen hinterher. Die Übung war rundum erheiternd, und er wunderte sich, daß er vor kurzer Zeit noch das Gefühl gehabt hatte, er wäre für die Welt schon tot.
Dann machte er eine Pause und horchte. Es hatte nie-

mand versucht, noch einmal die intakte Treppe hinaufzusteigen, aber er hörte aus der Richtung Geräusche, was den Schluß nahelegte, daß irgendeine neue Sache im Gange war. Doch augenblicklich war es wieder still, und er überprüfte noch einmal die Straße. Die beiden Männer besprachen sich, sahen diesmal aber eindeutig so aus, als wäre ihnen unbehaglich zumute. Trotzdem blieben sie auf ihrem Posten. Das heroische Getöse, das David veranstaltet hatte, schien die Nachbarschaft nicht alarmiert zu haben. Das war enttäuschend. Er bezweifelte, daß sich die Wirkung noch steigern ließ. Daß er ein solches Pandämonium losgelassen hatte, ohne auch nur die Aufmerksamkeit der Nachbarschaft zu erregen, würde sicher den Feind ermutigen, seinen Job doch noch mit der Schußwaffe zu Ende zu bringen. Gerade als David diese weniger erheiternde Sicht der Dinge aufgegangen war, hörte er ein Rumpeln von der Straße her.

Es war ein Heuwagen. Jedenfalls war es das, wenn man das Ding, das da hinter einem Traktor herschlingerte, so nennen durfte. Der Traktor war klein, und sein Fahrer auch – ein Junge, der fünfzehn sein konnte, doch höchstens wie zwölf aussah. Aber die Ladung Heu auf dem Wagen war enorm, und David sah auf den ersten Blick, daß der Augenblick der Befreiung gekommen war. An den Jungen konnte er sich natürlich nicht wenden – ganz gleich wie alt er war, er war auf jeden Fall zu jung, als daß er ihn irgendwie hätte in Gefahr bringen dürfen –, aber das war nicht schlimm. In einigen Sekunden würde der Wagen genau unter der Plattform durchfahren, von der aus David die Lage erkundete, und wenn er sich flachmachte, konnte er sich bestimmt in die Heuladung fallen lassen, ohne von den beiden Männern unten gesehen zu werden. Natürlich konnten sie darauf kommen, was geschehen war. Aber bevor sie sich davon überzeugen konnten, indem sie die aufgelassene Apfelweinfabrik durchsuchten, würde er im Triumph in das Dorf hineinschaukeln, so sicher wie ein Radscha auf einem Elefanten.

Dieses Bild, das plötzlich in seinem bilderreichen Kopf war, amüsierte David so, daß sein Absprung schließlich zu einer etwas unkontrollierten Angelegenheit geriet. Er landete zwar richtig im Heu – daneben zu springen wäre unmöglich gewesen –, kam aber so verdreht auf, daß es überraschend schmerzhaft war. Er wußte deshalb nicht, wie viele Sekunden oder Minuten vergingen, ohne daß er sich wirklich für das, was vorging, interessierte. Es war ihm nur vage bewußt, daß der Wagen weiterschlingerte und daß die Luft, die er in sich hineinzusaugen versuchte, warm und staubig war. Als er sich dann doch erholt hatte, mußte er feststellen, daß sein Ausbruch nicht ganz nach Plan verlief.

Er hatte es für selbstverständlich gehalten, daß alles, was sich auf dieser Straße bewegte, durch das Dorf fahren mußte, das ganz sicher nicht weit weg war. Er hatte nicht damit gerechnet, daß es irgendwo eine Abzweigung geben konnte, die woanders hinführte. Aber als er sich jetzt aufsetzte und sich umsah, stellte er fest, daß kein einziges Haus zu sehen war. Er wurde durch offenes Feld geschaukelt. Das war entmutigend. Einsamkeit und Natur hatte er an diesem Tage genug gehabt. Jetzt wollte er Menschenmassen.

An diesem Punkt seiner Überlegungen erlitt David einen wirklich unerfreulichen Schock. Er bildete sich ein, Menschenmassen zu *hören*. Und das war vollkommen unmöglich; genauso gut hätte er sich einbilden können, er hörte das Meer – das leise Rumoren, das er zu hören glaubte, war ähnlich. Er konnte sich nur denken, daß das auditive Halluzinationen waren. Er hörte Stimmen, so hieß das doch, Und Stimmen zu hören ist furchtbar schlimm – eine Verwirrung, die viel schlimmer war, als wenn er sich eingebildet hätte, etwas zu sehen. Die Abenteuer dieses Tages hatten seinen Verstand aushaken lassen.

Einige Sekunden lang hielt ihn diese verrückte Überzeugung tatsächlich in den Klauen. Dann kam er darauf, und das war sehr vernünftig, daß es sich vielleicht lohnte, einmal zu überlegen, ob diese Wahrnehmung nicht doch einen objektiven Grund hatte. Er setzte sich auf, und sofort wurde das offenbar weit entfernte Rauschen lauter. Mehr noch, er konnte jetzt zweifelsfrei andere und ganz verschiedene Folgen von Geräuschen unterscheiden. Irgendwo, nicht sehr weit weg, fuhren in rascher Folge Autos über eine Landstraße. Und dann entdeckte er noch etwas anderes. Weder der Lärm der Landstraße noch der des Traktors, der vor ihm tuckerte, waren für die Motorengeräusche, die er hörte, allein verantwortlich. Er sah nach hinten. Zwei Männer auf Motorrädern fuhren hinter dem Heuwagen her.

An diesem Punkt und noch während der verbleibenden Minuten der ersten Phase seines Abenteuers muß von David Henchman gesagt werden, daß er in der Rolle des gelassenen, listenreichen Helden, die das Schicksal ihm für ein paar Stunden pausenlos aufgezwungen hatte, ziemlich versagte. Wohl hatte er ein paar schnelle Entscheidungen getroffen und ein, zwei wagemutige Dinge getan. Und er verfügte auch noch über eine Menge Möglichkeiten, einer Herausforderung zu begegnen. Nur hatte er jetzt von der Gefahr keine deutliche und fest umrissene Vorstellung mehr und war sich überhaupt nicht mehr klar darüber, was bedrohlich war und was nicht.

Er glaubte wirklich nicht, daß die Menge, die er jetzt ganz deutlich, aber unerklärlicherweise irgendwo in einiger Entfernung rumoren hörte, zusammengekommen war, um sein Blut zu trinken. Er glaubte auch nicht, daß die vielen Autos, deren Dächer er jetzt über eine entfernte Hecke hinweg gerade sehen konnte, als Verstärkung viele weitere Männer in Knickerbockern heranschafften. Andererseits hielt er aber auch die beiden Motorradfahrer keine Sekunde lang für harmlos. Er kam gar nicht darauf, daß sie vielleicht nur deshalb hinter dem Heuwagen blieben, weil er zu breit war, als daß man ihn auf dieser engen Straße überholen konnte. Offensichtlich trug Jean Cocteaus Film, der ihm unter beängstigenden Umständen die Nacht vorher wieder in den Sinn gekommen war, dazu bei, daß er jetzt seine Schlüsse etwas hastig zog. Sicher, die Männer sahen finster aus. Sie trugen beide schwarze Lederkleidung, mit schwarzen Sturzhelmen und großen schwarzen Schutzbrillen aus Gummi. Es war unmöglich, zu sagen, ob sie es auf ihn abgesehen hatten oder nicht.

David kauerte sich wieder ins Heu, und es ging ihm durch den Kopf, weshalb das Zeug in dieser Jahreszeit wohl durch die Gegend gefahren wurde. Es roch muffig, und er hatte das Gefühl, daß es einschläfernd wirkte. Vor nicht langer Zeit hatte er sich schläfrig gefühlt, als er über eine Wiese ging und Schafe zählte. Bei der Flaschenschlacht war er dann hellwach gewesen. Und jetzt war er nicht sicher, ob nicht jeden Augenblick...

Sehr sonderbar, plötzlich hörte er eine Glocke läuten. Mit einem Ruck setzte er sich auf. Er glaubte, wieder in seinem alten Internat zu sein, wo er morgens genauso geweckt worden war. Dann merkte er, daß das Läuten aus einiger Entfernung kam. Es war unregelmäßig und hörte sich eher nach einer Handglocke an als nach einem Glockenturm. Halb wußte er, was es bedeutete, aber er kam nicht darauf. In irgendeiner Weise hatte es mit dem alten Pettifor zu tun, mit dem Seminar im »George«, mit jenem ganzen Leben, das Äonen weit entfernt schien. Genauer gesagt, die Glocke hatte mit Ian Dancer zu tun. Vielleicht nur, weil er und Ian auf derselben Vorbereitungsschule gewesen waren... Der Heuwagen wurde langsamer und hielt an.

David robbte nach vorn, um zu sehen, was los war. Der Junge auf dem Traktor hatte sich von seinem Sitz erhoben und starrte geradeaus. Da waren noch zwei Männer auf Motorrädern – diesmal vor ihnen. Sie hatten dem Jungen auf dem Traktor ein Zeichen gegeben, daß er anhalten sollte. Seltsamerweise war David erschrocken und erleichtert zugleich. Zumindest war es kein plötzlicher Anfall von Verfolgungswahn, der ihn hatte überzeugt sein lassen, daß ganz England plötzlich von seinen Feinden wimmelte... Dann sah er, daß die Motorradfahrer da vorne beide Polizisten waren. Wenigstens stand auf ihren Sturzhelmen in weißer Schrift »Polizei«.

David fing an zu rufen. Aber entweder hörten die Polizisten ihn nicht, oder er interessierte sie nicht. Es war jetzt ziemlich laut. David sah etwas, auf der rechten Seite und nur aus den Augenwinkeln. Er begriff nicht sofort, was es war: eine Reihe bunter Bälle, wie Kinderluftballons, die fast gleichzeitig über eine Hecke sprangen. Irgendwo war schwacher Applaus zu hören, jetzt übertönt von donnernden Hufen der nahenden Pferde. Das war's natürlich. Die rumorende Menge, die Glokke, die nicht endende Autoschlange, die Motorradstreifen, die den Verkehr an der Stelle regelten, wo die Rennstrecke die Straße kreuzte: all das wurde durch die Tatsache erklärt, daß es ein Jagdrennen war. Deshalb hatte ihn auch die Glocke an Ian Dancer erinnert. Ian nahm heute an einem Jagdrennen teil. Vielleicht an diesem hier.

Genau vor ihnen mußte die Strecke die Straße überqueren. An der Stelle würde wahrscheinlich kein Hindernis sein. Vermutlich waren da also Tore. Ja, tatsächlich – direkt einander gegenüber und genau vor dem Traktor. Man hatte sie ausgehängt, und dazwischen war die Schotterstraße mit Baumrinde abgedeckt. Gleich würden die Reiter angaloppiert kommen, wenn sie einander nah genug waren, lässig ein paar Worte wechseln und zugleich mit Karacho auf das nächste Hindernis zuhalten. Aber wohin David mit Karacho wollte, war zur Polizei. Daß er angefangen hatte zu rufen, war ganz idiotisch gewesen. Er mußte runter und rennen – rennen, bis er wirklich dicht hinter ihnen war. Das war nicht gerade würdevoll. Es würde in jeder Hinsicht feige und lächerlich wirken. Aber David merkte, daß Äußerlichkeiten ihn jetzt nicht mehr scherten. Er wollte nur eins: die Strecke bis hin zu den Polizisten schaffen, ohne sein Leben auch nur im geringsten aufs Spiel zu setzen. Wenn die ihn als Verrückten abführten, so wäre ihm das gerade recht. Er hatte jetzt schon stundenlang eine Ein-Mann-Show abgezogen. Jetzt hatte er die Nase voll.

Das war ein durch und durch vernünftiger Entschluß, aber unglücklicherweise fiel David entschieden auf die Nase, als er ihn in die Tat umsetzen wollte. Tatsächlich fiel er buchstäblich herunter, denn in seiner Hast, aus seinem Nest herauszukrabbeln, strauchelte er und wäre um ein Haar mit dem Kopf zuerst auf der Straße gelandet. Das Ergebnis war so ziemlich das gleiche wie das, als er von der Apfelweinfabrik auf den Wagen gesprungen war; mindestens einige Sekunden vergingen, in denen er zu benommen und zu kaputt war, um irgend etwas Vernünftiges zu tun. Die Reiter, die wie erwartet vorbeidonnerten, nahm er wahr, und als er gerade wieder auf den Beinen war, mußte er sich ducken, um einem reiterlosen Pferd auszuweichen, das hoch über die Hecke kam und für einen beängstigenden Augen-

blick den Himmel verdunkelte. Dann, als das Donnern der Hufe leiser wurde, hörte er, wie Motoren ansprangen; der Traktor fuhr weiter. Die Polizisten hatten ihn weitergewinkt. Und als er selber auf die Füße stolperte und losrannte, sah er, daß beide Polizisten ihre Motorräder gewendet hatten und schnell wegfuhren. Kurz darauf waren sie in einer Staubwolke verschwunden – und sogar der schwankende Heuwagen entfernte sich so schnell, daß David ihn nicht mehr einholen konnte. Vom Kopf her breitete sich in ihm das ekelhafte Gefühl, daß sich eine Katastrophe anbahnte, bis in den Magen und die Knie aus. David sah sich um. Die beiden anderen Motorradfahrer waren abgestiegen und kamen auf ihn zu, auf jeder Straßenseite einer. Die wußten, was sie wollten. Flüchtig dachte David, daß es auch eine harmlose Erklärung geben konnte. Aber viel stärker war seine Überzeugung, daß jetzt das Schlimmste kam. Nur ein paar Felder weiter mußte es Hunderte von Menschen geben – und auch Polizisten, die nicht einfach ihr Motorrad antreten und donnernd verschwinden konnten. Hier jedoch war er genauso schrecklich isoliert wie nur je im Moor oder zwischen dem Leergut in der Nektarfabrik. Und er wußte genau, daß er sich nicht noch einmal mit einem so gewaltigen Sprung aus der Affäre ziehen konnte.
Er konnte sich aber bald davon überzeugen, daß dies offenbar auch seinem Schutzengel bekannt war, der ihn doch durch alle diese Abenteuer begleitet hatte. Denn in diesem Augenblick bebte die Erde, jenseits der Hecke schrie man auf, und noch ein reiterloses Pferd fiel vom Himmel, strauchelte und fing sich halb wieder.

Seine Flanke streifte Davids rechte Schulter. Aus alter Gewohnheit griff er nach den Zügeln – und dann, ganz spontan, nach dem Steigbügel. Glücklicherweise hatte das Pferd nichts dagegen. Sekunden später galoppierte David über das nächste Feld.

»Ein Pferd, ein Pferd, mein Königreich für ein Pferd...« Wenn das Richard dem Dritten passiert wäre, dachte David, dann hätte er die Schlacht bei Bosworth doch noch gewonnen. Auf diese Weise gerettet, machte er wahrscheinlich eine jämmerliche und sogar skandalöse Figur, und es wäre gut möglich, daß ihn ein paar Minuten später die ganze Grafschaft verachtete. Das machte ihm keine Sorgen, er hoffte aber, daß er sich wenigstens nicht ganz stümperhaft benahm. Die Tatsache, daß zwei Reiter abgeworfen worden waren, ließ einige schwere Hindernisse vermuten, und im Springen war er noch nie besonders gut gewesen. Gleich am nächsten Hindernis würde sich zeigen, was er konnte; es war alles so schnell gegangen, daß er gar keine Zeit gehabt hatte, darüber nachzudenken, wie er vielleicht den Gaul von dem Parcours herunterbringen könnte. Wahrscheinlich war das schon der zweite Durchgang, aber er hatte keine Ahnung, wie viele Hindernisse noch vor ihm waren. Wenn es nach ihm ginge, würde er jedenfalls nicht noch eins versuchen. Mit einem Pferd, das er nicht kannte, wie dem hier, mußte er damit rechnen, daß ihm mindestens noch sechs bevorstanden... Jetzt. Er fühlte, wie sein Körper und seine Hände nach vorn gingen und dann wieder zurück, ganz automatisch. So einfach war das gewesen. Und er konnte tatsächlich einige der anderen Reiter vor ihm sehen. Er hatte Ausschau gehalten nach einem offenen Tor irgendwo. Aber jetzt hatte er das Gefühl, daß er vielleicht bis zum Schluß mitreiten sollte.

Doch das schaffte er nicht. Irgendwas stimmte mit dem Pferd nicht mehr. David saß jetzt unten im Sattel und blieb auch da. Er hatte sich gerade gesagt, daß das Pferd nur noch im leichten Galopp lief, als der Klepper wieder in eine andere Gangart verfiel und in aller Ruhe schräg wegtrottete. Vermutlich hatte er geargwöhnt, daß da irgend etwas Würdeloses vor sich ging, und sich entschlossen, nach Hause zu gehen. David war der Meinung, daß er dem besser zustimmte.

So war er Minuten später tatsächlich doch noch in einer Menge – oder vielmehr darüber; denn er hatte noch nicht gewagt abzusteigen. Er war bei solchen Veranstaltungen oft genug gewesen, so daß ihm die Szene ganz vertraut war: Reihen protziger oder bescheidener Autos hatten die Leute ausgespuckt, die sich jetzt zum Picknick um ihr raffiniertes oder einfaches Mahl versammelt hatten; ein paar Buchmacher, die sicher kein Vermögen machen würden; ein Totalisator; ein paar große Zelte; eine Biertheke mit Fässern; verschiedene Eisbuden. Die Sonne schien immer noch, die Reihen der Autos glänzten und glitzerten; man ging mit einem ausgeprägten Gefühl der Muße, der Entspannung herum, als sei es das Letzte, das für besonders wichtig zu halten, was einen hierhergeführt hatte. Alles war auf ganz selbstverständliche Weise vollkommen englisch. Und vor allem war es so sicher wie Abrahams Schoß – oder so sicher wie Kombiwagen oder Pferdeboxen oder

Zelte mit der Aufschrift »Rennleitung« oder »Erste Hilfe«. David thronte auf seinem herrlichen Jagdpferd und fühlte sich wie der Kaiser von China. Wie D. H. Lawrence wollte er Leute bei der Krawatte nehmen und ihnen klarmachen, daß er es geschafft hatte. Er war enttäuscht, daß ihn zunächst niemand beachtete.
Er war sicher nicht für diese Rolle angekleidet. Aber vielleicht ging er sehr gut für einen Pferdeknecht oder einen Stalljungen durch. Es war niemand da, der ihn erkennen konnte – wenn nicht Ian Dancer tatsächlich hier war und ein paar von dem Haufen mitgebracht hatte... David beugte sich vor und klopfte dem Pferd den Hals. Er hielt das für überzeugend professionell. Da bemerkte er, daß sein Finger wieder blutete – der Finger, der bei der unglaublichen Flucht vom Tor einen Streifschuß abbekommen hatte. Jetzt kam sie ihm *wirklich* unglaublich vor; er hatte das Gefühl, wenn das Blut nicht gewesen wäre, hätte er überhaupt nicht glauben können, daß das alles tatsächlich passiert war: daß es einen Toten gegeben hatte oder einen Mann mit einem gestutzten Schnurrbart oder auch nur einen Heuwagen und zwei finstere Männer auf Motorrädern. In jenem sonnenwarmen Felsbecken oben auf dem Knack Tor war er eingeschlafen und hatte eine Reihe von Angstträumen gehabt, vielleicht hervorgerufen durch die gefährliche Geschichte in Timothy Dumbles Auto die Nacht zuvor.
In diese unverantwortliche Richtung bewegten sich Davids Gedanken, als er sah, wie jemand ihn über die Köpfe der Menge hinweg anblickte. Knickerbocker.

Das hätte ihn eigentlich nicht überraschen sollen. Schließlich war der Ort, wo sie zuletzt miteinander zu tun gehabt hatten, ganz nah. Und trotzdem war das eine enttäuschende Entdeckung. Der Traum ließ sich nicht verdrängen. David war wieder mittendrin.

Er ließ sich zu Boden gleiten, ging weg und überließ das Pferd sich selbst. Das war ein so außerordentlich seltsames Verhalten, daß es sofort die allgemeine Aufmerksamkeit hätte erregen müssen, und es zeigte, daß er jetzt auf das, was geschah, wirklich tölpelhaft und exzentrisch reagierte. Daß Knickerbocker unter den gegebenen Bedingungen nicht gut kommen und ihn erledigen konnte, war eine simple Überlegung, zu der Davids Kopf einfach nicht mehr imstande war. Er war von dem Gefühl besessen, daß er immer noch nicht entkommen war, daß ihm tatsächlich noch einiges bevorstand. Deshalb ging er weg, und zwar auf eine Art und Weise, die er für ganz unauffällig hielt. Merkwürdigerweise protestierte niemand – vielleicht weil das Pferd freundlicherweise sich nicht von der Stelle rührte und daher unbeachtet blieb. David kletterte über ein Seil und schob sich in die kleine Menge, die sich vor den Buchmachern drängte.

Das hätte in Ordnung sein können – also eine vernünftige Taktik, um mit der Situation fertigzuwerden –, wenn da nicht noch ein Kerl gewesen wäre.

David vermutete, daß Knickerbocker hinter ihm herkam, aber *dieser* Mann war genau vor ihm. Und ganz offensichtlich war er aus demselben Stall – noch so ein auf Landedelmann getrimmter Ganove. David hielt sich nicht mit dem Gedanken auf, daß dieses Jagdrennen von solchen Junkern wimmelte und daß es, vernünftig gedacht, sicher war, daß neunundneunzig Prozent von ihnen echt und damit uninteressant waren. Denn zum einen hatte dieser neue Mann einen wohlgestutzten Schnurrbart, ein Umstand, der für sich schon äußerst verdächtig war. Zum anderen sah er David nicht nur mit konzentrierter Aufmerksamkeit an, sondern auch mit einem Ausdruck, der ziemlich sicher Wissen verriet. Und schließlich vermittelte er sofort den Eindruck geradezu furchterregender Intelligenz.

Während David sich wegdrückte, kam in ihm merkwürdigerweise jenes Gefühl auf, das ihn gewöhnlich überkam, wenn er sich zum alten Pettifor in dem Bewußtsein aufmachte, einen erbärmlich schlechten Essay in der Tasche zu haben. David wandte sich zur Seite und rannte. Er hatte den Eindruck, daß Knickerbocker, sein alter Bekannter, im Augenblick seine Fährte verloren hatte, aber daß dieser neue ihn mit langen Schritten verfolgte.

Er tauchte um ein Zelt herum und registrierte vage ein großes Fahrzeug und ein paar Männer in Uniform. Genau vor ihm war noch ein Zelt, mit offenem Eingang, aber mit einer Plane, so daß man nicht hineinsehen konnte. David rannte hinein, um die Plane herum und wäre beinahe über eine Trage gestolpert. Darauf lag ein Mann, die Decke bis zum Kinn hochgezogen. David holte tief Luft. Es war Ian. Ian Dancer.

Ian grinste schwach. Er sah bleich aus, und er hatte

einen Verband um die Stirn. »Na, Alter«, sagte er. »Hast du's mitgekriegt?«

David starrte ihn verständnislos an. »Mitgekriegt? Was?« fragte er.

»Na, den saublöden Sturz natürlich. Ein Pferd ist mir reingelaufen, gleich am zweiten Hindernis. Ganz schön beschissen, sag' ich dir. Und jetzt haben mich die Höllenhunde geschnappt.«

»Was für Höllenhunde denn?« Obwohl David dies fragend sagte, hatte er nicht den geringsten Zweifel, daß Ian den Feind meinte. Anscheinend hatte es ganz England darauf abgesehen, Pettifors glückloses Seminar schnell und gründlich auszurotten.

»Die Kerle vom Krankenwagen – und der Bursche, der hier den Arzt vertritt.«

»Ach so.« David sah ein bißchen klarer. »Hoffentlich nichts Schlimmes? Schlüsselbein?« Er erinnerte sich dunkel, daß Ian sich immer mal wieder das Schlüsselbein brach.

»Nichts von der Sorte. Schulterblatt angeknackst, wenn du mich fragst.« Ian sprach aus Erfahrung. »Aber die sind ja immer gleich überzeugt, daß man Gehirnerschütterung hat und daß es gefährlich ist. Sie karren mich in die Leichenhalle. Der Krankenwagen steht schon draußen.«

David nickte. Er fühlte sich immer noch benommen, gerade so, als wäre es sein Sturz gewesen und nicht Ians – aber er verspürte eine ungeheure und ganz unvernünftige Erleichterung. Das kam sicher ganz einfach daher, daß er mit jemandem redete. Seit seiner langen, gräßlichen Unterredung mit dem Mann auf dem Tor und den paar Worten, die er mit dem Mädchen im Auto gewechselt hatte, war keine Gelegenheit gewesen, auch nur ein Wort zu sagen. »Pech«, sagte er vage. Teils redete er weiter, weil es ihn einfach befriedigte, und teils, weil ihm eingefallen war, daß es – seltsam genug – korrektes englisches Verhalten war, Leute, die von Pferden fallen, einem Strom teilnahmsvoller Bemerkungen auszusetzen.

Plötzlich setzte Ian sich auf. Die dunklen Augen in seinem bleichen Gesicht glänzten, er grinste hinterhältig. »Was meinst du, David – kann ich hier wohl die Mücke machen?«

»Einfach abhauen?« David dachte daran, daß er genau das selber wollte. »Ich weiß nicht, ob das so gut wäre.«

Ian stieß die Decke zurück. Ein stechender Schmerz in der Schulter ließ ihn fluchen, und er machte ein störrisches Gesicht. Wenn David das aus reiner Berechnung gesagt hätte, seine Worte wären sicher nicht wirkungsvoller gewesen. »David Henchman«, sagte Ian, »ist das Musterexemplar eines Internatsschülers. Mir wird schlecht, wenn ich den bloß sehe. Aber kotzen werde ich in Ruhe woanders. Er weiß nicht, ob das so gut wäre. Du lieber Gott!« Er war auf den Beinen und spähte um die Plane am Eingang herum. »Verdammt. Zu spät. Da kommen schon die Kerle vom Krankenwagen.«

»Flitz hinten raus.« David hatte eine Eingebung gehabt. »Und ich leg' mich auf die Trage.«

»Du willst meinen Platz einnehmen?« Ian starrte ihn an. »Aber das wäre nun *wirklich* ein bißchen zuviel des Guten. Die würden ein ganz schönes Theater machen.«

»Kümmer dich nicht drum. Ich will das eben. Es ist wichtig.«
Ian kriegte runde Augen. »Bist du sicher, daß du noch alle Tassen im Schrank hast, David?«
»Quassel nicht, hau ab.«
Ian sah ihn noch einmal an – David dachte dankbar daran, daß er ungeheuer intelligent war. Wenn Ian auch nicht wußte, was eigentlich los war, er hatte jedenfalls kapiert, daß David wirklich in Schwierigkeiten war. Ohne ein Wort drehte er sich um, zwängte sich unter der Zeltwand hindurch, wobei er vor Schmerz kurz aufjaulte, und war verschwunden. David warf sich auf die Trage und zog die Decke bis zur Nase hoch. Er hatte keine Zeit mehr, sich einen Verband um den Kopf zu praktizieren; denn der Eingang zum Zelt verdunkelte sich schon. Er drehte den Kopf zur Seite und hoffte nur, daß es gutging. Er hatte die Vorstellung, als behandelten Sanitäter einen sowieso mit totaler Gleichgültigkeit.
Sie schleppten ihn tatsächlich hinaus. Der Krankenwagen hatte bis vor das Zelt zurückgesetzt, und seine Türen gähnten ihm wunderschön und tröstlich entgegen. Aber trotzdem glaubte er, für einen Augenblick seinen neuen Feind zu sehen. Orthodoxer Sitzstock, Feldstecher und Melone, so marschierte er auf das Fahrzeug zu. Im letzten Moment, wie es schien, schlossen sich hinter David die Türen. Seine verdreckten Schuhe, die über das Fußende der Trage baumelten, kamen zuletzt. Es war niemand bei ihm. Er meinte, daß eigentlich eine Krankenschwester dasein müßte – und obwohl ihre Gegenwart hätte fatal sein können, war er

doch unvernünftig genug zu bedauern, daß er nicht den Beistand hatte, der sich gehörte.
Sie fuhren noch nicht. Er hatte das unangenehme Gefühl, da draußen wäre eine Unterhaltung im Gange – vielleicht war es sogar ein Streit. Er hörte Dialekt – das waren wohl die Männer, die zum Krankenwagen gehörten – und dann jemanden, der knapp, ruhig und mit Autorität sprach. Er war sofort mißtrauisch. Er fragte sich, ob Ian bei seinem unerlaubten Abgang erwischt worden war, ob also das Theater gleich hier losgehen würde. Und dann hörte er, wie der Motor ansprang und der Krankenwagen losfuhr.
David wollte einen Triumphschrei ausstoßen. Das war besser als der Heuwagen, bei weitem besser. Es war ihm gelungen, die Spur über eine große Strecke hin abreißen zu lassen, und mit etwas Glück würde das auch eine ganze Armee von Knickerbockerleuten daran hindern, sie wieder aufzunehmen. Natürlich würde es am Ziel seiner Reise etwas unangenehm werden. Sie würden einfach nicht wissen, ob sie ihn wie einen Verbrecher oder wie einen Verrückten behandeln sollten. Aber was machte das schon. Man würde einen Vorgesetzten rufen, und die erstaunliche Wahrheit käme von selbst ans Licht.
Er legte sich genüßlich zurück und gab sich müßig Phantasien hin. Das war zweifellos tadelnswert; denn eigentlich hätte er überlegen müssen, wie er am schnellsten und am wirkungsvollsten die Hüter des Gesetzes dazu bringen könnte, sich um das grausame Rätsel zu kümmern, das er so formlos auf dem Gipfel des Knack Tor hatte zurücklassen müssen. Aber statt dessen amü-

sierte es ihn, sich eine Reihe unwahrscheinlicher Bilder auszumalen, was wohl passieren würde, wenn er im Krankenhaus ankam. Nur noch schwach, in einiger Entfernung, hörte er eine Glocke und wußte, daß sie das nächste Rennen einläutete. Mit ruhiger Zufriedenheit dachte er an seine eigene Vorstellung zu Pferde, die er gerade gegeben hatte. Und als er davon genug hatte, unterhielt er sich damit, daß er sich verschiedene Abenteuer ausdachte, die Ian seit ihrer Trennung erlebt haben könnte. Es ging ihm auf, daß sein Pferd aller Wahrscheinlichkeit nach auch Ian gehört hatte. Das amüsierte ihn sehr. Er überlegte, ob er leichtsinnig war. Sicherlich hatte er wieder nicht sehr genau auf die Zeit geachtet. Es hätten zehn Minuten oder eine Stunde vergangen sein können, als er merkte, daß der Krankenwagen anhielt.

So, das war das. Jetzt mußte er sich für die schwierige Aufgabe rüsten, Ärzten, Oberschwestern, Pflegerinnen und weiß der Himmel, wem sonst noch alles, Rede und Antwort zu stehen. Die Türen des Krankenwagens öffneten sich, und er wurde hinausgehoben. Er konnte sich natürlich aufsetzen und sofort die Katze aus dem Sack lassen. Aber er entschied sich dafür, sich zunächst einmal hineintragen zu lassen. Er machte sogar die Augen zu – ganz wie ein Kind, das sich die große Überraschung, zu sehen, wo es ist, noch aufsparen möchte.

Und genau das bekam er dann auch. Die Trage wurde abgesetzt, und eine Stimme sagte grimmig und ganz unerwartet: »Sie können sich jetzt aufsetzen.«

David fuhr hoch. Blitzartig war ihm klar, daß das kein

Krankenhaus war. Alles war in einem düsteren Braun gestrichen, und es schien, als röche es nach Petroleumlampen und Tinte. David sagte einfach, was ihm in den Kopf kam, ob das aus großer Entrüstung oder aus großer Angst geschah, wußte er nicht. »Das ist ja überhaupt kein Krankenhaus«, sagte er. »Auf gar keinen Fall.«
»Warum sollte es auch?« Es war dieselbe Stimme. »Schließlich sind Sie ja auch kein Kranker.«
David blickte sich um. Es war der so korrekte Neue – der mit Melone, Feldstecher und so. Er stand in der Mitte eines kahlen Raumes und sah David ganz ernst und konzentriert an. Er hätte dabeisein können, zu überlegen, wo er die Kugel plazieren sollte. Er konnte aber auch an etwas völlig anderes denken; denn wenn er etwas war, dann total undurchsichtig.
David hatte den Eindruck, daß dicht hinter ihm noch mehr Leute standen. Aber er drehte sich nicht um. Plötzlich schien er etwas zu hören – innerlich, aber doch so, als käme es von außen. Es war Timothy Dumbles Stimme, die ruhig sagte: »So, das ist es, Jungs.« Er spannte die Muskeln und sammelte sich für den letzten Akt. Der Mann vor ihm schien das zu merken. Aber er behielt ihn nur scharf im Auge.
»Wenn es kein Krankenhaus ist, was ist es dann?« David hörte, wie eine überraschend feste Stimme diese durchaus vernünftige Frage stellte, und erkannte sie mit Mühe als seine eigene.
»Es ist eine Polizeiwache.«
David schnaubte. Diesmal war es wirklich nur Entrüstung. »Vielen Dank«, sagte er. »Und Sie sind dann wohl Polizeibeamter?«

Und dann kam die größte Überraschung dieses Tages: Der grimmige Mann mit dem Feldstecher lächelte. »Ja«, sagte er. »Bin ich. Mein Name ist Appleby.«

Kapitel 12

Appleby. Dieser Name sagte David Henchman überhaupt nichts. Aber jetzt blickte er sich um und mußte glauben, was man ihm sagte. Es war wirklich eine Polizeiwache. Auch eine Verbrecherbande mit den größten Möglichkeiten hätte diese Ausstattung nicht hingekriegt. Da war ein Sergeant, der ihm freundlicherweise eine Tasse Tee brachte – ein etwas schwerfälliger Mann, aber ganz deutlich nicht in der Verfassung, diesen Appleby als ein alltägliches Ereignis zu betrachten. Und da war noch ein Polizist, der ebenso liebenswürdig weggegangen war, um ein paar Butterbrote zu holen – denn David war schrecklich hungrig. Sein Hunger war jetzt viel größer als seine Erschöpfung, so daß er kaum glauben konnte, daß er sich noch vor kurzer Zeit benommen hatte, als pfiffe er aus dem letzten Loch. »Furchtbar nett von Ihnen«, sagte er nach dem ersten Bissen. »Ich hab' nämlich seit dem Frühstück nichts mehr gegessen, wissen Sie.«
»Und jetzt ist es beinah drei.« Der Mann, der Appleby hieß, schien dies mit feierlichem Ernst zu verkünden.
»Trotzdem sind Sie durchgekommen.«
David wurde rot. »Sie müssen mich für einen ziemlichen Idioten halten. Aber es kommt mir tatsächlich so

vor, als wäre das schon eine Ewigkeit her. Ich erzähle Ihnen am besten alles.«

»Genau. Aber da ist wohl noch eine Tasse Tee für Sie in der Kanne.« Appleby, der es nicht eilig zu haben schien, wandte sich an den Sergeant. »Sie haben doch nichts dagegen, daß wir uns hier ein bißchen länger aufhalten? Sie brauchen sich gar nicht um uns zu kümmern.«

»Gewiß, Sir John. Natürlich können Sie so lange bleiben, wie Sie wollen. Und wir gehen wieder an die Arbeit.« Mit diesen Worten verschwand der Sergeant und nahm seinen Untergebenen mit.

David war beeindruckt. »Wissen Sie«, sagte er, »es ist ja furchtbar frech, das zu fragen. Aber sind Sie der Chef der Polizei hier oder so was?«

Sir John schüttelte den Kopf. »Lieber Himmel, nein. Ich habe hier überhaupt nichts zu sagen. Und ich bin sicher, daß ich nie Polizeichef werde. Ich arbeite im Yard.«

David stellte fest, daß er diese Information ganz einfach mit Ehrfurcht aufnahm. »Verbrechensbekämpfung?« fragte er.

»Ja – so etwas. Und das zwingt mich von Zeit zu Zeit zu merkwürdigen Unternehmungen. Aber ich glaube nicht, daß ich schon einmal jemand gekidnappt habe. Ich muß wirklich um Entschuldigung bitten.«

»Aber überhaupt nicht.« David wurde wieder rot, weil er diese Antwort für außerordentlich dämlich hielt.

»Nur, ich sehe nicht ein, weshalb Sie – äh, sich bemüht haben. Ich meine, ich hab' mich da wie ein Schwachkopf zu Pferde benommen und so weiter. Aber ich weiß gar nicht, weshalb Sie das interessiert hat.«

»Aber Sie sind doch interessant, Mr. – sagten Sie nicht Henchman?«

»Ja, Henchman.« Davids Verwirrung wuchs. »Ich halte mich für kein bißchen interessant, Sir. Ich meine, nicht als Person und so. Aber ich vermute, was mir passiert ist, das ist schon interessant. Ich war nicht nur eine Witzfigur auf dem Pferd von jemand anders und hab' dann versucht, mich unter Vorspiegelung falscher Tatsachen ins Krankenhaus bringen lassen. Natürlich muß das wie ein ziemlich geistloser Witz aussehen, ich weiß.« Inzwischen redete David recht verworrenes Zeug. »Aber ich verstehe einfach nicht, weshalb Sie sich die Mühe machen, mich wegen so was vom Krankenhaus zur Polizeiwache umzudirigieren. Außer wenn Sie mich wegen groben Unfugs oder wegen Erregung öffentlichen Ärgernisses oder so belangen wollen.«

Appleby schüttelte den Kopf. »Ich kann Sie versichern«, sagte er höflich, »daß ich mich auf diesem Gebiet vergleichsweise wenig betätige.«

David war nicht sicher, weshalb er sich an dieser altväterlichen Ironie nicht stieß. So etwas bekam man von Professoren gerade genug zu hören. Vielleicht war es nur, weil dieser Appleby nicht mit einem Gewehr oder einer Pistole hinter ihm her war, und daß ihm deshalb so ein bißchen verbales Scharfschießen nichts ausmachte. »Sie haben mir immer noch nicht erklärt«, sagte er fest, »weshalb ich für Sie überhaupt interessant war.«

»Ich hatte von dem Augenblick an ein gewisses Inter-

esse für Sie, als Sie auf dem Pferd des jungen Dancer daherkamen.«
»Sie kennen Ian!« David nahm es sich übel, daß in seiner Stimme so etwas wie dümmliche Überraschung mitschwang.
»Ich habe ihn vor dem Rennen kennengelernt. Verwandte meiner Frau sind mit seinen Verwandten hier bekannt – die haben ihm übrigens auch das Pferd zur Verfügung gestellt. Sie erregten dann mehr als nur ein gewisses Interesse bei mir, als ich sah, daß Sie an Dancers Stelle auf der Trage lagen. Aber erst als schon sieben Achtel von Ihnen im Krankenwagen verschwunden waren, habe ich mich wirklich sehr für Sie interessiert. Sehen Sie sich mal den Absatz von Ihrem rechten Schuh an.«
David tat das. »Oh, da hab' ich aber Glück gehabt!«
»Kein direkter Treffer, denke ich, sonst hätte sich die Kugel ins Leder gebohrt und wäre nicht zu sehen. Ein Querschläger, ohne Zweifel. Auf einen Blick und nur von diesem bescheidenen Stückchen Blei her würde ich sagen, sehr kleines Kaliber.«
»Eine miese kleine Pistole. Ganz untaugliches Ding.« David stellte fest, daß ihn das unlogischerweise immer noch ärgerte. »Aber der andere Kerl«, fügte er hinzu, »hatte ein Gewehr.«
»Ach du liebe Güte.«
»Und das Furchtbare daran ist, da war auch ein Mädchen. Sie haben ihr das Auto weggenommen und in Klump gefahren, als sie versuchten, mich zu überfahren. Ich werde das schreckliche Gefühl nicht los, daß sie sie vielleicht zusammengeschlagen haben oder so.

Ich habe versucht, zurückzugehen und nachzusehen, aber das war, als der mit dem Gewehr mir in die Quere kam. Und ich hab' noch eine andere fürchterliche Vorstellung gehabt. Das Mädchen ist vielleicht die Tochter von dem Mann, der umgebracht worden ist.«
»Da war ja für Sie heute allerhand los.« Appleby sprach ohne Emotion, aber er ließ David nicht aus den Augen. »Dem, was Sie da sagen, müssen wir nachgehen. Aber es erklärt, sagen wir – gewisse Einzelheiten Ihres Auftritts beim Jagdrennen.«
»Ein Bursche, der vor Angst fast den Verstand verloren hat?«
Appleby lächelte milde. »Sagen Sie doch, daß Sie nicht den Eindruck machten, als amüsierten Sie sich. Obwohl ich denke, daß es teilweise durchaus Spaß gemacht hat. Es ist komisch, aber das ist immer so.«
Ganz plötzlich war David klar, daß er diesen Mann mochte. »Es hat mir Spaß gemacht, die Flaschen zu werfen«, sagte er. »Hunderte, sag' ich Ihnen.«
Appleby schaute ihn anerkennend an. »In so großem Stil habe ich's noch nicht gemacht«, murmelte er. »Und wenn Sie mir jetzt vielleicht – das Ganze mal der Reihe nach erzählen?«

Kapitel 13

Davids Geschichte dauerte nicht lange, und er erzählte sie in Applebys Wagen zu Ende. Daß sie so ungeheuer unwahrscheinlich war, wurde ihm beim Reden schmerzlich bewußt, und er überlegte sogar, ob App-

leby überhaupt ein Wort von dem glaubte, was er da hörte. Wahrscheinlich gab es eine Menge hysterischer junger Leute, Männer wie Frauen, die es sich angelegen sein ließen, die Polizei mit solchem Zeug zu belästigen. Wenn Appleby irgendwie dafür gesorgt hatte, daß die Leiche vom Knack Tor abtransportiert oder die Gegend nach Verbrechern abgesucht würde, so deutete jedenfalls nichts darauf hin. Er hatte einfach nur etwas telefoniert, und dann waren sie ruhig und nur sie beide allein in diesem Wagen davongefahren, der unauffällig war, aber einen starken Motor hatte. Wahrscheinlich hielt es Appleby unter anderem für möglich, daß es sich um einen Jux oder um einen Streich handelte. Es könnte sogar sein, daß er aus Wohlwollen im Sinn hatte, den Ärger, den sich die Spaßvögel an den Hals holen mußten, gering zu halten, indem er es ganz unauffällig vermied, ihnen viel Publicity zu geben.... David sah auf seinen rechten Absatz herunter; der schwache Bleischimmer tröstete ihn. Sicherlich konnte niemand glauben, daß jemand, der einen Streich im Sinn hatte, die Liebe zum Detail so weit treiben würde.
»Hier ist Ihre Apfelweinkelterei, vermute ich.«
Er hatte sanft gebremst und hielt. David erkannte jetzt, wie begrenzt das Terrain gewesen war, in dem er den ganzen Morgen herumgehetzt war. »Kein Apfelwein«, sagte er. »Ananasnektar. Und da sind ein paar von den Flaschen. Ich hab' einen ganzen Kasten auf die Straße geworfen, wissen Sie. Ich fürchte, es ist eine ziemliche Schweinerei.«
Tatsächlich lag ein ganzer Haufen Glas auf der Straße. Doch Appleby schien Davids Bemerkung in einem grö-

ßeren Kontext zu sehen. »Das Ausmaß der Schweinerei«, sagte er, »müssen wir zuerst feststellen. Wir fahren weiter. Wissen Sie von dieser Stelle aus, wo es langgeht?«
»Ja, Sir. Ich bin ziemlich sicher, daß wir links zu einer Straße kommen, wenn wir geradeaus weiterfahren. Es ist nicht viel mehr als ein Weg, aber man kann mit dem Auto drauf fahren. Und die Stelle, wo sie mich über den Haufen fahren wollten, kann nicht weiter als eine Meile entfernt sein.«
Sie fuhren wieder schneller. »Vermutlich«, sagte Appleby, »ist der Knack Tor kein übler Ort, wenn man sich wirklich mal in Ruhe unterhalten will?«
David überlegte, was das alles bedeuten konnte. »Sicher ist er das. Man wird selbst nicht gesehen, weil der Gipfel eine Art flaches Becken ist. Und wenn man ab und zu über den Rand schaut und sich umsieht, ist man vor jedem gewarnt, der kommt, um einen zu stören.«
»Ganz der richtige Ort für gewisse Geschäftskonferenzen.« Vor einer Kurve schaltete Appleby herunter. »Sie hatten doch nicht selbst so etwas vor?«
David war schockiert. Das nannte man ein Überrumpelungsmanöver – ein Stück exzellenter Vernehmungstechnik. Und es zeigte sicherlich, daß Appleby noch für jede Möglichkeit offen war. »Das nun wirklich nicht«, erwiderte David. »Wie ich Ihnen schon sagte, ging ich einfach nur allein spazieren.«
»Und das ist so Ihre Art?«
»Ja – manchmal. Ich hatte Pettifors Haufen etwas satt, um ehrlich zu sein.«
»Pettifors Haufen?«

David sprach einigermaßen ausführlich über das Seminar. Er erzählte sogar die Sache mit dem Häschenspiel. Appleby hörte schweigend zu und kam dann wieder auf das zurück, worauf er hinauswollte. »Eine geschäftliche Angelegenheit hatten Sie da oben also nicht zu erledigen. Und etwas anderes? Zum Beispiel ein Rendezvous?«

»Kaum.« David sagte das grob. Er war sehr schockiert und beleidigt. Aber die Polizei mußte ja immer vermuten, daß etwas Sexuelles im Spiel war. Appleby, obwohl ein ganz zivilisierter Mensch, war einfach unerbittlich. »Soweit ich weiß, ist das Mädchen mit dem Auto das einzige in der ganzen Affäre – und sie ist vielleicht in irgend etwas Grauenhaftes hineingeraten. Das ist schlimm genug, wenn Sie mich fragen.«

Die Logik dieser letzten Bemerkung war nicht sehr einleuchtend, aber Appleby schien bereit zu sein, sie als einen Vorwurf aufzufassen. »So etwas muß man nun mal fragen«, sagte er. »Manchmal, schauen Sie, erfährt man nur die Hälfte der Geschichte – oder noch weniger –, einfach weil irgendein Bursche eine Dame nicht in Verlegenheit bringen will. Und manchmal muß man weiterfragen, obwohl man dabei natürlich das Gefühl hat, daß das eine scheußliche Sache ist.«

David mußte grinsen. »Sie reden ja genau wie mein Mörder«, sagte er. »Scheußliche Sachen – fabelhafte Sachen.«

»Wie bitte?«

Er hatte Appleby verblüfft – was ihn sehr befriedigte.

»Ich hoffe, daß ich eines Tages Gelegenheit haben werde, mit anzuhören, wie Sie sich mit ihm unterhalten, Sir. Kolonialjargon.«

Kaum hatte David dies gesagt, da tat es ihm schon leid. Das war einfach nicht zu entschuldigen. Das war nun wirklich impertinent gewesen. Aber Appleby verriet mit keiner Miene, ob ihn das gekränkt hatte, parierte jedoch sofort. »Mein lieber Junge, natürlich war ich in der Arche. Und genau wie dieser Bursche, mit dem Sie sich oben auf dem Tor unterhalten haben. Aber er und ich müssen ja nicht unbedingt als Pärchen rausmarschiert sein. Wir können ganz verschieden sein... War das hier Ihre nächste Station?«

Der Mann hatte Augen wie ein Falke. Wenn er jemals in der Arche gewesen war, dann als Falke. Sie waren schnell gefahren. Aber trotzdem war ihm etwas am Straßenrand aufgefallen. Und als der Wagen angehalten hatte, stiegen sie aus und gingen dahin zurück. »Ja«, sagte Appleby, »das ist die Stelle, wo sie versucht haben, Sie über den Haufen zu fahren. Wenn es ihnen auch nur gelungen wäre, Sie mit einem Kotflügel zu erwischen, dann hätten sie Sie mit einem Schraubenschlüssel erledigen können – oder sagen wir mit dem Wagenheber. Sie wären vielleicht morgen früh gefunden worden und in die Statistik eingegangen als einer von den häßlicheren Unfällen mit Fahrerflucht. Tausendmal besser, als Ihnen eine Kugel zu verpassen. Natürlich widerlicher, bei der Knüppelei.«

Nicht zum erstenmal an diesem Tag merkte David, daß sich sein Magen alles andere als wohlfühlte. Das war die Revanche für seine dreckige Bemerkung von wegen Kolonialjargon. »Na, da bin ich ja gerade noch so davongekommen«, sagte er kalt. »Aber ich bin mir ziemlich sicher, wir sollten jetzt an das Mädchen denken.«

»Hm – Sie dürfen nicht denken, daß ich *sie* vergessen habe.« Appleby sagte dies auf sehr rätselhafte Weise. »Und ihr Auto auch nicht. Es ist weg, nicht wahr.«

»Es sah auch nicht ganz und gar wie ein Schrotthaufen aus.« David ging sofort in die Defensive, als würde seine ganze Geschichte jetzt angezweifelt. »Aber ich glaube nicht, daß man es wieder auf die Straße bringen konnte, ohne es ein Stück abzuschleppen.«

»Genau.« Appleby ging suchend herum und nahm Gras und Heidekraut genau unter die Lupe. Sherlock Holmes-Mätzchen, dachte David. Gleich würde er eine Zigarettenkippe entdecken, die aus einer der selteneren der siebenundfünfzig – so war's doch? – verschiedenen Tabaksorten bestand.

»Genau«, wiederholte Appleby. »Aber dann verfügen Ihre Freunde definitiv über beträchtliche Möglichkeiten. Das ist bei weitem das Erstaunlichste an ihnen. Ihr anderer Bekannter aus der Kolonialzeit« – Appleby sagte das, ohne mit der Wimper zu zucken – »muß einen Kollegen haben. Er braucht nur zu pfeifen, das ist alles. Das ist doch sehr bemerkenswert, nicht wahr.«

»Vermutlich.« David war wieder einmal unbehaglich zumute. Dieser Appleby brauchte nur einen gewissen Ton in seine Stimme zu legen, und das ganze Abenteuer erschien auf groteske Weise unglaubhaft. Vielleicht war es das sowieso.

»Sie laufen plötzlich in eine andere Richtung, da Sie, ganz wie es sich gehört, um die Sicherheit jenes Mädchens besorgt sind. Und was passiert? Noch ein Verschwörer schießt aus dem Boden, der – wie passend – mit einem Gewehr bewaffnet ist. Später sind da noch zwei Männer auf Motorrädern. Die sind noch nicht ganz überführt, das ist richtig. Immerhin, das alles ist schon sehr eindrucksvoll, das müssen Sie zugeben.« Appleby machte eine Pause und schien zu bemerken, daß er keine Antwort bekam. »Sie brauchen nicht zu schmollen«, sagte er. »Ich meine exakt das, was ich sage.«

David war sich bewußt, daß er peinlicherweise schon wieder nicht verhindern konnte, daß er rot wurde. »Ich dachte«, sagte er, »Sie wollten sagen, daß meine ganze Geschichte wie ein Märchen klingt.«

»Natürlich, das tut sie auch. Und sie *kann* auch ein Märchen sein.« Applebys Offenheit erinnerte David plötzlich an seinen amerikanischen Freund Leon Kryder. »Aber selbst wenn es eins ist, nicht wahr, müssen wir nicht verzweifeln. Heutzutage können die Psychiater manches richten.« Er lächelte David fröhlich an. »Fahren wir weiter?«

Sie fuhren weiter. Vermutlich war es beste Polizeitaktik, dafür zu sorgen, daß man ständig herumrätselte. David hatte überhaupt nicht die geringste Ahnung, woran er mit Appleby war – obwohl er immer noch das Gefühl hatte, daß der Mann wahrscheinlich in Ordnung war. »Wenn Sie sagen wollen, daß es *wirklich* auffällig ist«, wagte er sich auf einmal vor, »würden Sie mir vielleicht sagen, warum? Ich meine, das mit den beträchtlichen Möglichkeiten des Burschen.«

»Gewiß doch.« Appleby machte eine Pause – offenbar um ganz entschieden aufs Gas zu treten, so daß David den Eindruck hatte, sie würden im nächsten Augenblick auf der Höhe des Knack Tor sein. »Man hat es natürlich mit verschiedenen Gangs zu tun. Zum Beispiel gibt es immer noch Banden, die auf Rennplätzen arbeiten. Aber sie haben eigentlich nicht diese gepflegten Manieren, gegen die Sie so allergisch scheinen.«
David hatte das Gefühl, es wäre jetzt an der Zeit, daß Appleby aufhörte, auf diesem Witz herumzureiten. Aber er raffte sich nicht auf, irgend etwas zu sagen.
»Winchester und New College«, plauderte Appleby leutselig weiter, »beliefern ja eigentlich kaum die Gesellschaftsschicht, in der man sich mit Rasiermessern traktiert. Absolventen des Balliol College kommen ja manchmal mit sehr merkwürdigen Absichten zusammen, blasen aber doch selten zur Menschenjagd. In der Tat sind die Klassen krimineller Aktivität, die Phänomene hervorbringen, die mit Ihrer Geschichte überhaupt übereinstimmen, nicht gerade zahlreich. Das ist es, was ich sagen wollte... So, und das ist wohl der Hohlweg, wo Sie auf das Mädchen stießen?«
Wieder hatten sie schnell gehalten. David hatte das Gefühl, daß er mit seinen Fragen nicht weiterkam. Außerdem wollte er jetzt nur noch irgendeine Spur von dem Mädchen finden. »Ja, hier war es«, schrie er und sprang aus dem Wagen. »Ich glaube, Sie finden schon unheimlich viel, wenn Sie hier nur so herumstöbern.«
Appleby gab darauf keine Antwort. Aber er stöberte tatsächlich überall sehr gründlich herum und stellte zahllose Fragen. Es war, als wäre er auf einen Aspekt der

Sache gestoßen, der ihn wirklich verwirrte. »Zumindest haben sie Ihre Freundin nicht zusammengeschlagen«, sagte er, »und in den Graben geworfen.« Er sah David wieder mit einem dieser langen und direkten Blicke an, als ob er interessiert war zu sehen, wie er diese plötzliche brutale Art zu reden aufnahm. »Aber sagten Sie nicht, Sie hätten eine Idee, was mit ihr sein könnte?«

»Nur, daß sie den Mann gefahren haben könnte, dessen Leiche ich gefunden habe. Nehmen wir mal an, er hatte sich für das verabredet, Sir, was Sie eine ruhige, kleine Unterhaltung oben auf dem Knack Tor genannt haben. Vielleicht hatte er sich bis hierher bringen lassen und dann diesem Mädchen – vielleicht seine Tochter – gesagt, sie solle warten. Sie wartete ja wirklich, wissen Sie. Aß ein Butterbrot und – nun ja, sonnte sich ein bißchen. Ich hatte das Gefühl, daß ich ziemlich ungelegen kam.«

Appleby verbarg nicht, daß ihn das amüsierte. David überlegte, warum – und merkte dann, daß es vielleicht etwas Komisches hat, wenn ein junger Mann, während er um sein Leben rennt, soviel Zartgefühl aufbringt. Aber jetzt stiegen sie wieder ins Auto. Noch eine halbe Meile, und sie würden aussteigen und quer über das Moor gehen müssen. Plötzlich war es David unbegreiflich, was um alles in der Welt ihn veranlaßt hatte, hierher zurückzukehren. Und er war ja nicht einmal unter dem Schutz einer Polizeitruppe wiedergekommen. Da war nur diese Person in den mittleren Jahren, deren gewöhnliche Beschäftigung es wohl sein mußte, in einem Londoner Büro zu sitzen und die Berichte ihrer mobileren Untergebenen zu durchforsten. Appleby schien die Sache so zu behandeln, als wäre ihre sozusagen aktive Phase schon mit Sicherheit vorbei und als würde jetzt alles stillstehen, bis er aufgeräumt hatte. David hatte eine sehr schlimme Ahnung. So verhielt man sich wahrscheinlich, wenn man sich normalerweise mit Verbrechern nur vom Schreibtisch aus befaßte, oder im wohlgesicherten Scotland Yard. Aber was war, wenn die ganze Affäre überhaupt noch nicht zu Ende war?

David sah seinen Begleiter an. Während ihres letzten Halts hatte sich Appleby eine Pfeife gestopft. Er paffte während der Fahrt stillvergnügt vor sich hin – und war so offensichtlich zufrieden, daß in David plötzlich Erbitterung hochstieg. »Haben Sie eigentlich schon mal daran gedacht«, fragte er, »daß sie immer noch in der Nähe sein können?«

»Ihre Freunde?« Für eine Sekunde nahm Appleby die Augen von der Straße und blickte David leicht überrascht an. »Aber natürlich. Das hoffen wir doch, nicht wahr?«

»Oh.« Für David war dies in der Tat eine ganz neue Vorstellung. »Es wäre also ziemlich gut, wenn sie noch hinter mir her wären?«

»Nun – sagen wir, hinter uns beiden.« Appleby offerierte diesen Zusatz, als ob er sehr trostreich wäre. »Es würde die Sache sicher sehr vereinfachen. Die Nadel, die in der Hoffnung aus dem Heuhaufen herauskommt, daß sie uns an einer schönen weichen Stelle erwischt, sozusagen.«

David fiel auf, daß es still war. Sie hatten wieder angehalten. Der Motor war abgestellt. Eine Lerche sang. Und genau gegenüber erhob sich der Knack Tor, ganz

oben die mächtige Felsplatte wie eine dunkle Krone, der Loaf ein wenig weiter links. David hatte das Gefühl, daß er jetzt dranbleiben mußte. »Erstaunlich«, sagte er, als wollte er Konversation machen, »wie einsam es hier draußen plötzlich wird. Ich fand das schon heute morgen überwältigend.«
»Kann ich mir vorstellen.« Appleby sah ihn in einer Weise an, die ein eingebildeter junger Mann wohl als zumindest vorläufige Zustimmung gedeutet hätte. »Na, dann machen wir mal unsern Spaziergang.«

Sie machten sich auf. In anderen Worten, David nahm an, daß sie losgingen, um die Leiche zu finden – und was sonst noch von Interesse sein mochte. Appleby trug immer noch seine Melone, seinen Feldstecher, und sogar seinen Sitzstock hatte er noch dabei. Aus seinem Knopfloch – David sah das jetzt zum erstenmal – baumelte ein Pappschildchen, das darauf hinwies, daß er vermutlich irgendeine offizielle Funktion beim Jagdrennen gehabt hatte. Tatsächlich sah er aus wie jemand, der losgeht, um den Parcours zu inspizieren.
Genau das war das ja hier auch gewesen, und David hatte ein sehr hübsches Rennen darauf gelaufen. Aber jetzt schien das alles verkleinert zu sein, weniger abgelegen, weniger furchterregend. Sicher lag das an Appleby – an seiner Aufmachung, seinen Manieren und all dem. Der Wagen, der unbewacht auf dem Weg zurückgeblieben war, schien selbstverständliche Sicherheit zu signalisieren; der Mann selbst blieb ab und zu stehen und bewunderte die Aussicht auf das Land, das jetzt golden unter der kalten Nachmittagssonne lag. Er sah

ganz und gar nicht so aus, als wäre er unterwegs, um sich eine Leiche anzusehen. Jetzt machte er einen Bogen, so daß sie fast um den Knack Tor herumzugehen schienen. Was weiter entfernt war, interessierte ihn jetzt weniger; ein- oder zweimal blieb er stehen, als regten ihn die Gräser und Moose zu ihren Füßen ein wenig zum Botanisieren an. »Besucher«, sagte er schließlich. »Waren wohl mal kurz hier und sind wieder weggegangen.«

»Besucher? Meinen Sie auf dem Tor?« David war bestürzt. »Seit heute morgen?«

»Wahrscheinlich.« Appleby zeigte auf den Boden. »Sehen Sie nichts?«

David wunderte sich, wie er das hatte übersehen können. Der Boden war hier hart und zugleich elastisch, aber dennoch waren die Spuren eines Fahrzeugs deutlich sichtbar. »Dieses Stück ist in Ordnung«, sagte er. »Aber es muß da einige Strecken geben, wo man nicht mit dem Auto durchkommt.«

Appleby schüttelte den Kopf. »Vielleicht nicht mit einem gewöhnlichen Auto. Aber eine Art Jeep – jedes Fahrzeug mit Vierradantrieb – würde das leicht schaffen. Das heißt, wenn man einen Bogen um die sumpfigen Stellen macht. Ich glaube, es muß ziemlich nah an den Tor herangefahren sein.«

»Könnte es noch dasein, auf der anderen Seite?«

Minutenlang gab Appleby keine Antwort, sondern ging einfach weiter, die Augen auf den Boden gerichtet. »Ich glaube nicht«, sagte er schließlich. »Mein Eindruck ist, daß es ziemlich genau in seiner eigenen Spur zurückgefahren ist.«

»Glauben Sie, es könnte hier heraufgekommen sein, um...«

»Natürlich glaube ich das.« Zum erstenmal klang Applebys Stimme leicht ungeduldig. David vermutete, daß ihm diese Entwicklung überhaupt nicht gefiel. »Nun, machen wir weiter.«

Sie gingen jetzt schneller. Obwohl die Sonne im Westen immer noch über dem Moor stand, war es nicht mehr warm, und es wehte ein leichter kühler Wind. Über dem Gipfel vom Tor flog ein Habicht, rüttelte und stieß nieder – fiel wie ein Stein, der auf dem fühllosen Fels zerschmettert werden sollte. Er mußte es auf etwas auf der anderen Seite des Tor abgesehen haben. Auf dem Gipfel konnte nichts außer der Leiche sein, und damit würde sich ein Habicht kaum befassen.

Aber würde die Leiche immer noch dasein? David machte sich klar, daß sie sehr wahrscheinlich verschwunden sein würde. Eine andere Erklärung dafür, daß hier vor kurzer Zeit ein Motorfahrzeug heraufgekommen war, konnte es nicht geben. Nur ein Krüppel würde zum Tor fahren, anstatt zu Fuß zu gehen, es sei denn, er hatte etwas Bestimmtes vor, wofür er einen Wagen brauchte. Ja, das war es. Der Feind war zurückgekommen und hatte die Leiche geholt.

Davids erste Reaktion auf diesen Gedanken war bedauernswert kindisch. Er würde Appleby gar nichts zeigen können. Es war richtig, daß Appleby vernünftigerweise nicht länger annehmen konnte, daß seine ganze Geschichte eine Erfindung war. Dafür gab es jetzt zuviele materielle Beweise. Das mit der Leiche war allerdings ein dickes Ding. Das sah diesen ekelhaften Mord-

buben ähnlich, sie wegzuschaffen... Sicher waren das dumme Gedanken, und dann fiel ihm sofort noch etwas ein, das er ebenso wenig laut sagen konnte. Wenn die Leiche nicht mehr da war – die Leiche eines Mannes mittleren Alters, mit einem Loch mitten in der Stirn –, dann würde David sie wahrscheinlich nie wiedersehen. Denn welchen Sinn hätte es für die Ganoven gehabt, das Risiko auf sich zu nehmen, hierher zurückzukommen und die Leiche zu holen, wenn sie sie nur irgendwo anders ablegen wollten? Wenn sie verschwunden war, dann für immer. David würde sie nie wieder ansehen müssen. Überrascht stellte er fest, wie sehr ihn das erleichterte.
Sie standen jetzt genau unter dem Felsen. Es war genau die Stelle, wo David hochgeklettert war. Plötzlich bückte sich Appleby und zog etwas aus dem Heidekraut.
»Haben Sie das hier schon mal gesehen?« fragte er.
»Es ist mein Wanderstock.« David starrte das gar nicht aufregende Ding an, als ob es eine Riesenüberraschung gewesen wäre. »Natürlich, ich habe ihn hiergelassen, als ich mit der Kletterei anfing. Furchtbar komisch, daß ich seitdem einfach nicht mehr dran gedacht habe. Hat mal meinem Großvater gehört.«
»Ein guter Stock.« Appleby steckte ihn senkrecht in einen Busch Heidekraut. »Wir nehmen ihn mit, wenn wir wieder herunterkommen. Auf geht's!«
Appleby ging als erster, und David folgte. Appleby kletterte nicht weniger geschickt als der andere Bursche, fast wie ein Profi. Aber David merkte, daß er selbst immerhin besser zurechtkam als am Morgen. Er war gut in Form, und aus keinem anderen Grund, so schien

ihm, als daß Appleby seinen Stock gelobt hatte. Als er seinen Kopf über den Rand gebracht hatte, sah er das, was er gerade nicht erwartet hatte: ein Paar ziemlich guter Schuhe, direkt vor seiner Nase, die Hacken nach oben.

»Also das ist es.« In Applebys Stimme war Befriedigung. »Kein Traum, sehen Sie. Sie waren so wach, wie Sie's nur sein konnten.«

David kam auf die Füße. Es war schließlich doch eine Erleichterung, daß die Leiche immer noch an Ort und Stelle war. Aber er sah, daß irgend etwas mit ihr nicht stimmte. Er hatte in dem Moment gewußt, daß etwas nicht in Ordnung war, als er die Schuhe gesehen hatte...

»Sie liegt andersrum«, sagte er.

»Was sagen Sie da?« Appleby fuhr zu ihm herum.

»Die – die Leiche hat sich umgedreht. Sie lag auf dem Rücken. Sie hat es fertiggebracht, sich auf den Bauch zu legen.«

»Und anscheinend ist es ihr auch gelungen, die Pistole wiederzukriegen.« Appleby wies mit dem Finger darauf. Seine Stimme hatte grimmig geklungen. Es stimmte. In der Hand des Toten war eine Pistole.

David riß die Augen auf. »Ich glaube, es ist nicht dieselbe.«

Appleby trat einen Schritt vor, kniete sich neben die Leiche hin und drehte sie mit einer kräftigen, aber vorsichtigen Bewegung um. Der Kopf fiel schlaff zur Seite. Mitten in der Stirn war ein Loch. David hörte Applebys Stimme wie aus weiter Ferne. »Nicht diesselbe Pistole. Aber ist es derselbe Mann?«

»Nein… Nein – ist er nicht.« David sprach stockend. »Es ist der andere.«

KAPITEL 14

»Dann hat jemand für uns eine kleine Überraschung arrangiert.« Appleby, der sich auf einen Felsvorsprung gesetzt hatte, sagte das ganz ruhig. »Wenigstens sieht es so aus. Aber vielleicht bilden wir uns auch zuviel ein. Möglicherweise haben die an uns dabei überhaupt nicht gedacht.«

David fiel auf, daß Appleby ihm Zeit ließ, sich zu beruhigen. Aber trotzdem dauerte es ein paar Sekunden, ehe er sich zu fragen traute: »Glauben Sie mir, daß es der andere Mann ist?«

»Mein lieber Junge, ich habe nicht den geringsten Grund, Ihnen nicht zu glauben.«

Wieder schwieg David für eine Weile. Er war sich nicht ganz sicher, ob das, was Appleby da gesagt hatte, in dieser Formulierung wirklich ein Trost war. »Also«, sagte er dann, »es scheint so irrsinnig unwahrscheinlich. Eine Leiche hier oben ist schon unwahrscheinlich genug. Aber gleich zwei hintereinander… und die dann noch so herumrangiert werden wie diese…«

Er brach ziemlich hilflos ab. »Es ist schrecklich, wenn man merkt, daß man so – so unwahrscheinliches Zeug erzählt.«

»Natürlich können Sie ein junger Mann sein, der total wirr im Kopf ist.« Während er dies so freimütig äußerte, holte Appleby wieder seine Pfeife hervor, mit einer

Sachlichkeit, die zeigte, daß Tod durch Gewalteinwirkung für ihn nichts Neues war. »Die einzige unbestreitbare Tatsache ist, daß sich hier oben eine ziemlich üble Sache abgespielt hat, und daß Sie in diesem Durcheinander mit drinstecken.«

»Ein verwirrtes Kind.«

Appleby starrte ihn an. »Wie bitte?«

»Ach nichts... Tut mir leid. Nur etwas, worüber wir gestern nacht geredet haben. Das hört sich ja an, als ob ich tatsächlich wirr im Kopf wäre – und zwar ganz anständig.«

»Wie ich schon sagte, das ist eine Möglichkeit.« Appleby war jetzt wieder aufgestanden und hatte seine Pfeife weggesteckt, um den Toten zu untersuchen.

»Tot, ohne Frage! Das brauche ich Ihnen wohl kaum noch zu sagen. Und noch gar nicht lange – wirklich nicht. Selbst wenn Sie einen außergewöhnlich klaren Kopf hätten, Henchman, sozusagen der perfekte Verbrecher wären –, *das* hier hätten Sie wohl kaum getan haben können.« Appleby klopfte der Leiche sacht auf die Schulter und richtete sich wieder auf. »Schätzungsweise hatten wir schon unsere Bekanntschaft gemacht, bevor dieser Bursche starb. Das klärt schon mal für den Anfang einiges. Natürlich können alle Ihre Erinnerungen an das, was heute passiert ist, enorm konfus und völlig unzuverlässig sein. Damit muß ein Polizist rechnen, wenn so etwas wie das hier passiert. Hartgesotten oder nicht, sehen Sie, es ist immer dasselbe. Ein Schock kann die allergrößte Verwirrung auslösen, sobald sich der Mensch, der ihn erlitten hat, zu erinnern versucht. Es ist bekannt, daß es Leute gegeben hat, die absolut überzeugt und ehrlich schworen, sie hätten gesehen, wie Jack Jill ermordet hat, während sie in Wirklichkeit gesehen hatten, wie Jill Jack ermordete. Aber diese Leiche, nicht wahr, war quicklebendig, als Sie mir Ihre Geschichte erzählten. Das vereinfacht also das Ganze etwas.«

»Verstehe.« Wenn David auch der langen Rede Applebys nicht ganz folgen konnte, so hatte er doch wenigstens seinen Verstand wieder einigermaßen in Ordnung gebracht – was ja vielleicht der Sinn des Ganzen gewesen war. »Und was machen wir nun?«

»Der unangenehmen Tatsache ins Auge schauen, daß wir verteufelt wenig Darsteller auf der Bühne haben.« Während er diese unerwartete Antwort gab, zündete sich Appleby zufrieden wieder seine Pfeife an. »Da sind Sie, natürlich – doch von Ihnen verspreche ich mir wirklich nicht sehr viel.«

»Vielen Dank.« Inzwischen hatte sich David soweit gefaßt, daß er darüber grinsen konnte.

»Soll heißen, die Wahrscheinlichkeit, daß Sie so etwas wie eine tragende Rolle spielen, ist gering.«

»Als perfekter Verbrecher?«

»So etwas, ja. Wer käme denn noch in Frage? Das erste Opfer von heute morgen schon mal nicht – es sei denn, Sie können einen Lebendigen nicht von einem Toten unterscheiden.«

»Der war wirklich tot.«

Appleby nickte. »Sehr gut. Im Augenblick nehme ich das mal als Tatsache. Und hier«, er zeigte auf die Leiche, »haben wir eine andere Tatsache. Nennen wir ihn den Ersten Mörder. Er ist auch aus dem Ensemble geflogen. Wer bleibt also noch übrig? Nur der Zweite Mörder – womit Ihr Freund Knickerbocker gemeint ist – und ein obskurer Erster Hilfsverschwörer.«

»Der Bursche, der auftauchte, als der Erste Mörder seinen Pfiff losließ?«

»Genau. Und mein Instinkt sagt mir, daß auch der wenig hergibt. Sonst noch jemand?«

David überlegte. »Die Todesengel.«

»Sie meinen die beiden Männer mit den Motorrädern?« Appleby lächelte. »Können Sie mir verzeihen, wenn ich sage, daß ich nicht so schrecklich überzeugt bin von deren – äh, Relevanz? Wissen Sie, die hatten ihren Auftritt zu einem Zeitpunkt, als Sie selbst allen Grund hatten, Ihrer überreizten Phantasie die Zügel schießen zu lassen.«

»Aber sie hielten sofort an, als ich vom Heuwagen runtergefallen war. Und das letzte, was ich von ihnen sah, ehe ich auf den Gaul vom armen alten Ian sprang, war, daß sie genau auf mich zuhielten, jeder auf einer Seite der Straße.«

Appleby schüttelte den Kopf. »Tut mir leid – aber ich muß erstmal darauf bestehen, sie für bloße Statisten zu halten. Sie merkten, daß ein Rennen lief, und wollten sich ein Loch in der Hecke suchen, um zuzuschauen. Na und?«

Das war eine Herausforderung. David holte tief Luft. »Das Mädchen.«

»Sie kriegen Ihr Mädchen – und ich nenne sie sogar vorläufig die weibliche Hauptperson. Aber da, sehen Sie, hätten wir das ganze Ensemble schon beisammen. Gibt nicht viel her. Gefällt mir nicht.«

David sah sich diesen merkwürdigen Polizisten von Scotland Yard an. Er dachte immer noch, daß er ganz nett sein könnte. Zugleich gestand er sich selber ein, daß der gesunde Instinkt, gegen die ältere Generation zu rebellieren, in diesem Augenblick in ihm stark war. »Was für eine faustdicke Lüge«, sagte er. »Und wie Ihnen das gefällt.«
Appleby lachte laut – und so spontan, daß es selbst in der Nähe des Toten keineswegs ungehörig wirkte.
»Es gefällt Ihnen immer besser«, fügte David hinzu. »Obwohl ich nicht weiß, warum.« Er dachte nach. »Ich glaube, zuerst habe ich Sie ziemlich gelangweilt – ich und mein ganzes Abenteuer. Nicht daß Sie sich nicht bemüht hätten, an mich und die ganze Geschichte heranzukommen.«
Appleby nickte und sagte mit freundlicher Nüchternheit: »Ich habe Sie aufgelesen, sicher – ich gebe es zu. Jede ungewöhnliche Erscheinung macht mich sofort aufmerksam. Und als Sie dann Ihre Geschichte erzählten, war ich nicht gerade außer mir. Auch das gebe ich zu. Sie waren in irgendein häßliches Verbrechen hier am Ort hineingestolpert. Und ich habe zu häufig mit Verbrechen zu tun. Aber natürlich mußte ich sehen, daß Sie da wieder herauskamen, – und bei der Aufklärung helfen. Das nenne ich Ferien. Nicht gerade das, was man sich wünscht. Aber jetzt ist das anders. Sie haben ganz recht.«
»Und es ist die Gefahr, die die Sache attraktiver macht, oder?« Das war gut gesagt, fand David. Es schien ihm eine außerordentlich scharfsinnige psychologische Beobachtung.

Aber Appleby sah ihn noch einmal auf eine väterliche Weise an, die ihn wütend machte – halb erstaunt, halb amüsiert. »Gefahr? Du lieber Himmel, nein. Früher hat mich so etwas sehr gereizt. Es war ziemlich schrecklich, aber zugegeben nicht ohne Faszination. Doch ich kann nicht sagen, daß es mir jetzt noch etwas bedeutet. Nein«, und er schüttelte den Kopf, als würde er von einem merkwürdig düsteren Gefühl erfaßt, »das ist eine Eigenschaft, die nicht von Dauer ist, wissen Sie. Nichts ist wirklich von Dauer außer dem seltsamen Drang, ein bißchen mehr zu erfahren, wenn es geht.«
»Ich glaube, ich kenne das.« David sagte das ganz ernsthaft. Nicht umsonst war er beim alten Pettifor in die Schule gegangen. »Aber hat denn dies«, – er zeigte zuerst auf den Toten und dann auf die Einsamkeit und Stille um sie herum – »hat denn dies irgend etwas damit zu tun?«
»Nur in der allerbescheidensten Weise.« Appleby hatte seine Pfeife ausgeklopft und kniete wieder neben der Leiche. »Sehen Sie, als Ihre Leiche sich in diese Leiche verwandelt hatte, da war diese Sache kein einfaches Verbrechen mehr. Da wurde sie mysteriös. Und das ist es, was unseren Instinkt herausfordert, nicht nachzulassen, bis man etwas klarer sieht. Deshalb gefällt es mir wirklich sehr, wie sie sehr richtig festgestellt haben.«
David sagte nichts – und in diese Stille hinein stieß wieder der Gesang der Lerche, wie ein von einem B.B.C.-Regisseur pünktlich eingesetzter Klangeffekt. Appleby räumte die Taschen des Toten aus. Der Anblick hatte etwas ziemlich Grauenhaftes. Er war wie das ruhmlose Nachspiel einer Schlacht, wie das Plündern

der Gefallenen. Und dann bemerkte David Applebys Gesicht. Es war sanft und konzentriert und erinnerte ihn an Pettifor, wenn man ihn in der Bibliothek überraschte, in ein Buch vertieft, in dem Gott weiß was stand. Dieses Problem zu lösen, hieße natürlich, mehr zu erfahren – wenn auch in einem ungewöhnlich makabren Bereich. Aber wie fing man das an? Das beschäftigte David, während er wartete, bis Appleby sich wieder erhoben hatte, und dann fragte er: »Ich vermute, es wird irgendwie möglich sein, diesen Burschen zu … zu identifizieren?«
»Identifizieren? Das habe ich schon getan. Genauer gesagt, ich kenne ihn ziemlich gut.«
»Sie kennen ihn?«
»Er heißt Charles Redwine. Wir haben einmal zusammen gearbeitet. Er war mein Vorgesetzter während der ersten Kriegsjahre.«

Davids erste Reaktion auf diese außerordentliche Feststellung war, daß er ganz einfach erschrak – als hätte der Mann, der das gesagt hatte, sich frech als Verbrecher entlarvt. Dann wollte er es einfach nicht glauben. »Unmöglich!« schrie er. »Ob er den ersten Burschen umgebracht hat, weiß ich natürlich nicht genau, aber bei mir hat er's ganz klar versucht.« Er drehte sich um und starrte auf die Leiche. »Es ist wahr, nach allem, was man sehen kann, ist er ein Ehrenmann. Aber ich kann einfach nicht, ich kann's einfach nicht glauben, daß er kein Ganove ist!«
David verstummte – er merkte, daß Applebys Augen ihn wieder so merkwürdig fest ansahen. Appleby hatte

dies als eine weitere Überraschung losgelassen, sozusagen als abschließenden Test. Und David war plötzlich klar, daß das nur durch eine erstaunliche Selbstbeherrschung möglich gewesen war. Er selbst hatte Appleby beobachtet, als er die Leiche umdrehte und das Gesicht des Toten zum erstenmal sah. Es mußte ein ganz schöner Schock gewesen sein. Aber er hatte keine Miene verzogen.

»Sie haben schon recht, Redwine war ein Ganove.« Obwohl Appleby ernst sprach, schien er zu merken, daß er David beruhigen mußte. »Tatsächlich ist es ganz gut, daß er tot ist.«

»Ganz gut?«

Wie gewöhnlich verstand Appleby Davids Ton genau. »Es ist sicher unschicklich, das zu sagen. Und vielleicht sogar rachsüchtig. Redwine war einer der Fälle, in denen ich versagt habe. Sogar der wichtigste von allen. Ich habe es nicht geschafft, ihn hinter Gitter zu bringen.«

»Als er Ihr Vorgesetzter war, Sir?«

»Ja, als er mein Vorgesetzter war.« Appleby war zu der Felskante gegangen und starrte hinaus aufs Moor. »Ich hatte herausgefunden, was mit ihm los war. Und dann zögerte ich – vierundzwanzig Stunden lang. Es schien einfach unglaublich. Ich meine, mein Gefühl wollte es nicht wahrhaben. Loyalität, Anstand, alles stand dagegen. Vierundzwanzig Stunden lang ließ ich es zu, daß meine Gefühle in dieser Sache die Oberhand über meinen Verstand behielten – indem ich darauf beharrte, daß ja immer noch eine schwache Möglichkeit bestand, daß das Ganze ein Irrtum war, und so weiter.« Appleby drehte sich um. »Wie kommen Sie dazu, sich das anzuhören, Henchman? Oder vielmehr, wie komme ich dazu, Ihnen das zu erzählen? Aber die Umstände sind nun einmal« – er lächelte – »nun, sagen wir, außergewöhnlich.«

»Sir, ich werde es nicht weitererzählen.« David sagte das ziemlich steif.

»In jenen vierundzwanzig Stunden schmolzen die Beweise – ich meine, das, was davon wirklich Gewicht hatte – dahin. Ich stand mit leeren Händen da. Also wurde Redwine auf einen unwichtigen Posten abgeschoben und dann vorzeitig pensioniert. Mehr war nicht möglich. Man hat ihn seitdem im Auge behalten – Ganoven dieser Kategorie vergißt man nicht –, aber alle Schweinereien, die er seitdem inszenierte, hat er geheimhalten können. Daß er so geendet ist« – Appleby deutete auf die Leiche –, »läßt vermuten, daß ein Altenteil in Ehren nicht gerade seine Tasse Tee war.«

»Soll das heißen, daß die Sache, in die ich da heute morgen hineingeraten bin, mit Spionage und so zu tun hatte?«

»Nun, zweifellos mit etwas in dieser Richtung.«

»Mit diesem Burschen Redwine als Oberspion?«

»Ich weiß es nicht. Aber allein war er jedenfalls sicher nicht.«

Appleby drehte sich um und ging zur Mitte des flachen Felsbeckens zurück. »Wie Ihre Geschichte zeigt, hatte er mindestens zwei Mann, die ihm heute morgen behilflich waren. Daß das so üblich ist, habe ich wohl schon einmal erwähnt. Die Jungs vom Rennplatz arbeiten in Banden, und die Herren Spione organisieren sich in Ringen. Das läuft ein bißchen anders, aber das Prinzip ist dasselbe. Vielleicht haben wir's mit einem Ring zu tun, Henchman – oder wir sind sogar schon mittendrin.«

David war erschrocken. »Meinen Sie das wörtlich?«

»Warum nicht?« Appleby hatte seinen Sitzstock geöffnet, den er irgendwie mit auf den Gipfel heraufgebracht hatte, steckte jetzt die Spitze in eine Felsspalte und nahm geruhsam Platz. »Wie ich die Sache sehe, müssen die immer noch durchaus an Ihnen interessiert sein.«

Obwohl ihm das schon früher angedeutet worden war, begriff David jetzt nur langsam. Schließlich fragte er: »Hier und jetzt?«

»Möglicherweise. Mit Sicherheit sind das Leute von ziemlichem Kaliber. Was auch immer sie vorgehabt haben, es ist wahrscheinlich von großer Bedeutung für die Sicherheit unseres Landes.« Appleby sprach lebhaft und keineswegs so, als handele es sich um eine Katastrophe. »Alles in Ordnung von Ihnen aus?«

»Ja sicher.« David schwieg. Er fühlte sich nicht wohl in seiner Haut. Er war sehr darauf bedacht, irgendwelche heroischen Anwandlungen in dieser merkwürdigen Situation nicht aufkommen zu lassen. Er sagte: »Wirklich gut, daß ich diese Butterbrote und die paar Tassen Tee intus habe.«

Kapitel 15

Der Frühlingstag ging zu Ende. Gleich würde sich die Dämmerung und dann sehr bald die Dunkelheit auf das Moor senken. Es schien Applebys Plan zu sein, David als Lockvogel zu benutzen. Das war gar nicht lustig. Aber wenigstens war es spannend. David dachte, daß er vielleicht eine einigermaßen gute Figur machen würde, wenn es ihm gelänge, die Sache vor allem als Abenteuer aufzufassen.

Appleby studierte jetzt die kleine geschwärzte Stelle auf dem Felsen, das einzige, was von dem geheimnisvollen Feuer am Morgen übriggeblieben war. »Ist die Asche weggeweht worden?« fragte er. »Glaube ich nicht. Redwines Mörder hat auch noch ein bißchen aufgeräumt.«

»Glauben Sie, daß der erste Tote – der, den ich gefunden habe – auch ein Bösewicht war? Könnte er zu einem Konkurrenzunternehmen gehört haben?« David wußte nicht, ob das jetzt der Augenblick war, viel zu fragen. Aber er hatte das starke Bedürfnis, seinen Verstand zu beschäftigen.

»Ich glaube schon, daß das möglich ist.« Appleby hatte bereitwillig geantwortet. »Angenommen, Redwine hatte arrangiert, daß er sich mit dem anderen Burschen an diesem abgelegenen Ort einmal ungestört unterhalten konnte. Falls das so war, rechnete er mit Ärger. Sonst hätte er kaum dafür gesorgt, daß ein Kollege im Moor im Hinterhalt lauerte, während ein anderer mit dem Gewehr auf dem Weg patrouillierte. Und nehmen wir weiter an, daß Redwine – ob das nun so geplant war oder nicht – einen Mord beging. Falls das alles wirklich so war, dann ist sein nächster Zug von Bedeutung. Er arrangiert alles so, daß es nach Selbstmord aussieht, und geht dann einfach weg. Das bedeutet, daß er die spätere Entdeckung und Identifikation der Leiche nicht zu fürchten brauchte. Und dann kamen Sie. Sie riefen ihn an, und es wurde ihm klar, daß er nicht einfach so weiterspazieren konnte. Sie würden bestimmt die Verfolgung aufnehmen und ihm an den Kragen gehen. Er kehrte also zum Gipfel zurück und – nun ja, diskutierte die Angelegenheit mit Ihnen.«

»Und verriet sich dabei. Ich meine, indem er schließlich mit einem Vorschlag kam, den kein anständiger Mann gemacht hätte.«

Appleby nickte. »Genau. Aber selbst wenn Sie damit einverstanden gewesen wären, klammheimlich von der Bildfläche zu verschwinden, hätte er sich Ihretwegen Gedanken machen müssen. Wenn Sie sich von dem Schock der ganzen Affäre erholt hatten, würden Sie möglicherweise zur Polizei gehen. Und noch in einem anderen Sinne hatte er sich verraten. Sobald erst einmal bekannt war, daß er in der Nähe des Knack Tor gewesen war, konnte man an der Version vom Selbstmord nicht mehr festhalten. Das soll heißen, daß eine Untersuchung aufgedeckt haben würde, daß er in irgendeiner Beziehung zu dem Toten stand – und das bei seiner zwielichtigen Vergangenheit, wohlgemerkt. Deshalb mußte er mit der Pistole hinter Ihnen her. Aber ich denke, das meiste davon haben Sie auch schon selbst herausgekriegt.« »Ja, das stimmt wohl.« David sagte das fast entschuldigend. »Aber ich denke, Sie sind noch ein gutes Stück weitergekommen.«

»*Die* sind ein gutes Stück weitergekommen.« Appleby zeigte wieder auf die Leiche. »Redwine stieg aus der Jagd auf Sie aus – überließ das offensichtlich seinen Gehilfen – und kam wieder hier herauf.«

»Falls er nicht schon als Leiche zurückgebracht wurde.«
»Das ist auch eine Möglichkeit, zugegeben. Jedenfalls wurde er umgebracht – und seine Leiche wurde gegen die erste ausgetauscht.«
David schüttelte den Kopf. »Folgt das wirklich zwingend daraus?«
»Nein, tut es nicht.« Applebys Antwort kam so prompt, daß David für einen Augenblick den Eindruck hatte, als stecke er in einer Art mündlichem Examen für Detektivlehrlinge. »Es ist gerade noch denkbar, daß *beide* Leichen von einem Täter hier zurückgelassen wurden und daß dann die erste Leiche von einem anderen Täter weggeschafft wurde. Zeitlich wäre das ziemlich eng geworden, meine ich. Aber auszuschließen ist es nicht. Da kann auch noch jemand gewesen sein, der unabhängig von Redwine und seinen Freunden arbeitete und der es sich nicht leisten konnte, daß die erste Leiche identifiziert wurde – während ihm Redwines Leiche absolut gleichgültig war. Der Wagen, der bis an die Felsen herangefahren wurde, kann jenem anderen Täter gehört haben – oder der anderen Tätergruppe.«
»Gruppe?«
»Der Tote – der *erste* Tote – war vielleicht nicht ganz auf sich allein gestellt. Er hatte vielleicht das Gefühl, es sei empfehlenswert, auch ein paar Freunde hinter sich zu haben. Denken Sie an die Rauchsäule. Sie kann ein Signal gewesen sein.«
David dachte nach. »Können wir nicht noch weitergehen?« fragte er. »Können wir jetzt nicht sagen, daß sie gar nichts anderes gewesen sein kann? Meine erste Ver-

mutung, daß jemand sich ein Schnitzel brät oder Tee kocht, ist einfach nicht wasserdicht.«

»Ihr Teekessel auch nicht. Denn es *gab* überhaupt keinen Kessel oder Topf oder was auch immer. Es sei denn, Sie wollen sagen, daß hier ein paar Leute ein übles Süppchen angerührt haben.« Appleby lächelte. »Und irgendeinem hat das überhaupt nicht geschmeckt. Ich meine, daß da jemand in einer teuflischen Krise steckte. Aber das Feuer läßt sich auch noch auf eine andere Weise erklären, nicht wahr. Nach Ihrer Schilderung scheint es ja nur ein Feuerchen gewesen zu sein. Es könnte sich darum gehandelt haben, daß jemand ein paar Papiere verbrannt hat... Halt, nicht da hinauf, Henchman.«

David war ein wenig umhergegangen – ohne sehr darauf zu achten; denn sein Gehirn arbeitete fieberhaft. Und er war gerade im Begriff gewesen, bis zu dem Rand des Felsens, der dem Loaf gegenüberlag, zu klettern. Jetzt ließ er das und starrte Appleby an. »Sie meinen...?«

»Es ist vielleicht im Augenblick nicht so gesund, über den Rand zu schauen.« Appleby sagte das so nebenhin. »Also, wo war ich stehengeblieben?«

David holte tief Luft. »Bei den Papieren, die da möglicherweise verbrannt worden sind.«

»Genau. Ihr Mann – der erste, meine ich – hatte vielleicht das Gefühl, daß er hier in einer Falle steckte, mit einem Bündel von Papieren, die er auf keinen Fall in die Hände des Feindes fallenlassen wollte. Deshalb hat er vielleicht ein Streichholz drangehalten.«

»Also doch kein Signal!«

Appleby erhob sich von seinem Sitzstock. »Rein theoretisch«, sagte er, »ist das keine notwendige Konsequenz.«
»Ich fürchte, ich verstehe Sie nicht.«
»Auch die Kriminalistik hat, wie die Philosophie in der Universität von Oxford, ihre höheren Sphären, ihr Reich der reinen Spekulationen. Wenn Sie in diesem Fall hier bis in jene Höhen emporsteigen, Henchman, dann müssen Sie einräumen, daß Ihr Freund möglicherweise zwei Fliegen mit einer Klappe geschlagen hat. Er hat vielleicht etwas vernichtet. Und gleichzeitig auch ein Signal gegeben.«
»Dann war er verdammt gerissen, wenn Sie mich fragen.« David hatte gerade einen seiner plötzlichen Anfälle von Ungeduld.
»Genau. Die Sorte Leute, mit denen wir gerade zu tun haben, kann ich Ihnen versichern, sind weiß Gott nicht gerade dumm.«
»Das bewahrt sie aber anscheinend nicht davor, umgebracht zu werden.«
»Sehr wahr. Aber ich habe den Verdacht, die Raffiniertesten von ihnen leben noch – und die schlagen auch noch zu, wenn man ihnen eine Chance gibt.«
»Und mit denen wollen wir uns messen, Sie und ich?« David war zu der gegenüberliegenden Seite des Gipfels gegangen und spähte mit gebührender Vorsicht in den Spätnachmittag hinein. »Dann haben Sie wohl schon den Ring für die letzte Runde freigemacht.«
»Ring frei gemacht? Ich fürchte, nein.« Appleby zeigte sich amüsiert. »Also wissen Sie, bei so etwas geht es nicht romantisch zu. Überhaupt nicht.« Er sah auf die

Uhr. »Es wäre eine Übertreibung, zu sagen, daß dieses Moor jetzt von Polizisten wimmelt. Aber es ist auch nicht mehr so menschenleer, wie es aussieht.«

David war sich nicht sicher, ob er erleichtert oder enttäuscht war. »Das werden die wissen«, sagte er. »Vermutlich sind das doch auch keine Romantiker. Die müssen doch darauf kommen, daß Sie und ich hier auch nicht total exponiert hocken.«
Appleby nickte nüchtern. »Das ist zweifellos richtig. Aber sie sind vielleicht der Auffassung, daß für sie eine ganze Menge auf dem Spiel steht. Jedenfalls für Ihren Freund Knickerbocker. Und für seinen schwer zu beschreibenden Gehilfen. Vermutlich könnten Sie beide identifizieren.«
»Bei dem Gehilfen bin ich mir nicht sicher. Ich kann mir von ihm kaum ein Bild machen. Aber Knickerbocker würde ich mit Sicherheit wiedererkennen. Ich konnte ihn einmal oder besser zweimal genau ansehen, nämlich bei der Nektarklitsche da. Ich bin für den Rest seines Lebens ein Problem für ihn, gut – genauso wie ich es für Redwine gewesen wäre.« David schwieg für einen Moment. »Das bedeutet vermutlich, daß ich wirklich ein bißchen in Gefahr bin, bis – nun, bis wir ihn haben. Ich bezweifle, daß dieser farblose Gehilfe groß was unternimmt. Dem fehlte der Mumm, schien mir. Aber der Knickerbocker – der einzige, für den ich außerdem eine Bedrohung bin –, der würde vor nichts zurückschrecken, da stimme ich Ihnen zu.«
»Genau. Und als Sie beim Jagdrennen plötzlich verschwunden waren, fiel ihm sofort wieder der Knack Tor

ein. Da wußte er natürlich, daß Sie wieder dorthin gehen würden – in Begleitung der Polizei. Und es war ihm klar, daß man damit rechnete, daß auch er dort oben sozusagen einen Besuch machen würde. Wahrscheinlich dachte er aber, daß das trotzdem eine ausgezeichnete Chance für ihn war. Besonders, da es bald dunkel würde.«

David grinste. »Und darum haben wir uns hier gemütlich unterhalten.«

»Genau darum. Ich würde erwarten, daß er jetzt schon Posten bezogen hat. Wie würden Sie denn an seiner Stelle vorgehen?«

»Ich sehe zwei Möglichkeiten. Entweder würde ich auf den Loaf gehen, und zwar von der Seite her, die von hier aus nicht einzusehen ist. Dann wäre ich jetzt auf dem Loaf. Oder wenn mir das zu nahe und riskant wäre, würde ich das sehr kitzlige Unternehmen wagen, auf unserem wahrscheinlichen Rückzugsweg Deckung zu suchen und uns aufzulauern.«

Appleby nickte. »Ich denke, Sie haben recht. Und es hängt wohl davon ab, was er seiner Meinung nach mit dem Gewehr anfangen kann ... Er hat nie wirklich eine Chance gehabt, Sie richtig ins Visier zu kriegen?«

»Vor der Saftklitsche nicht. Und dann hielt er es für zu riskant.«

Appleby befreite seinen Sitzstock aus der Felsspalte. »Es ist sehr gut möglich, daß er ein Meisterschütze ist – das ist ja etwas ganz anderes als nur ein sehr guter Schütze. Und nun haben wir etwas zu erledigen.«

»Erledigen?«

»Wir müssen feststellen, wo er sich befindet, wenn wir können. Ziehen Sie Ihre Sachen aus.«
David machte große Augen. »Wie bitte?«
»Ich habe Sie gebeten, Ihre Sachen auszuziehen. Sweater und Shorts.«
Sehr zu seiner eigenen Überraschung gehorchte David diesem seltsamen Befehl. Er stieg aus seinen Khakihosen und zog die himmelblaue Trainingsbluse aus, ohne die geringste Ahnung zu haben, wozu das gut sein sollte. Erst als er sah, wie Appleby ebenfalls aus seinem Tweedanzug stieg, ging ihm ein Licht auf. »Hören Sie«, sagte er, »das können Sie unmöglich machen! Das kann ich nicht zulassen!«
Zu spät. Applebys Kopf steckte schon in dem blauen Ding. Und als er es ganz übergezogen hatte und auch in die Shorts geklettert war, schaute er David für einen Augenblick sehr streng an.
»Ganz ruhig, Henchman. Das muß jetzt ganz professionell gemacht werden. Sie können mir in gar keiner Weise helfen.«
»Sie dürfen das nicht tun!« Davids Ärger war verblüffend. »Ich lasse das nicht zu... Sie hätten mir das sagen müssen... das ist sehr unfair!« Er machte einen Schritt vorwärts und griff nach Appleby. Aber Appleby tauchte weg wie ein gewiefter Rugbyspieler, sprang über Redwines Leiche und kletterte schon im nächsten Augenblick zum Rand der Felsplatte hoch – auf der dem Loaf zugewandten Seite. Da stand er und schaute aufs Moor.
Jetzt wehte ein steifer kalter Wind. Auch das flache Felsbecken bot kaum noch Schutz. Er peitschte Davids

nackte Beine. Hoch oben packte er Applebys eisgraues Haar und wirbelte es ihm um die Stirn. Aber er hatte Davids Figur. Das Täuschungsmanöver würde also – Plötzlich knickte Appleby in den Knien ein, fiel auf den Felsen, überschlug sich und landete als zusammengekrümmtes Bündel unten vor Davids Füßen. Im selben Moment hörte David einen scharfen Knall. Ihm war sofort klar, diesmal war es nicht die miese kleine Pistole gewesen. Das Gewehr war also doch noch eingesetzt worden.

»Nun – jetzt wissen wir, wo er steckt, nicht wahr.«

David fühlte, wie sich sein Magen umdrehte. In den Sekundenbruchteilen, die vergangen waren, hatte er einfach nicht begriffen, daß Appleby nicht tot war. Und das war er natürlich nicht – wenn er sich auch so anhörte, als hätte ihn der Sturz ganz schön mitgenommen. Der Schuß konnte einfach nicht vom Loaf gekommen sein, jedenfalls nicht bei dem Wind.

Appleby hatte sich hochgerappelt und zog sich wieder die Trainigsbluse über den Kopf. »Hübsches Ding«, sagte er fröhlich. »Aber ich muß es Ihnen ja wohl wiedergeben.«

David holte tief Luft. Er schaute dabei gar nicht auf Appleby, sondern auf den Felsen ein paar Yards weiter. Er trat vor, bückte sich und hob etwas auf. »Hatten Sie das Gefühl, daß es knapp war?« fragte er.

Appleby schüttelte den Kopf. »Du lieber Himmel, nein. Es war dumm von ihm, wegen solch einer hauchdünnen Chance seine Position zu verraten. Bei dem Wind, wissen Sie...«

»Das habe ich auch gedacht. Aber ich habe mich geirrt.«

David streckte ihm seine geschlossene Hand entgegen und öffnete sie dann langsam. Ein Büschel eisgraues Haar war drin. »Falls Sie ein persönliches Museum eingerichtet haben«, sagte er ernst, »dann möchten Sie das hier vielleicht in Ihre Sammlung aufnehmen.« Und plötzlich war er wieder wütend. »Das verzeihe ich Ihnen nie«, sagte er. »Niemals!«

Kapitel 16

»Falls das eine Frage der Ehre sein sollte, müssen wir das Duell etwas verschieben.« Appleby war wieder in seine wohlanständigen Altherrenhosen geklettert. »Wie nennen Sie Ihre Freunde?«

David starrte ihn finster an. »David.«

»Nun, ich denke, ich darf Sie jetzt auch so nennen. Also passen Sie gut auf, David, und machen Sie sich bereit, an der Jagd teilzunehmen. Ich würde Sie da nur sehr ungern ausschließen.« Er hatte wieder dieses unvermittelte Lächeln, das David zuerst davon überzeugt hatte, daß er in Ordnung war. »Vielleicht werden Sie beim Abschuß dabeisein und mir doch noch vergeben.«

David zog seine Shorts hoch und blickte weiter finster. »Jagd – was meinen Sie damit?« fragte er ungnädig.

»Die Hüter des Gesetzes müßten jetzt wohl gegen den Loaf vorrücken. Wir steigen auch hoch und schauen uns mal um. Aber denken Sie daran, was Sie beim Militär gelernt haben, David. Das Gewehr da drüben ist immer noch schußbereit, vergessen Sie das nicht. Und

Ihr Freund Knickerbocker muß einer der besten Schützen Englands sein.«
Vorsichtig kletterten sie wieder zu dem Felsrand hin und hielten Ausschau. Der Loaf schien sehr weit weg. Nirgendwo eine Bewegung. »Kompliziert das nicht die Sache?« Mit dieser Frage gab David zu, daß er die diplomatischen Beziehungen zu Appleby wieder aufgenommen hatte. »Ich meine, daß er ein Meisterschütze ist?«
»Ja, zweifellos. Und das erklärt auch teilweise das große Risiko, das er eingegangen ist, als er versuchte, Sie zu kriegen. Er glaubt jetzt, daß ihm das auch gelungen ist. Er meint, er kann sich aus jeder hastig gestellten Falle freischießen. Meine hiesigen Kollegen dürften wohl ein Dutzend bewaffneter Polizisten zusammengezogen haben. Sie werden den Schuß gehört haben und nun auf der anderen Seite des Loaf eine Schützenkette bilden. Sie können noch eine Menge mehr aufbieten; falls nötig, schon sehr schnell. Und schließlich könnten wir natürlich auch Soldaten kriegen.«
»Eine Art Belagerung.«
»Ja – und eine ziemlich vorsichtige. Es wäre Unsinn, Menschenleben aufs Spiel zu setzen.«
»Das denke ich auch.« David sah wieder Appleby in seiner Trainingsbluse vor sich. »Aber ist es nicht wahrscheinlicher, daß der Bursche einen Ausbruch versucht?«
»Bestimmt – und in dem Fall muß er verfolgt werden, bis er nicht mehr kann.« Appleby hatte seinen Feldstecher hervorgeholt und suchte den Loaf ab. »Vielleicht wird's eine Nachtvorstellung, durchgehend bis zum frühen Morgen. Wir haben Mondschein.«

Auf David, der neben Appleby auf dem Felsen lag, hatten diese Worte eine merkwürdige Wirkung. Vielleicht, weil er selbst in der Nacht zuvor eine Art Abenteuer bei Mondschein gehabt hatte. In seiner Vorstellung stiegen wieder Bilder auf, Bilder von außergewöhnlichen Ereignissen, die bevorstanden. Um sich von diesen Phantasien abzulenken, platzte er heraus: »Ich hab' eine Idee.«

»So etwas kann nicht schaden.« Appleby setzte seinen Feldstecher nicht ab, doch sein Ton war ermutigend.

»Es handelt sich um meinen Mann – ich meine den ersten, der erschossen wurde. Er wurde überhaupt nicht hier oben erschossen – nicht hier und nicht mit der kleinen Pistole. Er wurde aus weiter Entfernung vom Loaf aus erschossen, gerade wie Sie beinah vor ein paar Minuten.«

»Aber Sie sagten doch, als Sie ihn fanden, lag eine Pistole neben ihm – oder genauer, er hatte eine in der Hand.«

»Ja, ich weiß. Aber Redwine war gerade hinaufgeklettert und hatte sie ihm in die Hand gedrückt, damit die Sache nach Selbstmord aussah.« David sprach jetzt schnell; er sah seine Theorie in allen Einzelheiten deutlich vor sich. »Sehen Sie, Redwine und Knickerbocker konnten nicht hier heraufkommen, um den Burschen anzugreifen, weil der auch bewaffnet war. Aber sie legten ihn vom Loaf aus um, und dann kam Redwine herauf und – wie schon gesagt – legte die Pistole an die richtige Stelle, während er zugleich die Waffe des Burschen an sich nahm – die, mit der er sie in Schach gehalten hatte.«

»Ich glaube, ich sehe jetzt ein paar von unseren Leuten kommen.« Appleby suchte den Horizont jenseits des Loaf ab. »Vermutlich sind auch welche hinter uns, auf dem Weg, wo wir den Wagen gelassen haben.« Er streifte den Riemen seines Fernglases über den Kopf und gab es David. »Gehen Sie zur anderen Seite hinüber und schauen Sie nach.«

David nahm den Feldstecher. »Sie halten wohl nicht viel von meiner Theorie?«

»Nun, wissen Sie, wenn man jemandem aus einiger Entfernung eine Gewehrkugel in den Kopf schießt, dann kann man kaum hoffen, sich mit der Behauptung aus der Affäre zu ziehen, daß der sich mit einer kleinen Pistole selbst erschossen habe.«

»Natürlich nicht – wenn die Leiche genau untersucht wird. Aber diese Leiche war ja sofort verschwunden.«

Appleby nickte. »Richtig – und ein anderer nahm ihren Platz ein, jemand, der sicher aus nächster Nähe erschossen wurde und ziemlich sicher mit dem Revolver, den wir hier liegen sehen. Kriminalistisch gesehen, ist Ihre Theorie für einen Anfänger ganz gut, wenn ich so sagen darf, aber sie wäre besser, wenn sie irgendwie erklären würde, warum eine Leiche durch eine andere ersetzt worden ist. Das ist die Frage bei der Sache, scheint mir... Na, erkennen Sie jemanden auf dem Weg?«

»Ihr Auto kann ich sehen – gerade eben.« David war noch dabei, den Feldstecher einzustellen. »Und – kaum zu glauben! – da sind noch zwei. Kommen gerade an.«

»Ah – meine hiesigen Kollegen kommen en masse.« Appleby freute sich. »Gar nicht so schlecht. Wir haben ja gesehen, daß man unseren Freund auf dem Loaf ernstnehmen muß.«

»Sie steigen aus. Also« – David war plötzlich aufgeregt – »sie wissen, daß er ein Gewehr hat. Aber wissen sie auch, daß er ein todsicherer Schütze ist?«

Appleby faltete seinen Sitzstock zusammen. »Sicher nicht.«

»Und wissen diese Polizisten, die da bei Ihrem Wagen angekommen sind, denn wenigstens, daß er auf dem Loaf ist?«

»Das hängt ganz davon ab, ob sie diese Sprechfunkdinger mithaben und mit der Polizei auf der anderen Seite Kontakt haben. Aber Sie werden es ihnen ja sowieso sagen, David.«

»Ich werde es ihnen sagen?« David war überrascht.

»Genau das. Das ist Ihre Aufgabe. Sie steigen von hier auf der gegenüberliegenden Seite ab, da, wo Sie heute morgen heraufgekommen sind. Ich denke, Sie können über den Rand kommen, ohne ins Schußfeld des Burschen auf dem Loaf zu geraten, aber es ist vielleicht besser, wenn Sie sich bei diesem Teil des Unternehmens ein bißchen beeilen. Dann laufen Sie zu den Jungs da, die gerade gekommen sind – aber machen Sie einen Umweg, so daß der Knack Tor zwischen Ihnen und dem Loaf liegt, bis Sie ganz außer Schußweite sind, und da schlagen Sie besser nochmal zweihundert Yards zu. Und dann erstatten Sie dem Bericht über die Lage, der die Gruppe führt.«

»In Ordnung. Aber unter Teilnahme an der Jagd habe ich mir eigentlich etwas anderes vorgestellt.«

»Dann nennen Sie es statt dessen einen Befehl. Aber Sie

werden sehen, daß es noch recht spannend wird.«
»Und was ist mit Ihnen?« David drehte sich um und sah Appleby an.
»Ich bleibe noch ein paar Minuten hier, bis Sie wirklich sicher auf dem Weg sind. Dann gehe ich denselben Weg hinunter und arbeite mich um den Loaf herum vor, um die Polizisten abzufangen, die von der anderen Seite heraufkommen. Die müssen ja auch gewarnt werden.«
»Das müssen sie wohl. Aber wie wollen Sie denn Dekkung finden?«
»Oh, Deckung wird's genug geben«, erwiderte Appleby munter. »Wir haben die Kahlheit des Moors ein bißchen übertrieben.«
»Aha. Und warum kann ich das nicht machen?«
»Das müssen Sie eben auch als Befehl auffassen.« Appleby war richtig aufgekratzt. »Und vielleicht geben Sie mir besser das Glas zurück. Aber sehen Sie sich nur noch einmal die Polizisten an, die da ankommen, und schauen Sie, ob Sie die zählen können.«
David gehorchte. Genaues zu erkennen war nicht einfach, weil er fast direkt in die Sonne blicken mußte, die jetzt tief im Westen stand. Für einen Augenblick sagte er nichts, und dann fragte er: »Sind das Polizisten, die Helme tragen, oder die mit flachen Schirmmützen?«
Appleby war erstaunt. »Mützen, denke ich. Aber können Sie das nicht erkennen?«
»Sie scheinen überhaupt nichts zu tragen – auf dem Kopf, meine ich. Aber« – er zögerte – »... ich glaube gar nicht, daß das Polizisten sind. Ich bin sogar sicher, daß das keine sind... Ach du meine Güte!«

Appleby sah zu ihm hinüber. »Mein lieber Freund«, fragte er, »was ist denn in Sie gefahren?«
»Die Autos – da hinter Ihrem. Die kenne ich. Der vorne ist der Dicke.«
»Der *was*?«
»So nennen wir Timothys Wagen. Und der andere gehört Pettifor, ein Landrover. Es ist nicht die Polizei. Sie sind es.« David lachte ziemlich unsicher. »Das ist mein Seminar – Pettifors Haufen.«

Die Belustigung, mit der Appleby diese merkwürdige Kunde aufnahm, kam David ein bißchen aufgesetzt vor. Er hatte mit Polizei gerechnet. Und wenn ein hohes Tier von Scotland Yard Polizei erwartet, dann passiert es wahrscheinlich nur alle Jubeljahre einmal, daß die nicht kommt. Statt dessen einen Haufen Studenten angeboten zu bekommen war ja auch eine Situation, die einige Selbstbeherrschung erforderte. Und das mußte besonders gelten, wenn das in der Nähe eines zu allem entschlossenen Scharfschützen von außergewöhnlichem Können passierte. David fragte sich gerade, ob er wegen dieser spektakulären Störung um Entschuldigung bitten mußte, in diesem Augenblick sagte Appleby:
»Wenigstens sind das auf der anderen Seite vom Loaf Polizisten. Ein paar von ihnen habe ich mit bloßem Auge erkannt. Gott sei Dank drücken sie sich ziemlich an den Boden – wie unser Freund da oben mit dem Gewehr. Wie viele von Ihren Kommilitonen gehen denn auf uns los?«
»Ich versuche gerade, sie zu zählen. Ich kann Ogg se-

hen. Er hat einen Bart. Ich glaube, es sind alle da. Außer Ian Dancer.«

»Den können wir nun wirklich nicht erwarten. Und Ihr Tutor?«

»Ja, Pettifor ist da.«

»Sie machen mich neugierig, David. Aber ich denke, ich komme lieber nicht herüber, um sie mir anzusehen. Ich bilde mir ein, auf dem Loaf hat sich etwas bewegt. Ist noch jemand anderes dabei?«

»Ja, noch ein pensionierter Geistlicher – ziemlich betucht, heißt Faircloth. Und Farquharson, ein melancholischer Colonel mit einem Faible für die jungen Männer Englands.« Das Auftauchen der Studenten hatte David für einen Augenblick wieder leichtsinnig gemacht, und er war dazu aufgelegt, jeden Unsinn zu erzählen, der ihm in den Sinn kam. »Der lange Ogg – der kommt bei Milton vor, wissen Sie – ist im Landrover. Oder bilde ich mir das Ganze bloß ein, verdammt nochmal?«

»Halten Sie es für möglich, daß Ihre Kommilitonen Sie vermißt haben und daß das so eine Art Bergungstrupp ist?«

»Lieber Himmel, nein!« Diese seltsame Vermutung ernüchterte David wieder. »Und wenn ich bis Mitternacht noch nicht wieder aufgetaucht wäre, die würden sich einen Dreck drum scheren. Dies ist bloß wieder einer dieser archäologischen Spaziergänge, die manchmal am Nachmittag organisiert werden. Deshalb ist auch Dr. Faircloth dabei. Er ist wild auf prähistorische Steinringe und Grabkammern und so was. Er fuchtelt herum und jetzt zeigt er was. Da fällt mir gerade ein,

daß er heute früh schon etwas vom Knack Tor gefaselt hat.«
»Aha. Nun machen Sie sich runter und sagen Sie denen, sie sollen verschwinden.«
»Verschwinden?« David war überrascht, sogar etwas beleidigt, weil Appleby so grob war.
»Genau das.« Applebys Stimme klang plötzlich ungeduldig. »Wenn sie nicht wollen, daß hier rundrum Grabkammern angelegt werden. Was soll der Bursche da oben denn von dem Haufen halten? Kommen sie zusammen?«
»Ja – alle zusammen.«
»Er wird denken, daß sie ihn jagen kommen – ein Haufen talentierter Amateure so wie Sie. Und wenn er durchdreht – womit man immer rechnen muß, wenn so ein Bursche in der Klemme sitzt –, dann schießt er sich ruckzuck den Weg frei. Selbst wenn Ihre Freunde jeden Tag Häschen spielen würden, wären sie noch besser aufgehoben. Gehn Sie also los und bringen Sie sie raus.«
»Was reden Sie da, Sir.« In seinem ganzen Leben hatte David sich noch nie so aufsässig gefühlt. »Der ganze Haufen ist doch absolut fit.«
»Ja sicher, als Kugelfänger sind die alle absolut fit. Also gehen Sie bitte runter und bringen Sie sie zurück zu ihren Wagen. Das genügt. Es müssen jeden Augenblick ein paar bewaffnete Polizisten den Weg heraufkommen.«
David merkte, daß ihm nichts anderes übrigblieb, als zu gehorchen. Er ging zu Appleby hinüber, gab ihm wortlos den Feldstecher zurück, ging zur anderen Seite des

Gipfels und ließ sich über den Rand hinunter. Auf diesem Weg war er noch nicht abgestiegen, aber es war der Weg, auf dem er am Morgen heraufgekommen war – ein paar Sekunden glaubte er, daß er es nicht schaffen würde. Vielleicht war er doch noch nicht ganz wieder der Alte, trotz Kaffee und Butterbroten, oder der Abstieg war besonders schwierig. Er hatte sich erst ein paar Fuß hinuntergehangelt, da saß er schon fest – mit gespreizten Beinen, die Arme ausgebreitet, hing er im Fels, und es gab unter ihm nichts, wo er sich wieder hätte festhalten können. Natürlich mußte es etwas geben; denn seine Fußspitzen hatten ja da irgendwo einen Halt gefunden, wo jetzt seine Brust war. Er schielte seitlich nach unten, der Fuß der Felswand schien plötzlich sehr weit weg zu sein – und was er davon sehen konnte, fing an zu schwanken und sich zu drehen. Er war also nicht schwindelfrei. Er machte die Augen zu und bewegte sich nicht. In diesem Augenblick hörte er über sich einen scharfen Ausruf. Das war Appleby. Er hatte laut geflucht.

Irgendwie gefiel das David nicht. Er stellte sich vor, daß dieser bewundernswert beherrschte Mann nicht dazu neigte, mit Flüchen großzügig zu sein.

»Wenn Sie sich ein bißchen beeilen können, dann tun Sie's.« Applebys Stimme war ganz ruhig. »Er macht Stellungswechsel. Aber ich bewege mich besser nicht, bis ich sehe, wohin er will.«

»O.K., Sir.«

»Und, David... können Sie mich noch hören?«

»Ja, jedes Wort.«

»Erzählen Sie denen, wenn Sie wollen, daß hier oben

eine Leiche liegt – mit einer Kugel im Kopf. Dann verstehen sie besser, daß die Situation ernst ist. Aber kein Wort über Redwines Namen und kein Wort von Spionage. Das bleibt strikt unter uns. Es ist möglich, daß ich seine Identität noch eine Weile für mich behalte. Verstanden?«

»Verstanden.« David merkte, daß er sich während dieser Unterhaltung wieder gefangen hatte. Das Schwindelgefühl war plötzlich vollkommen verschwunden, so daß er kaum glauben konnte, daß es ihn überfallen hatte. Seine Hände hatten einen Halt gefunden, und seine Fußspitzen, erst die eine, dann die andere, taten wieder ordentlich ihren Dienst. Kurz darauf war er unten und stand im Gras. Er rannte. Es war wie in alten Zeiten.

Er überlegte, was er bloß sagen sollte. Von hier unten waren Pettifor und die anderen im Moment nicht zu sehen, aber er wußte genau, in welche Richtung er gehen mußte, um direkt auf sie zu stoßen. Er brauchte eine knappe, aber überzeugende Formel, um den alten Pettifor dazu zu bringen, auf dem Absatz kehrtzumachen. Wie sollte er bloß die Fragen des liebenswürdigen, aber geschwätzigen Faircloth abblocken, wie weit seine Bemühungen um Platos »Staat« denn gediehen seien? Und was würde Timothy Dumble von ihm halten, wenn er so übers Moor raste und ihnen dringend nahelegte, vor unbekannten Gefahren das Hasenpanier zu ergreifen? Was er zu sagen hatte, würde einfach nicht plausibel sein. Plötzlich erinnerte er sich ganz entmutigt daran, daß er bei seinen Kameraden zuletzt als derjenige in Erscheinung getreten war, der in das

Steuerrad von Timothys Auto gegriffen hatte. Sein Verstand sagte ihm, daß das richtig gewesen war, daß sie das auch wußten – und daß sie nach diesem schwachsinnigen Spiel mehr von ihm gehalten hatten als vorher. Aber etwas anderes in ihm ließ ihn sehr deutlich fühlen, wie – gelinde gesagt – unangenehm es sein würde, noch einmal die Rolle des Vorsichtigen zu übernehmen, und diesmal noch unter höchst melodramatischen Umständen.

Aber er rannte weiter. Er hatte seinen Auftrag von Appleby akzeptiert, der schließlich als Experte die Verantwortung hatte, und er mußte das durchsetzen, auch wenn ihm das keinen Spaß machte. Er dachte nicht daran – vielleicht weil er sich zu sehr verausgabt hatte –, daß er, wenn's drauf ankäme, ja in voller Kriegsbemalung war und eine Menge ehrenhafter Narben aufzuweisen hatte: eine Kugel im Absatz, ein Streifschuß am Finger, vertrauter Umgang mit einem gewissen Sir John Appleby, der alles über Spione der Spitzenklasse wußte: das hätte sich ganz schön aufsummiert, wenn er nur Muße gehabt hätte, daran zu denken. Aber seine Aufgabe war jetzt, über dieses Moor zu rennen, und glücklicherweise war das etwas, worin er inzwischen eine gewisse Erfahrung besaß. Die sumpfigen Stellen, das dichte Farnkraut, die Flächen, wo die Grasbüschel ganz von üppigem Heidekraut überwuchert waren: er wußte, wie man danach Ausschau hielt und diese Hindernisse mit möglichst geringem Aufwand umlief. Wenn dieser unangenehme Job schon getan werden mußte, dann konnte er wenigstens sicher sein, daß er es leidlich gut machte.

Sehr schnell war er allerdings nicht mehr; der Tag war ein wenig lang gewesen. Und das Licht war auch nicht mehr besonders. Aber als Büchsenlicht noch wunderbar, dachte er grimmig. Direkt vor ihm jedoch war der Boden schon von tiefen Schatten gefleckt; das machte es ihm schwierig, im schnellen Lauf zu sehen, wo er hintrat. Das erforderte beinahe seine ganze Konzentration. Trotzdem brachte er es fertig, darüber nachzudenken, wie die Situation hinter ihm sein mochte. Applebys Ausbruch ließ vermuten, daß die Sache irgendeine kritische Wendung genommen hatte, und das mußte bedeuten, daß Knickerbocker – wenn er tatsächlich der Scharfschütze war – sich in Richtung des Weges und auf Pettifors Leute zu bewegte. Wahrscheinlich hatte er gemerkt, daß die Polizei auf der anderen Seite des Loaf vorsichtig vorrückte, und versuchte, in dieser Richtung zu entkommen. Er war jetzt sicher irgendwo hinter David im Moor. Und es konnte kaum Zweifel geben, daß er sein Gewehr immer noch dabeihatte.
Zu diesem Schluß war David gerade gekommen, als er eine Bodenwelle im Moor hinauflief. Er sah, daß er sein Ziel erreicht hatte. Da waren sie. Oder da war zumindest, den anderen klar voraus, Ogg, das Baby.

Kapitel 17

»Hallo David, mit dir haben wir hier aber nicht gerechnet«, rief Ogg. Mit einer Hand winkte er, mit der anderen zupfte er sich etwas verlegen am Bart.

»Kommen die andern alle nach?« David war außer Atem.
»Ja. Ich bin vorausgelaufen. Die Expedition scheint kein großer Erfolg zu werden. Der alte Pettifor ist sauer. Faircloth hört gar nicht mehr auf zu quatschen, und das geht ihm, glaube ich, auf die Nerven. Und Farquharson ist auch mitgekommen, obwohl ihn niemand wirklich eingeladen hat. Ganz komischer Vogel. Den verstehe ich überhaupt nicht... Ist das der Knack Tor? Da sollen wir jetzt raufkraxeln.«
»Werdet ihr nicht.« David stellte sich Ogg in den Weg und sagte schroff: »Ihr müßt hier verschwinden, alle Mann.«
»Verschwinden!« Verständlicherweise war Ogg wegen dieser brüsken Anweisung ziemlich entrüstet. »Was heißt das denn?«
»Erstens, daß da oben eine Leiche liegt – mit einer Kugel im Kopf.«
»Ehrenwort?« Ogg kriegte runde Augen. »Ist ja doll. Die muß ich sehn. Ich gehe rauf.«
»Genau das tust du nicht. Das ist jugendgefährdend, Kleiner, nicht fürs allgemeine Publikum. Da oben ist ein Polyp, sehr hohes Tier, der sagt das. Also kehrt marsch.«
Diese feine Anspielung auf Oggs zartes Alter war kaum taktvoll, und es fiel ihm schwer, sie zu schlucken. Man konnte sehen, wie er rot wurde – sogar unterm Bart. Aber da kamen die andern heran, Ogg drehte sich um und rief ihnen zu: »Leute, David ist hier – und er spinnt wie noch nie! Er meint, wir könnten hier nicht weiter. Kommt her und bringt ihn zur Vernunft!«

Daraufhin erhob sich ein allgemeines Geschrei. Es sah so aus, als wären die Ausflügler bisher ziemlich gedrückter Stimmung gewesen und als ob die Jüngeren darauf aus waren, jede Ablenkung mitzunehmen.
»Nicht weiter? Armer alter David! Sonnenstich wahrscheinlich. Der denkt wohl, er ist Horatius und muß die Brücke bewachen.«
»Oder der Blutegelsammler, der mordsmäßig viel zu sagen hat.«
»David glaubt, er ist der Einsame Schnitter.«
»David hält sich für die Landstreicherin.«
»Entschlossenheit und Freiheit!«
»O seht ihn einsam auf dem Feld!«
»Ihn lieben wir, den kleinen Narr'n... guter alter David!«
Es war genauso schlimm, wie David sich das vorgestellt hatte. Dabei war es auch noch unmöglich, beleidigt zu sein, weil von all diesen blöden Hunden einer immer freundlicher grinste als der andere. Was Dr. Faircloth anging, der strahlte geradezu. Offensichtlich war diese Wordsworth*-Orgie etwas für seinen kultivierten Geist. David hob beide Hände in die Luft. »Haltet die Schnauze!« schrie er.
Sie verstummten tatsächlich – vielleicht mehr wegen seines Aussehens als seiner Grobheit wegen. In der Stille glaubte David jetzt Männer zu hören, irgendwo weit hinter ihm, die einander etwas zuriefen. Das mußten die Polizisten sein.
In diesem Augenblick kam Pettifor. Er und der melan-

---

*) William Wordsworth, engl. Dichter der Romantik (1770-1850).

cholische Colonel Farquharson waren hinter den anderen gegangen. »Hallo David«, sagte er. »Was ist denn los?«
»Es ist... es ist so etwas wie eine polizeiliche Angelegenheit, Sir.« Wenigstens Pettifor war vernünftig, aber David fand es schwierig, auf die Fakten zu kommen. »Die Polizei versucht grade, einen Burschen zu umstellen, der mit einem Gewehr rumläuft, und sie wollen, daß wir uns da raushalten.«
»Mir hat er aber was ganz andres erzählt!« tönte Ogg. »Er hat was von einer Leiche oben auf dem Tor gebrabbelt. Der hat ja einen an der Mütze.«
David strengte sich an, nicht die Geduld zu verlieren. »Die ist ja auch da, – da liegt ein Toter. Er ist erschossen worden. Ein Polizist ist oben – ein wichtiger Mann von Scotland Yard. Er heißt Appleby.«
»Appleby! Doch nicht Sir John Appleby?«
Ganz unerwartet und scharf hatte das Farquharson gesagt. David nickte. »Ja, das stimmt. Kennen Sie ihn?«
»Sicher. Er ist einer der Stellvertreter des Chefs der Londoner Polizei oder irgend so etwas. Sie haben also ganz recht, wenn Sie ihn wichtig nennen, zweifellos. Aber ich kann nicht sehen, wieso der da oben bei einer Leiche sein sollte.«
»Das ist eine lange Geschichte.« David konnte die Rufe schon deutlicher hören, und er war jetzt ziemlich verzweifelt. »Er will ganz einfach, daß wir bis zu den Wagen zurückgehen. Der große, den Sie sicher gesehen haben, ist seiner. Es müßten jeden Augenblick noch mehr Polizisten hier hochkommen, um zu versuchen, dem Burschen den Weg abzuschneiden. Da wird scharf ge-

schossen und so, und ich habe den Auftrag, euch zu sagen, daß alle zurückgehen müssen.«
»Dann gehn wir besser auch zurück.« Timothy Dumble, der sich all das schweigend angehört hatte, sagte das sehr entschieden. »David weiß, worum es geht, also gibt er die Befehle, wenn ihr mich fragt. Sind Sie einverstanden, Sir?«
Pettifor, in einem nicht besonders schülermäßigen Ton angesprochen, nickte zustimmend. Es wurde immer positiv vermerkt, daß er bei den richtigen Gelegenheiten tat, was man ihm sagte. »Sicher haben Sie recht«, sagte er. »Und einem schon älteren Zivilisten steht es sowieso nicht an zu widersprechen. Was sagen Sie, Faircloth?«
Faircloth ließ sein gemütliches Lachen ertönen, was David sehr unpassend fand. »Gewiß, gewiß. Aber ich vermute doch sehr, daß man uns auf den Arm nimmt. Ja – unsere jungen Freunde haben doch ihren Spaß, wenn Sie mich fragen.«
»Das sind aber doch höchst merkwürdige Zufälle.« Pettifor stützte sich auf seinen Spazierstock und schien sich in aller Ruhe unterhalten zu wollen. »Da erwähnt David zum Beispiel einen gewissen Sir John Appleby, und Name und Beruf von diesem Appleby lassen es bei Farquharson sofort klingeln, wie man so sagt. Sie selbst haben von diesem Appleby noch nie gehört?«
Faircloth antwortete darauf nicht. Statt dessen hob er sein gütiges Gesicht gen Himmel und lauschte. »Wissen Sie«, sagte er, »ich glaube, was ich da höre, klingt wirklich nach Zeter und Mordio. In der Tat sehr bemerkenswert!« Er ließ es zu, daß in seiner Stimme ein we-

nig Bestürzung mitschwang. »Ohne Zweifel wird es klug sein, daß wir uns zurückziehen, wie man uns rät.« Und dann sprach Leon Kryder. Auch er hatte sich auf den Lärm konzentriert. »Ob dieser Appleby irgendwas klingeln läßt, weiß ich nicht«, sagte er. »Aber ich schätze, daß er im Augenblick gerade pfeift.«

Daß gepfiffen wurde, daran gab es keinen Zweifel. David lief es kalt den Rücken hinunter; es erinnerte ihn an den schrecklichen Moment am Morgen, als Redwine auf ähnliche Weise seinen Gehilfen aus dem Moor hatte auferstehen lassen. Nun, Redwine hatte ausgepfiffen. Und diesmal war es sicher die Polizei. Ein Pfiff antwortete dem anderen, und aus den Rufen glaubte er Applebys Stimme herauszuhören. Wahrscheinlich kam die Hetzjagd hier vorbei, und er hatte es also doch nicht fertiggebracht, diese quasselnden Leute rechtzeitig wegzuschaffen.

Im nächsten Augenblick wurde ihm klar, wie recht er mit dieser Vermutung hatte. Nicht einmal hundert Yards entfernt tauchte urplötzlich Knickerbocker auf. Er mußte eine Route ausfindig gemacht haben, auf der er während des ersten Stücks seines Rückzugs vom Loaf Deckung hatte. Vielleicht war er gerobbt oder auf allen vieren gegangen. Aber jetzt war er wieder auf den Füßen und rannte. Und sein Gewehr hielt er in den Händen.

Arthur Drury, der ruhige Mensch, der mit Timothy nicht zurechtkam, hatte den Flüchtenden ebenfalls gesehen. Er wandte sich an David. »Ist das der Bursche?« fragte er. »Wenn er's ist, dann hat er aber eine merk-

würdige Vorstellung davon, wie man Land gewinnt.«
Das stimmte. Knickerbocker lief Zickzack über das offene Moor, als wäre es ein Rugby-Feld mit einem Dutzend Spieler, die er umlaufen mußte, um den Ball ins Mal zu bringen. Für einen Augenblick nahm David an, daß sein seltsamer Kurs tatsächlich eine Art kalkuliertes Ausweichmanöver war, genau wie ein Schiff einen Zickzackkurs läuft, wenn mit einem Torpedoangriff gerechnet werden muß. Dann sah er, daß das hier keinen Sinn haben konnte. Selbst wenn der Mann von der Polizei unter Feuer genommen worden war – und das war unwahrscheinlich, weil er selbst auch nicht schoß –, konnte ihm diese Technik keinen Vorteil bringen.
»Er hat was am Kopf abgekriegt, wenn ihr mich fragt«, sagte Arthur Drury dann. »Ist wohl nicht mehr ganz klar. Wir könnten ihn uns eigentlich schnappen.«
»Davids Befehle lauten anders«, wandte Timothy prompt ein. »Also nichts wie zurück.« Er sah Pettifor an. »Beim Militär geht's doch so zu, nicht wahr, Sir?«
»Ganz recht. Nicht räsonieren, Order parieren.« Pettifor hatte eine Schwäche für solche dummen Sprüche und Zitate, die ihm in keiner Notlage je ausgingen. Es schien ihm gar nicht bewußt zu sein, daß sie nicht von ihm waren; jedenfalls brachte er sie immer heraus, als hätte er sie gerade erfunden. Er machte jetzt überhaupt keine Anstalten, sich von der Stelle zu rühren, hatte seinen antiquierten Feldstecher ausgepackt und stellte ihn ein. »Du lieber Himmel!« rief er aus, »der Kerl ist ja voller Blut!«
»Blutbefleckter Banquo.« Ogg hielt es für ungeheuer lustig, das Echo seines Onkels zu spielen.

Zum erstenmal meldete sich jetzt Tom Overend zu Wort. Gewöhnlich war er vernünftig, und David setzte einige Hoffnungen in ihn. Er sagte: »Purpurrot das Wappen.«

David verzweifelte an ihnen. Knickerbocker hatte wieder einen Haken geschlagen und lief jetzt genau auf sie zu. Er sah wirklich übel aus, da gab es nichts. Vielleicht hatte es tatsächlich weiter hinten eine Schießerei gegeben, und ein Polizist hatte ihm eine Kugel verpaßt. Oder vielleicht hatte man sofort auf ihn geschossen, um Schlimmeres zu verhüten. Nur hatte David nicht einen einzigen Knall gehört.

»Sieht aus, als ob er eine Bruchlandung gemacht hätte«, sagte Timothy. »War er oben auf dem Knack Tor?«

David schüttelte den Kopf. »Auf dem Loaf.« Timothy schien recht zu haben. Zu Beginn seines Ausfalls mußte Knickerbocker gestürzt sein, und jetzt war er halb betäubt. Das machte ihn sicher nicht weniger gefährlich – ganz im Gegenteil. Und jetzt hatte er sie gesehen, diese friedliche archäologische Expedition: drei ältere Herren und eine Herde geschwätziger junger Männer. Schwankend blieb er stehen. Und hob das Gewehr.

»Hinlegen! Alles hinlegen!« Das war Farquharson – und während er das brüllte, hechtete er unerwartet behende nach vorn und riß Ogg, dessen Knie umklammernd, zu Boden. Stramme Leistung, dachte David. Da peitschte ein Schuß. Der Kerl hatte das Feuer eröffnet. David merkte, daß er mit der Nase tief im Heidekraut steckte. Es gab nicht mehr die geringste Hoffnung, daß sie sich durch einen Rückzug in Sicherheit bringen konnten. Er preßte sich flach auf den Boden und hoffte einfach, daß alle anderen es genauso machten. Das nützte freilich auch nicht viel. Wenn der Mann in Knickerbockern rot sah, konnte er ein Massaker veranstalten. David rechnete damit, daß er jetzt wie wild feuern würde. Aber es passierte gar nichts. Außer den Rufen war nichts zu hören. Sie kamen näher. Aber trotzdem waren sie noch ein ganzes Stück entfernt. Vorsichtig hob er den Kopf. Der Mann in Knickerbockern rannte jetzt wieder und hatte sie seitlich liegenlassen. Er hielt besser Kurs als vorher. Er steuerte den Weg und die Autos an.

»Der haut ab!«

Das war Ogg, und es brachte David auf die Beine. Er hatte sofort das Gefühl, daß die nächste Krise fällig war. Die anderen rührten sich auch, um sich herum sah er lauter erschrockene Gesichter, während das, was dazugehörte, meist noch auf allen Vieren im Heidekraut steckte. Sie sahen wie eine kleine verstörte Herde komischer Wiederkäuer aus, und er hätte laut gelacht, wenn ihm nicht zu seinem Entsetzen sofort klargewesen wäre, worin die neue Krise bestand. Dieser unglaubliche Ogg war fünfzig Yards vor ihnen und wie wild hinter dem Mann in Knickerbockern her. Während er rannte, machte er mit Jagdgeschrei auf sich aufmerksam. »Der haut ab!« schrie Ogg noch einmal. »Horrido, Jungs, halali!« Es mußte ihn schrecklich gekränkt haben, dachte David, daß Farquharson ihn so würdelos – obwohl gerade noch rechtzeitig – zu Boden geworfen hatte, und nun zeigte er, daß er ein Mann war, den man ernstnehmen mußte. David erinnerte sich daran, wie freudig erregt der Kindskopf in der Nacht zuvor gewesen

war. Das hier war wieder so etwas: der Ritt ins Tal des Todes und solches Zeug.
Pettifors Haufen reagierte natürlich wie nicht anders zu erwarten. Sie rappelten sich auf, fluchten ständig auf Ogg und rasten hinter ihm her. Es machte David wütend, daß er mit ihnen nicht ganz mithalten konnte.
Für diesen Tag war es mit dem schnellen Laufen vorbei. Aber ebensowenig konnten die anderen mit Ogg mithalten. Der lange Lulatsch war ein unglaubliches Talent. Laufen lag ihm einfach. David erinnerte sich, daß er schon als Kind irgendwelche Meisterschaften gewonnen hatte, und das hatte ihn sicher um so bereiter gemacht, jetzt so vollkommen verrücktzuspielen. Er würde Knickerbocker wie nichts einholen.
Das sah wirklich übel aus, dachte David. Jetzt waren auch die Polizisten da. Er warf einen Blick über die Schulter und sah, daß etliche von ihnen schon bei Pettifor, Faircloth und Farquharson angekommen waren. Es sah aber nicht so aus, als ob das noch viel ändern konnte – wenn nicht der andere Trupp endlich weiter vorn auf dem Weg auftauchte.
Der Mann in Knickerbockern war jetzt nahe am Weg. Und David war klar, daß er einen Plan hatte. Wenn er ein eigenes Fahrzeug mitgebracht hatte, dann mußte das am entgegengesetzten Ende des Moors stehen, und da konnte er jetzt nicht hin. Er würde versuchen, mit einem der Wagen wegzukommen, die genau vor seiner Nase warteten. Es sah so aus, als hätte Ogg Aussichten, ihn einzuholen oder mindestens zu schnappen, während er versuchte, einen der Wagen in Gang zu

bringen. Und wenn Ogg das schaffte, waren die Überlebenschancen des armen Jungen gleich Null.
Die anderen versuchten, Ogg durch Rufen zu stoppen. Aber entweder glaubte er, sie wollten ihn anfeuern, oder er war entschlossen, sich gar nicht darum zu kümmern. Der Mann in Knickerbockern wußte, wie dicht er ihm auf den Fersen war; David hatte beobachtet, wie er einen Blick über die Schulter geworfen hatte. Der wußte, was los war. Er konnte jeden Augenblick stehenbleiben, sich umdrehen und Ogg einfach abknallen. Es war nicht damit zu rechnen, daß er nicht auch treffen würde, es sei denn, er konnte vor lauter Blut nichts erkennen – und von nahem hatte er ja furchtbar ausgesehen.
Aber jetzt kam ein neuer Faktor ins Spiel. Wie aus dem Nichts war Appleby erschienen. Er näherte sich der wahnwitzigen Verfolgungsjagd von der Flanke her. Er mußte unmittelbar nach David vom Tor abgestiegen sein und hatte dann eine Abkürzung zum Weg hinunter ausfindig gemacht. Noch immer trug er seinen Sitzstock und auch die Melone, und zweifellos hatte er auch immer noch sein kleines Pappschild im Knopfloch. Er war bei weitem nicht so schnell wie Ogg, aber es sah aus, als könne er mit dem Mann in Knickerbockern Schritt halten. Aber das schien nicht zu reichen. Der Mann war jetzt auf dem Weg und hastete auf Timothys Wagen zu. Ogg war keine fünfzig Yards hinter ihm. David betete, daß Timothy den Zündschlüssel im Dicken steckengelassen hatte, und daß die verflixte alte Mühle keine Mucken machen würde. Das bedeutete natürlich, daß der Mann entkam, aber auch, daß

Ogg nicht für die dritte Leiche an diesem fürchterlichen Tag sorgte.
Unmittelbar vor sich hörte er einen wütenden Schrei. Das war Timothy; selbst in dieser üblen Lage hatte er auch noch Kraft, um sich brüllend darüber zu entrüsten, daß jemand tatsächlich vorhatte, sein Auto zu klauen. Jetzt war Knickerbocker hineingesprungen. Er hatte das Gewehr auf den Vordersitz geworfen und fuchtelte wie wild am Armaturenbrett herum. Es passierte gar nichts.
Es passierte immer noch nichts. David wußte, daß man sogar auf diese Entfernung auf jeden Fall das Geräusch hören würde, das der Dicke machte, wenn er ansprang. Ogg hielt genau darauf zu; für ihn war es nur noch ein Steinwurf weit bis zum Wagen. Entweder war er total verrückt oder der mutigste Kindskopf der Welt. Knikkerbocker behielt ihn im Auge, richtete sich auf, ergriff das Gewehr und zielte. Wenn er Ogg erschoß und dann noch Appleby, hätte er ein paar Minuten gewonnen. Appleby rannte noch immer. Er hielt seinen Sitzstock hoch – ungefähr so, daß das Ganze für eine Sekunde wie eine Groteske oder wie eine makabre Farce wirkte.
Dann schien sich das Gewehr wie von selbst Knickerbockers Händen zu entwinden und war verschwunden. Man hörte einen schwachen Knall und dann, auch von weit weg, Oggs Triumphgeschrei. Aber der Mann gab nicht auf. Er hatte sich wieder hinter das Steuer fallen lassen, und plötzlich sprang röhrend und knatternd der Motor an. Er knallte den Gang rein, und mit einem Satz schoß das Auto nach vorn. Ogg spurtete und hätte um

ein Haar noch das Verdeck zu fassen gekriegt. Knickerbocker entkam. Aber Ogg blieb am Leben.
Und er hatte noch Reserven. Er rannte weiter, und innerhalb von Sekunden hatte er sich in Pettifors Landrover geworfen. Wie der Blitz hatte er ihn gestartet. Phantastisch unwirklich – wie ein unverschämter Kintoppeffekt – gingen Flucht und Verfolgung weiter. In einer Staubwolke rasten die beiden Wagen den Weg hinunter und waren nicht mehr zu sehen.
Die erste Gruppe der Verfolger war stehengeblieben. Man konnte nichts mehr machen. David lief hin. Timothy drehte sich schwer atmend nach ihm um. »Was für eine bodenlose Unverschämtheit! Aber ich bin ja froh, daß es nicht andersrum gekommen ist.«
»Andersrum?«
»Daß der Balg nicht im Dicken sitzt. Der hat heut seine Mucken. Die Lenkung. Wahrscheinlich eins von den Schlaglöchern heute nacht.«
»Gleich sehen wir sie wieder, eine Sekunde noch!« Arthur Drury zeigte auf die Straße. »Da, bei der nächsten Anhöhe. Wenn's die alte Karre bis dahin schafft.«
»Was soll das heißen – bis dahin schafft?« Timothy war sofort wieder entrüstet, obwohl das einigermaßen inkonsequent war.
»Da sind sie!« schrie Tom Overend.
»Klar – da sind sie!« Leon Kryder zeigte auch hinüber. »Hauen ab und horrido!«
Sie waren alle wahnsinnig aufgeregt. Nur David nicht. Er hatte einfach genug. Als er beobachtete, wie die beiden Wagen in einiger Entfernung wieder ins Blickfeld geschossen kamen, stellte er fest, daß ihm alles Interesse

abhanden gekommen war. Er wollte nicht, daß Ogg irgend etwas zustieß, aber andererseits konnte es ihm kaum weniger gleichgültig sein... Und plötzlich merkte er, daß er vor Spannung zitterte und wie gebannt auf den vorderen Wagen starrte. Der war sehr schnell – und er schleuderte merkwürdig. Nur den Bruchteil einer Sekunde lang, aber es war schrecklich. Und das, was dann kam, auch. Zuerst drehte sich der Dicke ganz eigenartig um sich selbst, überschlug sich dann mehrmals und war verschwunden.

Alle holten tief Luft und fingen an zu rennen. Kurz darauf mußten sie noch einmal tief durchatmen. Ogg hatte den Landrover sicher zum Stehen gebracht. Aber dicht daneben, wo der andere Wagen ins Schleudern geraten und vom Weg abgekommen war, da war schwarzer Rauch, und Flammen schlugen hoch.

Als sie den Dicken erreichten, war er nur noch ein schwelender Schrotthaufen. Ogg saß sehr still und blaß im Gras und war anscheinend unfähig, seinen Blick von dem abzuwenden, was er und Appleby aus dem Feuer gezogen hatten. Seine Hände mußten verbunden werden. Aber sonst war er nicht verletzt.

»Haben Sie den auch gekannt?« Jetzt brachte es David fertig, Appleby dies halbwegs gefaßt zu fragen. Knickerbocker sah gar nicht mehr gut aus. Aber sein Körper hatte sich keineswegs in Asche verwandelt.

Appleby schüttelte den Kopf. »Ich habe ihn vorher noch nie gesehen.«

»Meinen Sie, es war die Lenkung oder der Knacks, den er vorher abgekriegt hatte?«

»Vielleicht kam beides zusammen. Jedenfalls ist er tot. Unser ohnehin schon sehr kleines Ensemble ist also noch kleiner geworden.«
»Ich finde es schrecklich. Vermutlich sollte ich erleichtert sein, weil jetzt niemand mehr übrig ist, der mit einem Gewehr hinter mir her will.« David rang sich ein Lächeln ab. Er merkte, daß er von allen hier wegkommen und nur noch ins Bett wollte. »Aber ich finde das alles nur schrecklich.«
»Wirklich? Es ist sicher alles noch sehr mysteriös. Nicht gerade befriedigend, nicht wahr? Es bleibt noch eine Menge zu tun.«
David brachte es fertig, sich zusammenzureißen. »In Ordnung. Meinetwegen sofort, wenn Sie wollen.«
Appleby lächelte. »Gut. Aber ich glaube, so wie die Dinge liegen, können wir ganz ruhig den Vorhang zur Pause herunterlassen. Es sei denn, es gibt etwas, von dem Sie meinen, daß Sie es unbedingt jetzt in Angriff nehmen wollen.«
Und plötzlich fiel es David wieder ein. »Ja, bitte«, sagte er. »Es geht darum, wie der Kerl sein Gewehr verlor, als er grade drauf und dran war, Ogg zu erschießen. Wie war das möglich?«
Appleby sah überrascht aus. »Ich konnte es ihm aus den Händen schießen.«
»Schießen!« David starrte Appleby an – und schaute dann neben ihm auf den Boden. »Sie wollen sagen –?«
»Genau.« Und Appleby hob seinen Sitzstock hoch. »Finden Sie komisch, daß man mit einem Sitzstock auch schießen kann, was?«
»Ich glaub' schon.« David war so erstaunt, daß er das

ganz ernst sagte. Dann grinste er. »Gehört das Ding zur Standardausrüstung der hohen Tiere von Scotland Yard?«
»Ach du liebe Zeit, nein. Da steckt Privatinitiative dahinter – ich bin ziemlich sicher, das gibt es in ganz England nicht noch einmal. Tatsächlich hat sich mein ältester Sohn das für mich ausgedacht.« Appleby schaute auf Pettifors Haufen. »Ein ruhiger, ernsthafter Bursche. Wir haben ihn übrigens nach Cambridge geschickt.«

2. Teil

JOHN APPLEBY

Kapitel 1

Nach dem Abendessen fuhr Appleby hinüber nach Nymph Monachorum. Vermutlich hatten sich die Teilnehmer des Seminars inzwischen von den schlimmen Ereignissen des Tages erholt, und vielleicht konnten einige schon ein paar Fragen verkraften. Appleby selbst hatte hastig essen müssen. Verständlicherweise hatten verschiedene örtliche Amtspersonen aufgesucht und auch gewisse entscheidende Erkundigungen per Telefon in London eingeholt werden müssen. Als er beim »George« ankam, fragte er nach Pettifor.

Pettifor erschien sofort und führte ihn in den leeren Rauchsalon. »Ich hoffe, Sie wollen nicht den jungen David Henchman haben«, sagte er. »Der Junge ist völlig erschöpft. Ihm fehlt die Würze des Lebend'gen, Schlaf. Ich habe ihn ins Bett gepackt.«

»Das war richtig.« Falls Appleby diese Art zu reden leicht komisch fand, so ließ er es sich nicht anmerken. »Verstehen Sie bitte, Mr. Pettifor, daß ich mit dieser Sache offiziell gar nicht befaßt bin. Aber da ich nun einmal hineingeraten bin, meine ich, sollte ich auch versuchen, die Sache zu Ende zu bringen. Ich denke, Sie kennen den Chef der hiesigen Polizei?«

»Aber natürlich. Wir sind entfernt miteinander verwandt.« Pettifor lächelte. »Wissen Sie, ich bin hier zu Hause, und wir sind alle irgendwie miteinander verwandt.«

»Ja sicher. Nun, ich wollte eigentlich nur sagen, daß ich mit ihm gesprochen habe und daß er durchaus einverstanden damit ist, daß ich mich um diese Sache kümmere. Was Henchman betrifft, habe ich wirklich nicht die Absicht, ihn aus dem Bett zu holen. Aber ich würde mich gern mit Ihnen ein bißchen über ihn unterhalten. Das Ganze war eine schlimme Geschichte, und er war schließlich mittendrin.«

»Wenn es irgend etwas gibt, was ich Ihnen rechtens erzählen kann, Sir John, dann werde ich das natürlich tun.« Pettifors Ton war ein wenig kühl. Appleby, das schien er ausdrücken zu sollen, war schließlich nur ein Polizist. Und mit Polizisten plaudert man eigentlich nicht über seine Schüler.

»Haben Sie vielen Dank.« Appleby war nicht zu erschüttern. »Seine Geschichte ist ja sehr außergewöhnlich. Aber ich kann gleich sagen, daß ich keinen Grund sehe, seinen guten Glauben anzuzweifeln. Es ist natürlich etwas anderes, ob ihm etwas entgangen ist oder ob er vielleicht etwas durcheinandergebracht hat.«

Pettifor schüttelte den Kopf. »Meiner Meinung nach entgeht ihm selten etwas, und er bringt kaum je etwas durcheinander. Ich halte ihn für einen durch und durch verläßlichen jungen Mann. Und diskret. Ginge ich recht in der Annahme, Sir John, daß er Informationen besitzt, die nicht zu verbreiten Sie ihn gebeten haben?«

»Sie hätten ganz recht.« Obwohl Appleby ziemlich verblüfft war, kam seine Antwort prompt.

»Ich habe irgendwie den Eindruck gewonnen, daß er wußte, wer der Mann war, der auf dem Knack Tor getötet wurde. Aber er wollte über die Angelegenheit nicht sprechen. Bei solchen Gelegenheiten ist Davids Mund verschlossen wie ein Schrein.«

Appleby schwieg. Aber er sah Pettifor unverwandt an;

denn er hatte das dunkle Gefühl, daß er etwas ziemlich Merkwürdiges zu hören bekommen hatte. Und der Mann sah auch merkwürdig aus – oder zumindest sah er merkwürdig mitgenommen aus. Natürlich, er hatte erfahren, daß einer der jungen Männer, die sich in seiner Obhut befanden, den größeren Teil des Tages damit zugebracht hatte, um sein Leben zu rennen. Und er hatte mit eigenen Augen mitangesehen, wie ein anderer von ihnen – zufälligerweise sein eigener Neffe – in höchster Gefahr gewesen war, erschossen zu werden. Das reichte zweifellos aus, einen Eindruck von Spannung oder Erschöpfung zu erklären. Aber da war noch etwas. Appleby überlegte, ob es eine Art Fanatismus war. Ältere Professoren hatten das manchmal an sich. Es gehörte zu ihrer Rolle, ein sehr hohes Maß an intellektueller und persönlicher Toleranz aufzubringen. Gerade deswegen drehten sie manchmal aber bei irgendeinem speziellen Thema ein bißchen durch und waren in der Sache dann absolut verbohrt. Vielleicht hatte Pettifor auch so ein Steckenpferd. Aber es war schwer zu begreifen, in welcher Verbindung es mit den mysteriösen Ereignissen stehen mochte. »Apropos Henchman«, sagte Appleby. »Wissen Sie, ob er irgendwelche Bekannte oder Verwandte hier in der Gegend hat?«

»Ich glaube kaum. Keiner von den jungen Leuten hat hier Bekannte oder Verwandte, mit Ausnahme von Dancer, Ian Dancer. Er war bei unserem Ausflug nicht mit dabei. Er hat Verwandte, die er manchmal besucht, um an einer Jagd teilzunehmen. Übrigens hatte er heute nachmittag einen Reitunfall und kam erst vor einer halben Stunde hierher zurück. Eine etwas obskure Geschichte, aber ich habe soviel verstanden, daß er medizinische Versorgung brauchte. Er ist auch schon zu Bett gegangen.«

Appleby nickte. »Ich weiß Bescheid wegen Dancer. Ich sollte wohl erwähnen, daß ich ein paar Tage bei Verwandten meiner Frau in Dream verbringe.«

»Ach ja.« Pettifor nahm das nur kurz zur Kenntnis. »Natürlich ist mein Neffe, Julian Ogg, auch mit ein paar Leuten hier in der Gegend bekannt, falls das für Sie wichtig ist.«

»Ihr Neffe war, wenn ich so sagen darf, bemerkenswert couragiert.« Appleby sagte das aus Taktgefühl, weil Pettifor schon leicht ungeduldig zu sein schien.

»Ja, ja, mehr Courage als gesunder Menschenverstand. Burschen in dem Alter sind oft sehr impulsiv, und weil Julian jünger ist als die anderen, hat er zweifellos ein besonderes Bedürfnis, zumindest mitzuhalten. Ich war natürlich entsetzt, in welche Gefahr er sich begeben hat. Aber hin und wieder ein Risiko einzugehen, ist keine so schlechte Sache. Letzte Nacht hat sich hier etwas ereignet – ich weiß nicht, ob Sie davon gehört haben –, da wurde die Gefahr bewußt herausgefordert. Ich war natürlich nicht gerade erfreut darüber. Aber ich höre, der junge Julian hat dabei auch keine schlechte Figur gemacht.«

Appleby nickte – und dabei steckte er diesen bejahrten Gelehrten innerlich in eine bestimmte Schublade. »Kennen Sie diesen Farquharson?« fragte er.

»Nein. Er hat mit meiner Gruppe überhaupt nichts zu tun. Ein einsamer Mensch, stelle ich mir vor, der ziemlich früh von der Armee seinen Abschied genommen hat, mit viel Zeit und einer nostalgischen Schwäche für den Charme der Jugend. Keineswegs ein ungewöhnlicher Typ. Meistens völlig harmlos. Ich glaube allerdings sagen zu dürfen, daß er kein sehr differenzierter Kopf ist.«

Appleby mußte sich ein wenig zusammennehmen, um nicht zu lächeln; das war wieder einmal eine dieser typisch akademischen Einstellungen. Er fragte: »Das Seminar, das sind nur Sie und die Studenten?«

»Mein Gott, ja. Ein Dr. Faircloth – Sie haben ihn, glaube ich, heute nachmittag bei dieser außerordentlichen Gelegenheit gesehen – hat sich uns ein wenig angeschlossen, seit er neulich gekommen ist. Meine jungen Leute haben mir erzählt, daß er Geistlicher sei, aber ich kann nur sagen, daß er ein durchaus gebildeter Mann ist. Tatsächlich war es aufgrund seines Vorschlags und ganz spontan, daß wir uns zu unserem spätnachmittäglichen Ausflug zum Knack Tor entschlossen. Ich hatte den ganzen Tag über gearbeitet – und bin sicher, die meisten der jungen Leute glaubten dasselbe von sich –, deshalb wurde der Vorschlag allgemein begrüßt. Wer hätte ahnen können, wie widerwärtig das Ergebnis sein würde! Ein scheußlicher Vorfall. Oder vielmehr zwei.«

»Drei.«

»Ach ja.« Pettifor schaute für einen Augenblick etwas geistesabwesend drein. »Man verliert wirklich die Übersicht. Was schlimm begann, zeugt Böses fort und fort. Und darf ich fragen, lieber Sir John, ob Sie irgendeine Vorstellung haben, wie es zu all dem gekommen ist?«

»Nur eine sehr allgemeine. Aber vielleicht ist sie für den Anfang dienlich. Wissen Sie, Henchmans Leiche – ich meine die erste, die er entdeckt hatte – war nicht dieselbe, die er und ich später auf dem Knack Tor vorfanden.«

Pettifor stand plötzlich auf, durchquerte den Raum und läutete. »Ich vergesse ja ganz die Pflichten eines Gastgebers«, sagte er. »Ich hoffe, ich darf Ihnen einen Drink anbieten. Das hört sich ja wirklich so an, als brauchten wir jetzt einen. Davon hatte ich ja keine Ahnung. Aber jetzt verstehe ich, was Sie meinten, als Sie von drei scheußlichen Vorfällen sprachen. Henchman war ja nicht sehr gesprächig – aber er ist auch, wie schon gesagt, sehr erschöpft... Aber da ist Lina.« Eins der ganz reizenden italienischen Mädchen des »George« war hereingekommen. »Vielleicht einen Brandy, Appleby?«

Appleby entschied sich für Brandy. Außerdem registrierte er die persönliche Anrede. Dann sagte er: »Henchman muß ungefähr gegen Mittag auf dem Knack Tor gewesen sein. Eine Rauchsäule auf dem Gipfel hatte ihn wohl neugierig gemacht.«

»Rauch? Sehr merkwürdig. Das ist doch nicht die Jahreszeit für Heidefeuer.«

»Heidekraut gibt's dort oben sowieso nicht. Er hatte die Vorstellung, daß das, was er sah, ein Signal sein könnte.«

»Ein Signal!« Pettifor war bestürzt. »Eine Art Hilferuf?«

»Etwas Derartiges, ja. Es ist so gut wie sicher, daß der Rauch von einem kleinen Feuer kam, das ein Mann angezündet hatte, der unmittelbar darauf erschossen wurde. Ich selbst stelle mir vor, daß er vielleicht Papiere vernichtet hat.«

»Hier ist der Brandy. Armagnac – ich hoffe, das ist recht so? Meine Freunde behaupten, man müsse ihn immer aus einer warmen Tasse nehmen, aus der man gerade seinen letzten Schluck Kaffee getrunken hat. Ich bin mit einem Glas völlig zufrieden. Oh, gäbe Wein mir Lebenskraft zurück.« Pettifor schnupperte erstmal an seinem Brandy. »Also, was sagten Sie gerade? Papiere sollen verbrannt worden sein.«

»Bis jetzt gibt es noch keinen Hinweis auf die Identität des Mannes, dessen Leiche Henchman zuerst fand. Aber die Leiche, die er und ich später fanden, konnte ich zufälligerweise ohne Schwierigkeiten identifizieren. Sie war die eines Mannes, der eine schändliche Karriere als Spion gemacht hatte – tatsächlich war er ein Doppelagent.«

»Ach ja.« Pettifor reagierte recht gelassen auf diese nicht undramatische Information. »Das hört sich ja nicht so an, als müßten wir ihn sehr betrauern. Und deshalb vermuten Sie also, daß der Erste – der das Feuer entzündet hatte – aus der gleichen Branche war?«

»Durchaus möglich, daß er eher Opfer als Komplice war. Sein Tod kann die Folge davon gewesen sein, daß er sich irgendeiner Forderung oder einem Ansinnen widersetzt hat.« Appleby schlürfte seinen Armagnac. »Das ist natürlich nur sehr hypothetisch, aber in diese Richtung gehen meine Überlegungen.«

»Höchst interessant. Aber ich brauche wohl kaum zu sagen, daß das ein Gebiet ist, in dem ich mich überhaupt nicht auskenne. Täusche ich mich, wenn ich vermute, daß Ihre Hypothese nicht viel zum Verständnis der Tatsache beiträgt, daß dort erst die eine Leiche und dann eine andere war?«

Appleby nickte. »Das ist der Kern des Problems. Und meine Vermutung bringt mich tatsächlich nicht viel weiter.«

Pettifor dachte einen Augenblick lang nach. »Ich sagte, David Henchman sei ein durch und durch verläßlicher Mensch. Und das ist er auch. Aber könnte er sich nicht vielleicht doch geirrt haben? Eine Leiche scheint mir viel einfacher als zwei.«

»Das läßt sich allerdings nicht bestreiten«, sagte Appleby ziemlich trocken. »Aber ich habe noch nie die Erfahrung gemacht, daß ich weit gekommen bin, wenn ich unbequeme Tatsachen ignoriert habe. Und hier handelt es sich ja nicht um flüchtige Eindrücke. Henchman fand eine Leiche, untersuchte sie und hatte dann, während der Tote dalag, eine ziemlich eingehende Unterredung mit einem anderen Mann. Und als wir zum Tor zurückgekehrt waren, da lag da zwar immer noch eine Leiche, aber es war nach Davids Aussage die Leiche jenes anderen Mannes. Wir kommen nicht darum herum, zu akzeptieren, daß die eine Leiche tatsächlich durch eine andere ersetzt worden ist.«

Für einen Augenblick war es still, dann seufzte Pettifor ziemlich hilflos. »Sie bringen mich arg durcheinander«, sagte er.

In diesem Augenblick kam das italienische Mädchen zurück, um Pettifor ans Telefon zu holen. Er entschuldigte sich und ging hinaus. Appleby blieb zurück und interessierte sich anscheinend nur für sein Glas. Davids Professor hatte sicher recht, wenn er annahm, daß Applebys Hypothese ihn nicht sehr weit brachte. Er fand einfach nichts, was diesen rätselhaften Leichentausch erklären konnte. Hierher von wo, wohin von hier? Er runzelte die Stirn, als sich dieses absurde Wortgeklingel ihm aufdrängte, und nahm noch einen Schluck Armagnac.

Und noch ein Glas und noch eins mehr hinab,
um auszulöschen, was mir da geschah…

Pettifors Angewohnheit, geflügelte Worte und Versschnipsel im Munde zu führen, war vielleicht ansteckend. Trotzdem, *wohin* von hier? Wo war diese erste Leiche hingekommen? Und plötzlich fiel ein außerordentliches Licht auf die Affäre. Er setzte sein Glas ab, richtete sich auf und sagte zu sich selbst: »Wie war das noch…« Dann erhob er sich und ging gedankenverloren im Raum auf und ab. Er hörte kaum, daß die Tür sich wieder öffnete, und es dauerte einen Augenblick, bevor er sich umdrehte. Er hatte Pettifor erwartet.

Aber es war nicht Pettifor. Es war Dr. Faircloth – von dem dunkel vermutet wurde, er sei Geistlicher.

»Guten Abend«, sagte Faircloth. »Pettifor hat mich gebeten, ihn zu entschuldigen. Er ist plötzlich weggerufen worden – wie ich fürchte, in einer recht traurigen Angelegenheit. Es hat einen Unfall gegeben. Sein Bruder – tut mir furchtbar leid… Was für ein schrecklicher Tag für uns alle! Ich bin wirklich erleichtert, daß meine Tochter nicht kommen konnte.«

»Ihre Tochter wollte Sie besuchen?« Appleby hielt es für höflich, einen Augenblick bei diesem Thema zu bleiben.

»Ja, meine Tochter Alice. Sie wollte eigentlich aus Hampshire mit dem Wagen kommen; sie war dort bei Freunden zu Besuch. Als sie zur Mittagszeit immer noch nicht da war, machte ich mir ein wenig Sorgen. Doch später dann kam ein Telegramm. Ich zeigte es unserem lieben David Henchman beim Abendessen. Ich soll das wohl nicht wissen, aber Pettifors junge Leute haben sich in den verschiedensten Vermutungen über Alice ergangen. Das meiste war für die Ohren älterer Menschen sicher ganz ungeeignet.« Faircloth, der gemütlich eine Zigarre rauchte, nahm Appleby gegenüber Platz, als wollte er ihm gern Gesellschaft leisten. »Natürlich haben die Abenteuer des heutigen Tages Alice und alles andere aus ihren originellen Köpfen verdrängt. Das waren scheußliche Ereignisse, mein lieber Sir John. Sie haben mich zutiefst erschüttert. Wie schon gesagt, ich bin froh, daß mein Kind nicht da hineingeraten ist. Aber für unsere jungen Leute ist das etwas ganz Wunderbares: Plötzlich ist Spannung da, und man kann sich in Spekulationen ergehen. Ich fürchte, Plato, Kant und so weiter werden für ein paar Tage eine sehr untergeordnete Rolle spielen – selbst wenn das Rätsel sofort aufgeklärt wird. Es ist doch ein Rätsel, nicht wahr? Würden Sie als ein in diesen Dingen erfahrener Mann die Ereignisse wohl so nennen wollen?«

Jetzt konnte Appleby verstehen, warum Pettifors junge

Leute zu der Auffassung gekommen waren, Faircloth sei ein Geistlicher. Es war nicht einfach so, daß sein Name das irgendwie suggerierte. Mit einem bemerkenswerten Aufwand an Worten gelang es ihm, bemerkenswert wenig zu sagen. Vor ein paar Jahren hatten einige der jungen Leute solche Predigten in ihrer Schulkapelle heimlich gestoppt, entweder, weil sie eine Wette gewinnen wollten, oder auch nur, um Rekorde zu sammeln.
»Ein Rätsel?« sagte er. »Ich brauche kein Hehl daraus zu machen. Was sich auf dem Knack Tor ereignet hat, ist zur Zeit vollkommen unerklärlich.«
»Hat Pettifor denn keine Theorie?«
»Nun, jedenfalls hat er keine vorgebracht.« Appleby sah Faircloth aufmerksam an. »Haben Sie selbst denn eine?«
»Verehrter Sir John, ich bin noch nicht einmal im Besitz der Fakten.« Und plötzlich hob Faircloth die Hand, als wäre er bemüht, einer Flut indiskreter Mitteilungen vorzubeugen. »Bitte verstehen Sie mich recht, ich will sie aber auch gar nicht wissen. Ich verstehe vollkommen, daß Angelegenheiten dieser Art, ganz besonders wenn es um die Sicherheit unseres Landes geht, mit höchster Umsicht behandelt werden müssen. Das habe ich auch Colonel Farquharson eingeschärft oder einzuschärfen versucht. Als Militär sollte er das natürlich ohnehin wissen.«
Appleby sah von seinem Armagnac auf – den er im Glas herumgeschwenkt hatte – und betrachtete Faircloth nachdenklicher als bisher. »Farquharson?« fragte er sofort. »Wissen Sie mehr von ihm?«
»Mein lieber Sir John, überhaupt nichts. Sie wissen

doch, ich bin erst seit wenigen Tagen in Nymph Monachorum. Und ich denke nicht, daß Farquharson ein Mensch ist, mit dem ich rasch vertraut werden möchte.«

»Aber Sie haben doch trotzdem die Affäre mit ihm heute abend diskutiert?« Appleby wiegte ernst den Kopf. »Darf ich mir erlauben, Ihnen einen Rat zu geben, Sir? Sprechen Sie mit ihm möglichst wenig über diese Angelegenheit.«

»Oh!« Faircloth war beeindruckt. »Wäre es zu dreist, zu fragen, ob er Ihnen schon in gewisser Weise bekannt ist?«

Appleby schüttelte den Kopf. »Nicht gerade das. Und niemand von den Beteiligten, das darf ich sagen, war mir vor dem heutigen Tage bekannt, mit Ausnahme von Redwine, dem Mann, den Henchman und ich tot auf dem Knack Tor gefunden haben. Aber ich habe herauszufinden versucht, was ich konnte, sowohl hier am Ort als auch telefonisch über meine Leute in London.«

»Sie hatten uns wohl alle im Visier?« Faircloth schien diese Vorstellung amüsant zu finden; denn er nahm seine Zigarre aus dem Mund, um ungehemmt lachen zu können.

»Ich fürchte schon. Das gehört am Anfang einfach zur Routine. Es kann natürlich sein, daß die Verbindung zwischen den Ereignissen im Moor heute und jemandem hier im Hotel nur äußerst vage ist. Henchman ist vielleicht das einzige Verbindungsstück – und ein rein zufälliges obendrein. Trotzdem – man tut, was man kann. Und ein Ergebnis war die Entdeckung, daß dieser

Colonel Farquharson keine Person von sehr schätzenswertem Charakter ist.«
»Tut mir leid, das zu hören.« Faircloth sagte das angemessen nüchtern.
»Sollte Ihnen irgend etwas Ungewöhnliches an seinem Verhalten auffallen, seien Sie doch so gut und lassen es mich wissen.«
»Gewiß, gewiß.« Es war deutlich, daß Faircloth dieses Bündnisangebot interessiert und befriedigt aufnahm.
»Ist denn das, was Sie über ihn gehört haben – nun, möglicherweise von Relevanz für unser Rätsel? Gibt es in irgendeiner Weise einen Fingerzeig darauf, daß er verdächtig ist?«
Appleby schüttelte den Kopf. »So weit möchte ich nicht gehen.« Er zögerte. »Sie verstehen, Dr. Faircloth, daß all das höchst vertraulich ist?«
»Unter allen Umständen. Und ich kann wohl sagen, daß man sich in Fragen der Diskretion auf mich durchaus verlassen kann.«
Einen Augenblick lang sagte Appleby gar nichts. Man hätte meinen können, er bewunderte die rhetorische Brillanz dessen, was Faircloth gerade gesagt hatte. Dann trank er seinen Armagnac aus. »Nicht, daß ich dem zuviel Bedeutung beimessen möchte«, sagte er, »aber dieser Farquharson ist ein berufsmäßiger Erpresser.«

Faircloth nahm diese vertrauliche Mitteilung bemerkenswert gefaßt auf. »Nach der kurzen Zeit, in der ich Gelegenheit hatte, Farquharsons Verhalten zu beobachten«, sagte er, »hätte ich eher dazu geneigt, ihn für einen Erpreßten zu halten, wenn man das sagen kann.«

»Mißverstehen kann man das jedenfalls nicht. Und da Erpressung ein Verbrechen ist, und ein schweres, ist es natürlich richtig, daß jeder Erpresser potentiell auf der Liste jedes anderen Erpressers steht. Farquharson ist tatsächlich ein überführter Erpresser, und die sind gewöhnlich äußerst vorsichtig bei ihren weiteren Unternehmungen. Seine Anwesenheit hier unten kann völlig harmlos sein.«

Faircloth nickte. »Und selbst wenn er in Nymph Monachorum aus – nennen wir es beruflichen Gründen ist, halten Sie es dann für wahrscheinlich, daß diese überhaupt mit unserer Angelegenheit zu tun haben?«

»Ich denke schon. Das geheime Treffen auf dem Knack Tor, und daß dann auf einmal höchstwahrscheinlich Dokumente verbrannt wurden, sieht mir doch sehr nach Erpressung aus.« Appleby erhob sich. »Wie dem auch sei, ich werde mich jetzt ein wenig mit Colonel Farquharson unterhalten.«

»Ich glaube, Sie finden ihn in seinem Zimmer. Nummer 10. Da hämmert er auf seiner Schreibmaschine.«

»Vielen Dank. Und ich brauche Sie ja nicht darauf aufmerksam zu machen, daß unsere Unterredung gänzlich unter uns bleiben muß.«

»Mein lieber Sir John, verlassen Sie sich auf mich. Das ist eine höchst bedrückende Geschichte, und mir ist nur zu sehr daran gelegen, daß sie ihre Aufklärung findet. Und – wissen Sie – ich mache mir etwas Sorgen um Pettifor. Wirklich ein ganz reizender Mann, finde ich. Aber sensibel, sehr sensibel. Es hat ihn aufgeregt – ich sehe das einfach –, daß sich seine jungen Leute diesen schrecklichen Gefahren ausgesetzt haben. Und jetzt ist noch irgend etwas Schlimmes passiert. Ich werde ziemlich froh sein, wenn wir ihn wieder bei uns haben.«

Wenn Appleby diese Besorgnis um jemanden, den Faircloth kaum kannte, bemerkenswert fand, dann sagte er das jedenfalls nicht. »Ein Bruder?« fragte er. »Hier in der Nähe?«

»So habe ich's gehört. Pettifor hat seinen Wagen genommen. Ich hoffe, er läßt ihn nicht im Stich. Er hatte heute morgen damit schon Ärger. Ich weiß einfach nicht, weshalb manche Leute diese alten Autos fahren.«

Appleby dachte, daß die Antwort auf diese Frage eigentlich auf der Hand lag, aber daß man darauf nicht näher einzugehen brauchte. »Ich denke«, sagte er, »ich werde versuchen, diesen Farquharson zu einem kleinen Spaziergang zu überreden. Leute seines Schlages sind manchmal mitteilsamer, wenn sie sicher sind, daß es keine Ohrenzeugen gibt. Der Mond scheint, und der Abend ist überraschend mild.«

Faircloth nickte. »Ich hoffe, Sie werden mich auf dem laufenden halten. Interessiert mich wirklich, was Sie mir über Farquharson gesagt haben. Scheint mir etwas dran zu sein... Wissen Sie, ich habe das Gefühl, daß ich kein schlechter Amateurdetektiv wäre.«

Tatsächlich war aus Farquharsons Zimmer das Geklapper einer Schreibmaschine zu hören. Appleby klopfte an und ging hinein. Der Colonel arbeitete an einem kleinen Tisch, auf dem sich Bücher und Papiere stapelten; noch mehr davon lag auf dem Bett. Er drehte sich um und sah Appleby düster, aber ohne irgendein Zeichen von Feindseligkeit an. »Guten Abend«, sagte er.

»Guten Abend, Colonel. Sie werden wissen, daß ich ein wenig mit den Vorgängen dieses Nachmittags zu tun hatte. Mein Name ist Appleby.«
»Ja richtig, Sir John Appleby. Scheußliche Sache, das. Hätte aber noch scheußlicher ausgehen können.«
»Ohne Zweifel. Ich hoffe, ich störe Sie nicht allzu sehr.«
»Nein, nein. Ich habe etwas von diesem Abend geopfert, um an der Geschichte meines Regiments zu arbeiten. Kein Regiment, das sich je in spektakulärer Weise hervorgetan hätte. Aber ich bin froh, daß ich den Job übernommen habe. Vertreibt einem abends die Zeit.«
»Und tagsüber gehen Sie angeln? Wie war's denn heute morgen?«
Farquharson überlegte einen Augenblick. »Um die Wahrheit zu sagen, heute habe ich meine Angel gar nicht herausgeholt. Hab' nur so herumgesessen. Dachte, einer von den Jungs hätte vielleicht Lust auf einen Gang. Aber sie klebten alle hinter ihren Büchern. Examen in Sicht, scheint mir. Ich bewundere ihren Fleiß. War selber nie groß darin.«
»Wie wär's denn jetzt mit einem kleinen Spaziergang?«
Farquharson schien diese Einladung nicht sonderlich zu überraschen – aber auch nicht sehr zu erfreuen. Er schob jedoch seine Schreibmaschine beiseite und stand auf. »Auch gut«, sagte er. »Kein schlechter Abend. Wir könnten auch Pettifor fragen. Und ein paar von den Jungs.«
»Pettifor ist mit seinem Auto fort. Er hat eine schlechte Nachricht erhalten, irgend etwas mit seinem Bruder. Und – um ehrlich zu sein, Colonel – ich dachte, Sie

und ich könnten einmal unter vier Augen sprechen.«
Farquharson gab eine Art kleinen Seufzer von sich und nickte. Auch dieser Vorschlag schien ihn nicht zu zu überraschen. »Haben Sie die Vorstellung, daß Leute hier im Hotel irgendwie mit der Schießerei zu tun haben?«
»Das ist eine Möglichkeit, die ich in Betracht ziehen muß«, sagte Appleby vorsichtig. »Um irgendwo zu beginnen – Sie wissen, wie Henchman geradezu in die Sache hineinmarschiert ist.«
»Geradezu ist genau das Wort, wenn Sie mich fragen. Der Junge ist in Ordnung.«
»Wahrscheinlich. Aber es ist doch auch merkwürdig, daß sie später dort alle auf einmal aufkreuzten.«
»Beim Abschuß, was? Vollkommen richtig.« Für einen Augenblick schien Farquharson darüber eingehend nachzudenken. »Es hätte sich um die Inszenierung eines – Alibis handeln können, so sagt man doch? Um klarzustellen, meine ich, daß wir nicht hinter den Kulissen am Werk waren. Ich glaube, der Vorschlag zu dem Ausflug kam von diesem Faircloth. Ist wohl nicht auf der Liste Ihrer Verdächtigen, wie? Er soll Pfarrer sein, heißt es. Jedenfalls hat er viel Zeit. Und das ist kein Segen, glauben Sie mir.« Farquharson ging nervös im Zimmer herum. »Mantel? Brauche ich wohl nicht.«
Sie gingen die Treppen hinunter und durch die Halle. Timothy Dumble und Arthur Drury standen, Krüge mit Apfelwein in der Hand, vor einer Landkarte an der Wand. Sie schienen höflich, aber beharrlich ein nicht endenwollendes Streitgespräch über ein topographi-

sches Problem zu führen. Appleby nickte ihnen zu, und sie sahen ihn neugierig an, als er vorbeiging, sprachen ihn aber nicht an. Draußen war der Himmel klar, und die ruhige Dorfstraße schien im Mondlicht schon zu schlafen. Appleby ging ein paar Schritte mit seinem Begleiter und blieb dann stehen. »Würden Sie ein paar Minuten warten?« fragte er.

»Ich muß meine Pfeife im Rauchsalon liegengelassen haben.«

»Gewiß. Ich gehe gerade zur Brücke hinunter.« Farquharson hatte seine eigene Pfeife hervorgeholt. »Überraschend mild. Könnte Juni sein.«

Appleby eilte zurück zum »George«. Die beiden jungen Männer standen immer noch vor der Karte. »Kommen Sie mit«, sagte er kurz. »Beide.«

Sie folgten ihm wie der Blitz und waren schon halb die Treppe hoch, ehe es Timothy Dumble einfiel zu fragen: »Wohin denn, Sir?«

»Zu Colonel Farquharsons Zimmer.« Appleby hatte ein Federmesser hervorgeholt und klappte es auf. »So schnell wir können.«

»Donnerwetter!« – Timothy war hocherfreut. »Wir sollen Ihnen beim Einbrechen assistieren?«

»Nein. Ich brauche Sie nur als Zeugen – als Zeugen in einer ganz kleinen Angelegenheit, die ich zu erledigen habe. Ein Schuß auf ein sehr entferntes Ziel, fürchte ich.«

»Für die scheint es ja heute eine Vorliebe zu geben, Sir.«

»Genau. Und dieser trifft vielleicht auch nicht. Aber ich will's trotzdem mal versuchen. Meine Herren, merken

Sie sich, was Sie sehen, aber sprechen Sie mit niemandem darüber.«
Timothy nickte fröhlich. »Absolute Funkstille«, sagte er. »Und ich werd' aufpassen, daß Arthur hier nichts ausplappert.«

Kapitel 3

Der Spaziergang, den Appleby vorgeschlagen hatte, ob er nun Colonel Farquharson gefiel oder nicht, dauerte nicht lange. Nach einer halben Stunde waren die beiden Männer wieder im »George«. An der Treppe gingen sie wortlos auseinander.
Timothy Dumble war immer noch in der Halle. Diesmal war er allein – fläzte sich in einem Sessel und blätterte gelangweilt in einer Illustrierten. Aber kaum war Farquharson verschwunden, sagte er leise: »Also so was, Sir!«
Appleby schlenderte zu ihm hinüber und nahm Platz. »Ja?«
»Ich weiß nicht, ob ich mich nur anstelle, aber was heute so alles an verrückten Dingen passiert ist, da ist es ja wohl kein Wunder, wenn man anfängt, Gespenster zu sehen. Und wenn Sie, Sir, anfangen, pensionierten Militärs komische Streiche zu spielen –«
»Darüber machen Sie sich mal keine Gedanken.« Appleby unterbrach seinen weitschweifigen Versuch, sich zu entschuldigen. »Ist etwas passiert?«
»Ich weiß nicht. Aber David ist nicht auf seinem Zimmer. Ins Bett gegangen ist er. Ich weiß das genau.«

Appleby sah sich rasch um. »Sie haben nachgeschaut?«
»Ja – gerade als Sie mit dem finsteren Soldaten hinausgingen. David hat einen einfach teuflischen Tag gehabt, wenn Sie mich fragen, da kam es mir gerade so in den Sinn, mal leise nachzusehen, ob er auch hübsch zugedeckt war und schlief. Er war verschwunden.«
Appleby runzelte die Stirn. »War er vielleicht auf der Toilette oder so?«
»Glaub' ich nicht. Gerade vor fünf Minuten hab' ich noch einmal nachgesehen. Er war nicht da.«
»Was ist mit seinen Sachen?«
»Hab' nicht drauf geachtet.« Timothy wurde rot, als hätte er das Gefühl, einen üblen Schnitzer gemacht zu haben. »Oder vielmehr, ich erinnere mich dran, daß der Blaue da war.«
Appleby war verblüfft. »Der Blaue?«
»Das ist seine alte Trainingsbluse, die nennt er so. Und seine Shorts – jetzt fällt mir ein, die lagen auf einem Stuhl. Aber er hatte natürlich vorm Abendessen ein Bad genommen und sich umgezogen.«
»Kommen Sie mit.« Appleby war aufgestanden, er sah nicht gerade fröhlich aus. Timothy führte ihn schweigend zu David Henchmans Zimmer. Die Bettdecke war zurückgeworfen. Trainingsbluse und Shorts lagen tatsächlich auf einem Stuhl. Und Davids Schlafanzug hing an einem Haken an der Rückseite der Tür.
Timothy warf einen Blick in den Kleiderschrank. »Des Gentlemans Gestreifter ist noch da«, sagte er. »Er war also nicht in Schale, als er abhaute. Die Kavalleriebuxen und der abgeschabte Schulblazer sind weg. Das war's schon.«

»Wieviele von Ihnen sind da?«
»Von Pettifors Haufen? Noch fünf. Ian, Tom, Arthur, Leon und der Kindskopf. Ich glaube, die sind jetzt alle schon im Bett. Ian bestimmt. Er soll irgendwas Blödes mit seiner Schulter angestellt haben.«
»Gehen Sie zu jedem hin, ja? Aber passen Sie auf, daß die nicht mit Getöse ausschwärmen. Bringen Sie jeden, der auch nur irgend etwas weiß, her. Und sagen Sie den anderen, sie sollen bleiben, wo sie sind.«
»Aye, aye, Sir.« Timothy, der in der Navy gewesen war, machte sich im Laufschritt lautlos davon. Minuten später war er zurück. »Von denen weiß niemand was. Und Ian ist auch weg.«
»Dancer? Sollte der nicht im Bett bleiben?«
»Sie haben ihn bandagiert oder sowas. Ich vermute, er kann herumlaufen.«
»Und wenn David etwas vorhätte – wäre Ian derjenige, den er mitnehmen würde?«
»Ihn oder mich.«
»Was ist der Unterschied?«
Timothy dachte nach. »Ian würde verrücktere Sachen machen.«
»Verstehe.« Appleby sah nicht so aus, als fände er das besonders gut. »Aber Sie würden nicht sagen, daß David selbst unzurechnungsfähig ist?«
»Kein bißchen. Aber er kann sich in den Kopf setzen, daß er etwas Bestimmtes tun muß. Und dann ist er unmöglich – absolut unmöglich.« Timothy sagte das voller Mitleid. Es war klar, daß er David Henchman bewunderte. »Glauben Sie, daß das Verschwinden der beiden auch mit dem rätselhaften Fall zu tun hat?«

»Ja, aber so rätselhaft ist es auch wieder nicht. Ich kann mir schon vorstellen, was sie vorhaben. Aber ich weiß nicht, wo sie sind – und wo auch immer das ist, ich weiß nicht, was sie da hingelockt hat. Hat einer von ihnen ein Auto?«
Timothy schüttelte den Kopf. »Nein. Aber Ian hat mit Leon Kryder – das ist unser ruhiger Amerikaner – abgemacht, daß er sich jederzeit sein Motorrad ausleihen kann. Sollen wir mal nachsehen?«
Sie gingen nach unten in den Hof. Dort war eine alte Kegelbahn zu Garagen umgebaut worden, aber sie war zu schmal gewesen, als daß man hinter großen Autos die Türen hätte schließen können. Timothy sah in eine hinein. Sie war leer.
»Pettifor ist noch nicht zurück. Jemand hat etwas über einen Unfall seines Bruders erzählt, in Tremlett.«
»Tremlett – was ist das?«
»Es ist ein Herrenhaus an der Küste. Pettifors älterer Bruder ist dort der Gutsherr – unter anderem. Es kommt mir so vor, als wäre er irgendwie bekannt. Man merkt, daß Pettifor furchtbar stolz auf ihn ist. Hoffentlich kein schlimmer Unfall ... Himmel, dieser Faircloth ist auch mit dem Wagen unterwegs. Und hier steht sonst Leons Motorrad. Auch nicht da, wie Sie sehen.«
»Ein richtiger Exodus.« Appleby sah zu den Fenstern des »George« hoch. Die meisten waren jetzt dunkel. »Dancer konnte doch mit seiner bandagierten Schulter sicher nicht das Motorrad fahren?«
»Oh, David kann auch damit umgehen.« Timothy war einen Augenblick still und hatte dann das Gefühl, daß

Applebys Schweigen Unheil bedeutete. »Ja, können wir denn irgendwas tun?«
»Für die beiden? Ich fürchte, nein. Oder jedenfalls nichts Direktes, das sofort helfen würde. Das ist übel.«
»Sie glauben, daß sie in Gefahr sind oder so?«
»Ja.« Appleby sagte das ruhig. »Und im Augenblick müssen sie selber sehen, wie sie zurechtkommen. Ich habe überhaupt keine Möglichkeiten, sie schnell ausfindig zu machen. Ich habe anderes zu tun.«
Timothy Dumble schwieg wieder. Als er schließlich sprach, war ihm anzumerken, daß es beiläufig klingen sollte. »Kann ich irgendwie helfen?«
Appleby nickte.
»Ja, das können Sie.«

Nachts war in dieser Gegend wenig Verkehr, und die Fahrt im hellen Mondlicht nach Tremlett dauerte nur eine halbe Stunde. Auf der Landstraße fuhr Appleby schnell, aber nachdem er in eine enge, kurvenreiche Nebenstraße eingebogen war, die zwischen hohen Böschungen zum Meer hinunterführte, war er nicht schneller gewesen, als es die Sicherheit zuließ. Er war also bestimmt nicht schuld daran, daß ihnen beinahe ein Unfall passierte. Den Hügel hinauf und um die Kurve, direkt vor ihnen, war ein Auto auf sie zugeschossen, ohne Licht und ohne auch nur zu hupen. Sie hatten es kaum wahrgenommen, als der Fahrer voll aufblendete, ihnen genau ins Gesicht. Appleby riß das Steuer nach links, so daß die steile Böschung Timothys Schulter zu streifen schien. Eine starke Böe schüttelte

den Wagen. Der andere Wagen war schon an ihnen vorbeigerast und in der nächsten Kurve verschwunden.
»So ein unglaublicher Idiot!« Timothy wirkte eher ärgerlich als erschrocken. »Fährt bei dem Tempo ohne Licht, dreht dann durch und schaltet plötzlich das Fernlicht ein!«
»Sie haben den Burschen nicht gesehen?«
»Natürlich nicht.«
»Sie können nicht einmal sagen, was für ein Auto es war? Ich auch nicht.« Appleby lachte. »Wir können ihn nicht wegen Verkehrsgefährdung drankriegen, fürchte ich. Nehmen Sie nur nochmal die Taschenlampe und sehen Sie sich nochmal die Karte an. Könnte er von irgendwo anders hergekommen sein als von Tremlett?«
»Die Straße führt noch ein Stück weiter an der Küste entlang, mit Abzweigungen zu zwei oder drei Buchten hinunter, dann hört sie auf. Vielleicht hat er sich in einer der Buchten still vergnügt – oder einfach nur Zwiesprache mit der Natur gehalten.«
»Sehr gut möglich.« Appleby hörte sich skeptisch an. »Kennen Sie das Haus?«
»Überhaupt nicht. Ich bin niemals auch nur in der Nähe gewesen. Gehört nicht zu den Sehenswürdigkeiten, die Pettifor uns zeigt. Ziemlich zurückhaltend, glaube ich, was seinen Bruder, den Gutsherrn, angeht.«
»Warum denn das?«
»Ich kann es mir auch nicht erklären. Vielleicht überkompensiert er, weil er ihn unbewußt so großartig findet.« Timothy trug dieses Stück moderner Psychologie nicht ohne Stolz vor. »Wenn diese Höhenlinien nicht gerade nach Lust und Laune eingezeichnet sind, dann

muß das Haus ein ganzes Stück über dem Meer liegen. Es müßte noch eine kurze Zufahrt geben, etwa fünfhundert Yards weiter geradeaus. Ich kann schon das Meer riechen.«

»Wenn wir anhielten, könnten Sie es vermutlich auch hören. An dieser Küste hier scheint es niemals wirklich ruhig zu sein. Felsen und kleine Buchten und Strömungen, es ist immer in Bewegung. Die niemals schlafende See. Gefährlich.« Appleby fuhr langsamer. »Das muß die Auffahrt sein. Ich glaube, ich kann gerade die Umrisse des Hauses erkennen. Wahrscheinlich nur die oberen Stockwerke. Kein Licht.«

Der Wagen bog zwischen zwei Steinsäulen ein und fuhr dann an etwas vorbei, das nach einem unbewohnten Pförtnerhaus aussah. Nach kurzer Fahrt hatten sie das Herrenhaus erreicht. Außer einem einzigen Licht unter einem Vordach lag das ganze Haus im Dunkel. Und jetzt war die See nicht zu überhören.

»Sieht nicht sehr lustig aus, was?« fragte Timothy, als er ausstieg. »Hallo, da ist Pettifors Wagen – *unsern* Pettifor meine ich. Dann ist er ja immer noch hier.«

Der Landrover stand etwas weiter weg. Sie gingen zusammen zu dem Vordach; darunter war die Eingangstür. Appleby läutete. Es war eine altmodische Vorrichtung. Weit entfernt konnten sie die Glocke hören. Sie warteten.

Nichts geschah. Kein Licht, kein Laut. Appleby läutete noch einmal, und wieder warteten sie vergeblich.

»Am besten machen wir einmal einen Spaziergang rundherum«, sagte Appleby.

Sie gingen die Auffahrt hinunter und dann um die

Ecke. Im Mondlicht waren die Einzelheiten des Gebäudes recht gut zu erkennen. Es wirkte groß und ehrwürdig, hatte aber architektonisch nichts Besonderes. Die See war jetzt lauter, es war ein ganz eigentümliches Geräusch. Sie konnten heraushören, daß sich unten kleine kräftige Wellen an Felsen brachen.

Appleby blieb stehen. »Ich höre Stimmen.«

Es waren tatsächlich Stimmen, aber sie schienen sehr weit weg. Mal waren sie zu hören und dann wieder nicht, als würden sie von einem umspringenden Wind getragen.

»Da ist Licht«, sagte Timothy und zeigte auf die Fassade, die im blassen Mondlicht vor ihnen lag. Das Licht schien aus einem Fenster ohne Vorhang zu kommen.

Sie gingen weiter. Sie standen auf einer leeren Terrasse mit einer niedrigen Balustrade. Jenseits davon senkte sich ein kleiner Garten zum Meer hin. Er war durchzogen von Pfaden, die am Ende abfielen und nicht mehr zu sehen waren, so als führten sie dort noch steiler zur See hinab. Der Geruch des Meeres lag in der Luft.

»Eine Verandatür«, sagte Timothy. »Sie ist offen.«

Appleby ging voran und studierte ungeniert den erleuchteten Raum. Er war groß und als Bibliothek eingerichtet. Nicht – das konnte man sofort sagen – die Art Bibliothek, die in vielen großen Häusern von Generation zu Generation ungestört dahinmodert, sondern eine, die jederzeit sinnvoll zu benutzen war. Sie war sparsam möbliert. Ein schöner Schreibtisch stand wuchtig in der Mitte. Der Raum war schmucklos, nur in einer Ecke stand die lebensgroße Bronzefigur eines

jungen Mannes, nackt und in der Haltung eines Tauchers.
»Der Hut von unserm Pettifor.« Timothy zeigte auf einen Stuhl. »Trotzdem, das ganze Haus scheint ja wie ausgestorben zu sein.«
»Hören Sie.« Appleby schaute wieder aufs Meer hinaus. »Wieder diese Stimmen. Sie müssen unten am Strand sein. Das ganze Haus, die Dienerschaft und alle andern. Das ist die Erklärung.«
»Und unser Pettifor ist auch bei ihnen?«
»Genau. Und wir gehen besser auch hinunter, denke ich.«

Kapitel 4

Sie gingen über die Terrasse und stiegen eine Reihe Stufen zum Garten hinunter. Irgendwo blühte schon der Flieder. Sein Geruch mischte sich mit dem von Wasser, das die Flut in kleinen Felswannen zurückgelassen hatte, und verfaulendem Seetang. »Da ist das Meer«, sagte Timothy. »Glatt und still.«
Das Wasser lag da wie ein leerer Spiegel. Sehr fern war eine Reihe von Lichtern zu sehen, wie schwache Vergoldung auf einem unsichtbaren Rahmen. »Da draußen ist es ruhig«, sagte Appleby. »Aber hören Sie, wie es da unten rumort. Hier ist der Weg zur Bucht.«
Sie stiegen über ein Felsgewirr hinab; die Stimmen waren wieder verblaßt, und man hörte nur das Platschen kleiner Wellen und das Prasseln fallender Gischt. In einer kleinen felsigen Bucht unter ihnen hob und senk-

te sich die See wie ein atmendes Wesen. Timothy suchte die Felsen ab. »Niemand. Kein Mensch.«
»Es muß eine ganze Reihe von diesen Buchten geben. Gehen wir weiter. Dort ist der Pfad.«
Auch die nächste Bucht war leer. Der Pfad führte zu ihr hin, und ein feiner Gischtschauer stäubte über sie hinweg. »Ein Boot«, sagte Timothy. »Da – jenseits der Felsspitze.« Es war ein Ruderboot, mit einer Gestalt darin, die auf den Rudern ausruhte. Ein Mann stand im Heck. Er schien der leeren Nacht Zeichen zu geben.
Appleby beobachtete ihn. »Es ist die nächste. Wir müssen wieder hoch. Da sind die Stimmen.«
Als sie wieder hinaufkletterten, konnten sie hören, wie Männer einander über das Wasser hinweg etwas zuriefen – wortkarg und sonderbar feierlich. Die nächste Bucht war größer, größere Wellen schienen hineinzurollen. Ein schmaler Streifen Sand. Eine kleine Gruppe von Leuten, Männer und Frauen, stand da und starrte hinaus auf die See. Hundert Yards weit draußen waren noch zwei Boote, die langsam Seite an Seite ruderten. Und während sie noch schauten, löste sich aus der Gruppe eine Gestalt und kam langsam, unsicher und auf dem Fels stolpernd auf die beiden zu.
»Pettifor. Sollten wir besser zurückgehen?« Timothy war unbehaglich zumute, als merkte er erst jetzt, um was es hier ging.
Appleby schüttelte den Kopf, und einen Augenblick später war Pettifor bei ihnen. Er blieb stehen. Es war unmöglich, zu sagen, ob er erschrocken war oder sie gar nicht wahrnahm. Er sprach wie zu sich selbst. »Sie schaffen's nie. Und müssen's doch versuchen, ganz

umsonst. Niemals, niemals, niemals, niemals, niemals.«
Er wandte sich dem Haus zu; sie folgten ihm schweigend. Auf der Terrasse blieb Appleby für einen Augenblick zurück und flüsterte Timothy zu: »Trauen Sie sich zu, meinen Wagen zu fahren?«
»Ja, natürlich.«
»Dann fahren Sie damit zurück zum ›George‹. Es ist immerhin möglich, daß von Ihren geschätzten Freunden mit dem Motorrad irgendeine Nachricht da ist. Falls ja, benutzen Sie Ihren Verstand.«
Timothy machte sich nur zu gerne davon; er wußte einfach nicht, wie er sich einem Mann gegenüber benehmen sollte, der so »King Lear« zitieren konnte. Das war so unangemessen wie die Aufforderung zu heulen, heulen, heulen, heulen, heulen.
Er mochte Pettifor. Aber das machte es nur noch peinlicher.
Die beiden Männer gingen in die Bibliothek, in der immer noch Licht brannte. Pettifor hob seinen Hut auf und starrte ihn geistesabwesend an. »Mein Bruder ist ertrunken«, sagte er.
Appleby ging quer durch den Raum und betrachtete die Statue des jungen Tauchers. »Er liebte das Meer?«
»Leidenschaftlich. Und er war ein glänzender Schwimmer. Aber manchmal macht das einen Mann tollkühn. Armer Arthur! Er wird nie mehr ein Buch aus diesen Regalen nehmen. Und keine Kinder – genau wie ich. Das ist das Ende von uns« – er machte eine kleine resignierende Geste –, »und es ist schwer, sich das klarzumachen. Die Pettifors waren sehr lange auf Tremlett.«

»Sie wissen, daß es da unten passiert ist? Und sie versuchen jetzt, die Leiche zu bergen?«
»Ja. Arthurs Sachen waren dort. Die Leute versuchen es seit dem späten Nachmittag. Aber sie werden die Leiche nie finden – niemals. Nicht bei den Strömungen, die es hier gibt. Baden ist hier immer gefährlich.«
Appleby schwieg. Selbst lange berufliche Erfahrung machte es ihm nicht leicht, einen vom Schmerz überwältigten Mann auszufragen. Und Pettifor war von Schmerz überwältigt. Er wirkte benommen wie jemand, der allmählich aus der Betäubung eines schweren Schocks aufwacht. Appleby sprach sehr behutsam, und doch hatten seine Worte eine bestürzende Wirkung. »Ist es dafür nicht etwas zu früh im Jahr?«
»Um Gottes willen, fangen Sie nicht an, in diese Richtung zu spekulieren!« Pettifor machte eine Geste, als wehre er eine physische Bedrohung ab. »Ich weiß, es ist Ihr Element; ich weiß, Sie haben gerade diese rätselhafte und gewalttätige Geschichte von heute nachmittag hinter sich. Und ich weiß auch, daß Menschen sich manchmal bemühen, den Anschein von so etwas zu erwecken. Aber ich bin ganz – – –«
»Von so etwas?« Appleby schien verwirrt. »Ich verstehe nicht.«
»Wenn ein Mann – aus einer Familie wie der unseren – fühlt, daß er sich das Leben nehmen muß, wird er wenigstens etwas tun, damit sein Ende nicht mit Sicherheit als Schande gelten muß. Er wird hinausgehen, und es wird sich in dem Augenblick ein Schuß aus seinem Gewehr lösen, während er gerade über einen Zaun steigt. Oder er wird das tun, von dem Sie vielleicht den-

ken, Arthur hätte es getan. Aber das ist einfach nicht so. Arthur würde niemals Selbstmord begehen. Darauf gebe ich Ihnen mein Ehrenwort als Gentleman.«

Appleby nahm diese merkwürdigen Worte mit einer Verbeugung entgegen. Etwas zu sagen, was hier einigermaßen angemessen gewesen wäre, schien nicht möglich. »War Ihr Bruder«, fragte er, »daran gewöhnt, zu jeder Jahreszeit schwimmen zu gehen?«

»Ja, das war er in der Tat. Zum Besitz gehört ein langes, ganz unzugängliches Stück Küste, wissen Sie. Schon als Junge hatte er die Gewohnheit, immer auch ein paar Züge zu schwimmen, wenn er dort unten herumstreifte. Aber seine Lieblingsbucht ist die ganz nah am Haus. Sie war es, sollte ich sagen.« Pettifor ließ sich abrupt auf einen Stuhl fallen. »Ich wünschte, sie gäben auf«, sagte er. »Es ist doch alles vergeblich.«

Appleby hatte sich von der Statue abgewandt und verschaffte sich beiläufig einen Überblick über die Bücher, die in den Regalen standen. »Wohnte Ihr Bruder ständig hier?« fragte er.

»Nein, das nicht.« Pettifor sprach schwerfällig. »War nicht einer von den jungen Leuten mitgekommen – Dumble?« Er stand wieder auf. »Etwas zu trinken«, sagte er unbestimmt. »Das ist jetzt meine Sache, vermute ich – all das. Und überhaupt, es wäre Arthurs Wunsch gewesen – – –«

Er hatte einen Schrank geöffnet; man sah für einen Moment Flaschen und Gläser. Appleby schüttelte den Kopf. »Danke, nein. Den jungen Mann habe ich mit meinem Wagen zurück nach Nymph Monachorum ge-

schickt. Ich denke, da ist er am besten aufgehoben... während wir uns unterhalten.«
»Unterhalten?« Obwohl Pettifor immer noch sehr verwirrt schien, brachte er es fertig, dies ein wenig förmlich zu sagen. »Ist dies denn wohl der richtige Augenblick dafür?«
»Ich fürchte, sagen zu müssen, daß es genau der richtige ist.«
Pettifor ging im Raum herum. Dabei murmelte er: »Der ungebet'ne Gast ist lieb uns, wenn er geht.« Dann errötete er. »Ich bitte um Verzeihung. Wie unpassend, so etwas zu sagen!«
Appleby lächelte. »Dichter haben ein Wort für alle Gelegenheiten, nicht wahr? Und Sie haben natürlich vollkommen recht, Sir. Der Tod Ihres Bruders muß gerichtlich untersucht werden und so weiter, und zweifellos wird die hiesige Polizei kommen und Nachforschungen anstellen müssen. Aber ich habe hier in der Tat nichts zu suchen. Wenn Sie es wollen, gehe ich.«
Pettifor fuhr sich mit der Hand durch sein spärliches Haar. Er sah aus, als würde er mit jeder Sekunde um Monate älter. »Bleiben Sie, um Himmels willen, bleiben Sie! Dies Wasser hier ist tief.« Er blieb wieder stehen, als hätte er bei diesem Zitat einen stechenden Schmerz gefühlt. »Sagen Sie, Appleby – denken Sie irgend etwas Bestimmtes?«
Appleby dachte über die Bemerkung nach und fand es unmöglich, zu sagen, ob in ihrem Ton eine flehentliche Bitte oder eine Herausforderung lag. »Ich glaube«, sagte er dann, »es ist fair, folgendes festzustellen. Ich denke schon jetzt, was andere Leute, die hierherkom-

men, bald auch denken werden.« Er machte eine Pause. »Und vielleicht habe ich auch noch ein oder zwei andere Dinge im Kopf. Ich vermute, daß Sie der Erbe Ihres Bruders sind?«

»Sein Erbe?« Pettifor reagierte auf die abrupte Frage nur verständnislos.

»Erben Sie Tremlett – den Familiensitz?«

»Ja sicher.« Pettifor wurde wieder vage. »Aber was kann es mir nützen? Mich haben andere Orte geprägt. Und keine schlechten, wenn man schon vergleichen will. Was sollte ich denn hier – mit Bauern reden, mich um Scheune, Tore und Zäune kümmern? Ich könnte vielleicht meine Studenten hierherbringen, anstatt nach Nymph Monachorum.« Er lächelte trübe. »Und die Klippen eignen sich fürs Häschenspiel. Aber das werde ich niemals tun.« Pettifor schwieg, als wäre ihm plötzlich etwas völlig Unglaubliches aufgegangen. »Warum fragen Sie das – wer erbt und so weiter?«

»Nennen Sie es Routine. Das ist eine von den Fragen, die in jedem Fall gestellt werden... wenn der Besitzer eines nicht unbeträchtlichen Vermögens verschwindet.«

»Verschwindet?« Pettifors Verwirrung wuchs. »Aber Arthur ist nicht verschwunden! Sie reden so, als gebe uns sein Tod schreckliche Rätsel auf – das ist absurd.«

»Auf jeden Fall folgte er unmittelbar auf schreckliche Ereignisse, die sich nicht weit von hier abspielten. Und vergessen Sie bitte nicht, ich nehme nur die Gedanken der hiesigen Polizei vorweg; wenn sie hier eintrifft, wird Ihnen das ganz klar werden. Ich versichere Ihnen, daß die Polizei einen möglichen Selbstmord nicht ausschließen wird. Im Gegenteil, sie wird sich fragen, welche verschiedenen Gründe einen Mann gewöhnlich zu so etwas bringen, und eine gründliche Untersuchung durchführen, um herauszufinden, ob einer davon vorliegt. Sie können sich denken, was da in Frage kommt: unheilbare Krankheit, große Schmerzen, eheliche Schwierigkeiten, finanzielle Probleme, drohende Bloßstellung oder Schande, Erpressung, schwere Depression oder eine andere psychische Störung, ein unerträglicher Verlust, das Bewußtsein oder die feste Überzeugung, daß die geistigen Kräfte versagen – – –«

»Hören Sie um Gottes willen auf!« Pettifor brachte noch einmal sein trübes Lächeln fertig. »Lassen Sie doch der Phantasie noch Raum, Mann.«

»Natürlich ist es ein großer Unterschied, ob man alle möglichen Gründe vermutet oder ob man einen einzigen nachweist. Das ist Ihnen zweifellos aufgegangen.«

»Weder das noch irgend etwas anderes ist mir aufgegangen. Sie reden so, als ob ich Muße hätte, mich hinzusetzen und über den Tod meines Bruders in allen seinen unwahrscheinlichsten Aspekten nachzudenken. Wenn ich tatsächlich Zeit haben werde zum Nachdenken, dann werde ich mich wahrscheinlich mit weniger phantastischen Theoremen beschäftigen. Da ist zum Beispiel Tremlett. Wie Sie sich vorstellen können, habe ich tiefe Bindungen an diesen Ort. Aber für eine Person meiner Lebensweise wird Tremlett nichts als ein Klotz am Bein sein, wie die jungen Leute das nennen. Da mache ich mir keine Illusionen.«

»Darf ich fragen, was nach Ihrem eigenen Tod mit dem Besitz geschehen wird?«
Pettifor starrte ihn an. »Es wird an den Sohn meiner Schwester gehen, vermute ich.«
»An den Jungen, den ich kenne – Julian Ogg?«
»Ja, an Julian. Er wird das schon machen.«
»Das wird er sicher. Und vielleicht nimmt er den Namen Pettifor an? Das ist doch ein guter Name.«
Das schien Pettifor nicht sehr zu freuen. »Nun ja, der Name ist ganz in Ordnung – er ist einigermaßen alt, wenn das von Bedeutung sein sollte. Aber ich wüßte nicht, daß er die Welt hätte aufhorchen lassen.«
Appleby schüttelte den Kopf. »Der Name Arthur Pettifor sagt mir etwas«, bemerkte er.

Kapitel 5

»Sie überraschen mich. Arthur hat ein ruhiges Leben geführt.« Pettifor hatte begonnen, in der Bibliothek des Toten auf und ab zu gehen. »Als Staatsbeamter, wissen Sie.«
»War er das immer?«
»Nun, er war das, was man vielleicht einen Wochenend-Gutsherrn nennen könnte. Viel mehr war ihm nicht möglich.«
Appleby schüttelte den Kopf. »Das meinte ich nicht. Ging er erst später in den Staatsdienst?«
»Ja, natürlich. Arthur hatte eine wissenschaftliche Ausbildung; wie so viele junge Männer trat er während des Krieges für begrenzte Zeit in den Staatsdienst ein, ent-

schied sich dann aber zu bleiben. Es überrascht mich, daß Sie von ihm wissen.«

»Nun, ich weiß nicht viel von ihm. Aber ich habe noch einiges herausgefunden, als ich vor dem Abendessen telefonisch ein paar Erkundigungen einzog.«

Pettifor runzelte die Stirn. »Sie verschwenden wirklich keine Zeit. Arthur hatte doch zu dem Zeitpunkt mit der Sache noch gar nichts zu tun.«

»Ah so, Sie meinen also jetzt auch, daß er damit zu tun hat?« Appleby hatte das behutsam gefragt. »Wie auch immer, *Sie* hatten damit zu tun, nicht wahr? Ich dachte also, es wäre vielleicht ratsam, zu vervollständigen, was ich von Ihrem Bruder wußte.«

»Was Sie von ihm wußten?« Pettifor wurde rot. »Wollen Sie damit sagen, daß sie schon jemals vorher beruflich irgendwie mit ihm zu tun hatten?«

Appleby schüttelte den Kopf. »Bitte haben Sie Geduld. Und haben Sie soviel Geduld, daß wir die Hypothese, es sei Selbstmord gewesen, noch einmal aufnehmen können.«

»Mein Herr, ich sage Ihnen doch –«

Appleby hob die Hand. »Ich weiß, daß sie ganz stark davon überzeugt sind, daß Selbstmord völlig ausgeschlossen ist. Aber halten Sie ihn einmal nicht für unmöglich. Lassen Sie doch bitte einmal Ihre Überzeugung beiseite. Müßten Sie dann in Erwägung ziehen, daß eines jener Stichwörter zum Selbstmord, die ich Ihnen vortrug, im Falle Ihres Bruders zutreffend sein könnte?« Für einen Augenblick dachte Appleby, Pettifor würde ihn auf der Stelle hinauswerfen, aber obwohl dieser noch mehr errötete, antwortete er durchaus ru-

hig: »Sie erwähnten eheliche Schwierigkeiten. Nun, die Ehe meines Bruders wurde geschieden. Aber das ist nun schon viele Jahre her.«
»Seine emotionale Konstitution entsprach nicht ganz der Norm?«
»Arthur war ein Mann hoher und strenger moralischer Prinzipien.« Pettifor sprach nun sehr erregt. »Niemand hat das je in Zweifel gezogen.«
»Dennoch hätte ja die Auflösung seiner Ehe schmerzliche Hintergründe haben können, die niemals ganz offenkundig geworden sind?«
»Das ist richtig. Seine Frau verließ ihn unmittelbar nach der Hochzeit – sie war keine Person, die einem Manne unter allen Umständen eine gute Gattin hätte sein können – später erlitt sie einen Nervenzusammenbruch, in dessen Verlauf sie ein ziemlich beängstigendes Verhalten zeigte, das ich in seinen Einzelheiten nicht zu beschreiben brauche. Sie nahm ein sehr trauriges Ende. Unglücklicherweise hat mein Bruder diese Tragödie niemals verwunden. Was dies betraf, wurde er mit den Jahren auf krankhafte Weise immer empfindlicher. Das war der Grund, weshalb er am gesellschaftlichen Leben kaum teilnahm und hier auf Tremlett selten Gäste empfing. Ganz grundlos fühlte er sich zutiefst verantwortlich und entehrt.«
»Und all dies, sagen Sie, durch Umstände, die niemals ganz bekannt geworden sind?«
»Sie haben recht.«
»Sie sehen sicher selbst, Mr. Pettifor, daß das, was Sie da beschreiben, im Grunde die klassische Voraussetzung für Erpressung ist?«

»Das mag so sein. Aber Sie reden dennoch Unsinn. Und wenn mein Bruder tausendmal erpreßt worden wäre, Sir John, er hätte sich nicht das Leben genommen. Vielleicht wäre er nahe daran gewesen. Aber getan hätte er es nicht.«
»Verstehe.« Jetzt war Appleby an der Reihe, die Bibliothek der Länge nach abzuschreiten. »Würde es sie überraschen, zu hören, daß sich in Ihrem Hotel zur Zeit ein notorischer Erpresser aufhält?«
»Da ich nun einmal die Meinung habe, die ich habe, kann es mich nicht interessieren, ob das so ist oder nicht.«
»Nun, es ist so.« Appleby starrte jetzt in den leeren Kamin und sprach, ohne sich umzudrehen. »Vor noch nicht langer Zeit gaben Sie mir Ihr Ehrenwort – und zwar aus Überzeugung und gutem Glauben. Nun, ich gebe Ihnen mein Ehrenwort auf der Basis nüchterner Fakten. Heute nachmittag haben Sie mit einem äußerst skrupellosen Erpresser gesprochen.«
Pettifor machte eine unruhige Bewegung. »Muß das so weitergehen? Und dunkel liegt schon Nacht auf unserm Wort.«
Appleby drehte sich um. »Wissen Sie, daß es manchmal sehr gefährlich ist, die Dichter zu zitieren? Aber ich stimme Ihnen zu, wir haben genug geredet. Vielleicht bringt es uns weiter, wenn wir handeln. Würden Sie mir erlauben, diesen Raum zu durchsuchen?«
»Durchsuchen, diesen Raum?« Pettifor war verblüfft.
»Gewiß. Und ich würde vorschlagen, mit dem Schreibtisch Ihres Bruders zu beginnen, wenn mich nicht plötzlich etwas anderes, nämlich der Kamin hier, mehr

interessieren würde. Wollen Sie bitte einmal herkommen?«
Pettifor ging mit langen Schritten durch den Raum. »Ich habe keine Ahnung, wovon Sie reden«, sagte er.
»Kein Feuer – nur diese beiden dicken Klötze. Ich vermute, das Haus wird zentral beheizt, und nur im Winter brennt hier ein Feuer? Ihr Bruder scheint exzellentes Personal gehabt zu haben.« Appleby sah sich im Zimmer um. »Alles ordentlich, kein Stäubchen. Das hier, denke ich mir, wäre also nicht sehr lange liegengeblieben.« Appleby zeigte auf die Feuerstelle. »Würden Sie mir übrigens zustimmen, daß ich das nicht selbst arrangiert haben kann?«
Pettifor schaute in die Richtung, in die Applebys Finger zeigte. »Nicht, wenn Sie nicht schon vorher hier drinnen waren.«
»Nun – ich habe zwar hier hereingeschaut, bevor ich Sie traf, aber ich war mit dem jungen Timothy Dumble zusammen. Es kann sich also nicht darum handeln, daß hier ein böser Polizist selbst für Spuren sorgt. Das heißt, wenn das hier überhaupt eine Spur ist. Mag sein, daß wir auf einen Schwindel hereinfallen, aber eine Untersuchung lohnt sich auf jeden Fall. Sie stimmen mir doch zu?«
»Das kleine Häufchen Asche und verkohltes Papier?« Pettifors Stimme klang jetzt bestürzt und unsicher. »Ich weiß nicht, was Sie meinen.«
»Können Sie das wirklich sagen, wenn Sie ehrlich sind?« sagte Appleby trocken. »Wir reden hier von Erpressung und Selbstmord. Und hier, hinter dem Holz da auf der Feuerstelle, finde ich ein paar hastig verbrannte Papiere.

Das sind doch Dinge, die sehr gut zusammenpassen, nicht wahr. Ich bin nicht sicher, ob mir so etwas nicht heute schon einmal begegnet ist.«
»Sie sprechen in Rätseln. Wenn Sie da etwas aus dem Kamin holen können, dann holen Sie es raus. Und dann durchsuchen Sie den Raum, wenn es Ihnen Vergnügen macht.«
Ohne ein Wort trat Appleby vor und angelte etwas aus dem Kamin. Pettifor sah ihm düster zu. Es schien sich um ein paar zerknüllte Papiere zu handeln, nicht völlig verbrannt. Den erhaltenen Teil hob Appleby sorgfältig heraus, trug ihn zum Schreibtisch und glättete ihn. Die beiden Männer sahen ihn schweigend an. Es war ein dreieckiges Fragment mit einigen Schreibmaschinenzeilen:

werden
Sie £ 2000 in
dies zum Gipfel
Tor pünktlich mittags
sehen Sie zu, daß Sie allein kommen

Das Schweigen dauerte an. Pettifor schien wie betäubt; er ging weg und starrte durch die Verandatür in die Nacht. Sehr schwach drang das Geräusch der See in den Raum. »Ich glaube es nicht«, sagte er dann. »Zweitausend Pfund! Das gibt doch keinen Sinn!«
»O doch, das gibt einen Sinn.« Appleby hatte eine Lupe hervorgezogen und prüfte sorgfältig, was auf dem Papierrest noch zu entziffern war. »Das bringt uns eine Menge Aufklärung. Es führt uns direkt aus dem Dunkel heraus.«

Pettifor drehte sich um. »Ich meine, es führt uns erst recht hinein. In Dunkelheit und Schande. O Gott!«
»Wie das auch immer sein mag, wir können jetzt damit anfangen, ein oder zwei Sachen klarzustellen. Sie werden zugeben, Mr. Pettifor, daß Ihr Bruder heute morgen auf dem Knack Tor den Tod gefunden hat?«
»Ich werde gar nichts zugeben, Sir, noch mich weiter verhören lassen. Diese Unterredung ist jetzt zu Ende.«
Appleby sagte nichts. Er griff nach einem sauberen Umschlag auf dem Schreibtisch und steckte sorgfältig den Papierrest hinein. »Und an der Wand erscheint die Schrift«, murmelte er.
»Wie bitte?«
»Und keine Frömmigkeit noch Witz der Welt wird tilgen je ein Wort.«
Pettifor runzelte die Stirn. »Von meinen Schülern würde ich erwarten«, sagte er, »daß sie sich dann und wann damit amüsieren, meine Eigenheiten nachzuahmen – obwohl kaum in meiner Gegenwart. Aber daß Sie, Sir – – –«
»Es tut mir leid. Aber es ist doch immer eine Art assoziativer Prozeß im Gang, nicht wahr, wenn man sich scheinbar zufälliges Zitieren gestattet.« Appleby klopfte auf den Umschlag. »Es ist sicher wahr, daß nichts mehr von dem zu tilgen ist, was hier steht. Erinnern Sie sich vielleicht an das erste Gespräch, das wir miteinander hatten, als Sie ein Stückchen aus dem ›Rubaiyat‹ *) zitierten?«

*) »The Rubáiyát of Omar Khayyám«: persisches Gedicht, im 19. Jahrhundert in der englischen Übersetzung erschienen.

»Nein. Und ich sehe nicht, wohin dieses müßige Gerede führen soll.«

»Es war wirklich nur ein Brocken. Ich habe das gar nicht verstanden. Erst später, als ich merkte, wie die Zeilen des Gedichts auch in meinem Kopf abliefen, da ging es mir auf, und mir wurde klar, daß mir an Ihren Worten irgend etwas seltsam vorgekommen war. Es war bei folgender Gelegenheit: Sie sprachen über Ihren Eindruck, daß David Henchman die Identität des Mannes tatsächlich kannte, dessen Leiche er und ich heute nachmittag auf dem Knack Tor fanden, daß er aber über die Sache nicht reden würde, so daß Sie selbst immer noch nicht wußten, wer der Mann eigentlich war. Sie sagten: ›Davids Mund verschlossen wie ein Schrein‹. Das war ganz offensichtlich ein Versstück aus irgendeinem Gedicht – aber wie ich schon sagte, ich kam nicht drauf. Jetzt kann ich die Strophe zitieren. Soll ich das tun?«

Pettifor war blaß geworden. »Tun Sie, was Ihnen beliebt«, sagte er kurz.

»Sehr schön:

Ist Davids Mund verschlossen wie ein Schrein,
tönt doch die Nachtigall: s'ist Wein, Wein, Wein,
s'ist *roter* Wein*) – in göttlich altem Ton,
damit der Rose bleiche Wangen rot nun sei'n.

Sie kannten den Namen des Mannes so gut wie ich. Und durch einen Streich, den Ihnen Ihre Assoziationen spielten, haben Sie sich verraten.«

---

*) roter Wein = engl. *red wine* = Redwine

Es war lange still, bevor Pettifor wieder etwas sagte. »Das ist ganz und gar phantastisch.«

»Im Gegenteil, Mr. Pettifor, es ist ganz folgerichtig. Sie hatten – und haben – Informationen, die Sie unbedingt verbergen wollten. Dieser Redwine wurde erschossen aufgefunden, unter Umständen, die unmittelbar Ursache gefährlicher Ereignisse wurden, die das Leben Ihrer Schüler – und im besonderen das Ihres Neffen Julian Ogg – bedrohten. Und doch verschwiegen Sie, was Sie von ihm wußten: seinen Namen. Das war ein außerordentlich unverantwortliches Verhalten. Also müssen Sie dafür ein schwerwiegendes Motiv gehabt haben.«

»Ja, das ist wahr.« Pettifor ließ sich in einen Stuhl sinken.

»Und ich meine, Sie wissen schon seit einiger Zeit, daß die ganze obskure Sache sich in einer Weise entwickelt hat, daß Sie nicht mehr hoffen können, sie noch zu steuern. Redwines Tod, der Tod des Mannes, der heute nachmittag in Timothy Dumbles Wagen umkam, die nicht zu leugnende Tatsache, daß irgendeine erbarmungslose Erpressung im Gange gewesen ist, und Informationen, die ich über Ihren Bruder erhalten habe: all das stellt in Ihren eigenen Worten tiefes Wasser dar, in dem Sie untergehen. Ist es nicht Zeit, mit offenen Karten zu spielen?«

Pettifor hatte den Kopf in den Händen vergraben. Jetzt sah er wieder auf. »Ja«, sagte er, »ich glaube wohl.«

Langsam steckte er eine Hand in die Tasche und zog eine Brieftasche hervor. »Um noch ein anderes Dokument auf den Tisch zu legen.« Er brach plötzlich ab. »Was ist das?«

Auf der Terrasse waren hastige Schritte zu hören, und einen Augenblick später platzte Timothy ins Zimmer.

»Ian«, keuchte er. »Ich hab' ihn.«

Appleby fuhr herum. »Ist er hier?«

»Ja – in Ihrem Wagen. Er ist total fertig.«

»Und David?«

»Der ist weitergefahren. Ist weitergefahren, als Ian aufgeben mußte. Mit dem Motorrad, meine ich. Aber er weiß, wo David hin will, deshalb dachte ich, ich bringe ihn besser hierher zurück und nehme Sie mit, Sir.«

»Das haben Sie richtig gemacht.« Appleby wandte sich an Pettifor und zeigte auf die Brieftasche. »Was Sie da haben, kann von entscheidender Bedeutung sein«, sagte er. »Aber es hat Zeit. Stecken Sie's also bitte weg und kommen Sie mit.«

»Ich soll mitkommen?«

»Sicherlich. Dies ist die Krise. Besonders für David Henchman. Er ist in Gefahr – in tödlicher Gefahr.«

»Guter Gott!« Pettifor sprang auf. »Ich werde es mir nie vergeben, wenn – – –«

»Wahrscheinlich nicht. Aber Sie haben auch dafür ein Zitat parat, nicht wahr? Was schlimm begann, zeugt Böses fort und fort.« Als Timothy durch den Raum eilte, sah Appleby ihn an. »Wissen Sie, was gespielt wird?«

Timothy, der noch immer keuchte, schien verwirrt. »Ian faselt was von einem Mädchen.«

»Genau. Und dieses Mädchen müssen wir finden.«

Kapitel 6

Wieder raste Applebys Wagen durch die Nacht. Und wieder studierte Timothy Dumble die Karte. »Ja«, sagte er, »hier ist es. Farthing Bishop. Etwa acht Meilen. Scheint ein winziges Nest zu sein.«

»Jedenfalls muß es ein Postamt haben.« Vom Rücksitz des Autos sprach Ian Dancer mit der angestrengt beherrschten Stimme eines Menschen, der Schmerzen hat. »Muß es – falls deine ganze Geschichte nicht Spinnerei ist.« Timothy machte eine Pause. »Du mußtest absteigen, oder?« fragte er vorsichtig.

»Da war nichts zu machen. Ich hab' auf dem Sozius rumgehangen und hätte die ganze Sache versaut. Die Quacksalber hatten recht. Ich dachte, die erzählten nur Stuß.«

»Das war Wahnsinn, Ian.« Pettifor, neben ihm auf dem Rücksitz, stützte den verletzten jungen Mann, als der Wagen in die Kurve ging.

»Ich dachte, es würde schon gehen, wenn ich mich einfach hinten festhalte. Aber bei jedem Schlagloch ging ich vor Schmerzen in die Luft. David mußte einfach anhalten. Und dann hab' ich beschlossen, daß er alleine zu diesem Farthing Bishop hinfährt. Ich hab' mich für 'ne Weile an den Straßenrand gehockt. Hab' mir sogar 'ne Fluppe anstecken können. Hab' mich gleich viel besser gefühlt. Ich fing schon an, mich für einen ganz schönen Schwachmann zu halten, weil ich nicht drangeblieben war. Dann kam ich drauf, daß ich irgendwohin mußte, wo ich der Polizei die Sache mit David erzählen konnte.«

»Ach, tatsächlich?« Appleby, der sich konzentriert über das Steuerrad beugte, sagte das ziemlich grimmig. »Eine späte Einsicht, wenn ich das so sagen darf.«
»Tut mir leid. Nun, ich schaffte es, wieder auf die Beine zu kommen und die Landstraße zu erreichen. Ich dachte, ich könnte per Anhalter fahren. Und dann hatte ich das Glück, ausgerechnet Timothy anzuwinken, der in Ihrem Wagen auf dem Weg zurück nach Nymph Monachorum war. Wir waren uns einig, daß es das beste wäre, umzudrehen und mit Ihnen zu sprechen.«
»Das war genau richtig. Aber wie war das mit dem Anfang der ganzen Unternehmung? Wie konnten Sie sich nur in Ihre dicken Köpfe setzen, einfach so ohne ein Wort loszufahren?«
»Hört, hört!« Timothy schien nicht das Gefühl zu haben, daß die Leiden seines Freundes viel Rücksicht verdienten. »Warum hast du mir nichts davon erzählt, du gemeiner Hund?«
»Dir?« Ian war voll Verachtung. »Dann hätte ich auch gleich den ganzen Haufen einweihen können. Sir John hätten wir's wahrscheinlich erzählt, wenn wir gewußt hätten, daß er im ›George‹ war.«
»Und was hätten Sie mir erzählt? Wer hat David diesen Floh mit dem Mädchen ins Ohr gesetzt? War das etwa Faircloth?«
»Nicht nur das, Sir. Sehen Sie, der alte Junge hatte den ganzen Tag auf seine Tochter gewartet, und sie war einfach nicht aufgetaucht.«
»Aber hatte er denn nicht ein Telegramm bekommen?«
»Das war später. Es war in der Tat das Telegramm, das David die Wahrheit ahnen ließ. Oder besser, das Tele-

gramm bestärkte ihn darin. Zum erstenmal dämmerte es ihm, als er vor dem Abendessen ein Bad nahm.«

»Verstehe.« Applebys Stimme klang ungeduldig. »Es gibt natürlich nichts Verläßlicheres als diese plötzlichen Eingebungen, die einem in einem heißen Bad kommen, nach einem Tag, der einen völlig erschöpft hat. Erzählen Sie weiter.«

»Er hatte plötzlich diese schreckliche Vorstellung, daß es die teure Alice des armen alten Faircloth gewesen sein könnte, die heute morgen in dem Auto gesessen hatte. Sehen Sie, sie sollte ja im Auto von Freunden in Hampshire herüberkommen. Sie hätte durchaus die Straße über das Moor genommen haben können, um dann in der Nähe vom Knack Tor zu einem Picknick anzuhalten. Dann wäre es natürlich ihr Auto, das Davids Verfolger gestohlen hatten. Und das würde erklären, warum sie in Nymph Monachorum nicht auftauchte.«

Pettifor unterbrach ihn. »Es würde doch wohl nur erklären, weshalb sie nicht im Auto kam.«

»Aber sehen Sie, Sir, David wurde klar, daß die Sache noch viel schlimmer sein konnte. Diese Kerle verfolgten ihn doch nur, um zu verhindern, daß sie jemals von ihm identifiziert und mit dem in Verbindung gebracht würden, was auf dem Tor passiert war. Nun, das Mädchen muß sie doch ganz genau gesehen haben, als sie ihr Auto wegnahmen. Es war also alles möglich.«

»Das war's, in der Tat«, sagte Appleby. »Und so weit war David in der Badewanne wohl auch gekommen?«

»Ja. Und dann beim Dinner war der alte Faircloth ganz

erleichtert. Was Alice betraf, meine ich. Natürlich hatten ihn die Schrecken des Tages auch aufgeregt. Aber er hatte ja das Telegramm des Mädchens bekommen, das ihm mitteilte, daß sie noch ein bißchen länger in Hampshire bleiben würde. Das schien also in Ordnung zu sein. Und dann ging David zu Bett.«

»Ein Jammer, daß er nicht dringeblieben ist. Warum ist er denn raus?«

»Er hatte zufällig den Namen des Postamts bemerkt, wo das Telegramm aufgegeben worden war. Es war Farthing Bishop. Und plötzlich, kurz vorm Einschlafen, erinnerte er sich daran, daß er Farthing Bishop auf der Karte – der Karte von der Gegend hier – gesehen und daß ihm jemand davon erzählt hatte. Es ist nicht in Hampshire, es ist ganz in der Nähe von hier. Zweifellos war Faircloth das gar nicht aufgefallen. Darauf achtet man bei einem Telegramm ja normalerweise nicht. Es bedeutete aber, daß die Nachricht fingiert war. Die Bande hatte Alice entführt oder so was. David kam an und erklärte mir alles.«

»Erklärte ist genau das richtige Wort. Und dann?«

»Nun, wir überlegten hin und her. Es konnte so sein oder auch nicht. Wir überlegten, ob wir den alten Faircloth aufsuchen und ihm unseren Verdacht mitteilen sollten. Ich war eher dafür. Aber David schien das Gefühl zu haben, daß es seine ganz persönliche Aufgabe wäre, geradewegs hinzugehen und das Mädchen zu finden. Er hatte die Vorstellung, daß er sie ziemlich hatte hängen lassen. Wir beschlossen also, Leons Motorrad zu borgen und loszufahren und Farthing Bishop auszukundschaften.«

»Und David ist jetzt vermutlich da. Wissen Sie irgend etwas über den Ort?«
»Überhaupt nichts. Aber Colonel Farquharson sagte gestern etwas darüber – ich glaube, das Herrenhaus ist unbewohnt.«
»Ganz recht«, mischte sich Pettifor ein, der sich die meiste Zeit in düsteres Schweigen gehüllt hatte. »Leute namens Hotchkiss. Sie gingen vor einigen Jahren weg, da sie die Sache zu teuer kam. Es ist ihnen nie gelungen, einen Pächter zu finden. Tatsächlich ist das Haus zum Teil schon verfallen. Es gibt einen Turm, der sehr alt ist.«
»Das hört sich so an«, sagte Appleby, »als könnte man es in dieser Landschaft nicht übersehen, nicht einmal bei Mondschein. Eulen und Efeu, vermute ich, und alles sehr romantisch.«
»Zweifellos. Aber ich habe nie gehört, daß diese Familie Hotchkiss irgend etwas Romantisches hatte. Sie waren Leute aus der Stadt. Ich habe sie nie kennengelernt, und ich glaube auch nicht, daß ich überhaupt jemanden in der Nachbarschaft kenne.«
»David und ich«, sagte Ian, »fragten uns, ob Colonel Farquharson Leute kennt. Ich meine, Leute hier aus der Gegend. Der schoß nämlich an uns vorbei.«
»Wie war das?« fragte Appleby scharf.
»Auf dieser Straße, und bevor ich wegen meiner Schulter aufgeben mußte. Er überholte uns in seinem Wagen, hatte ganz schön Zahn drauf. Wir waren links rangefahren, deshalb sah er uns nicht.«
»Donnerwetter! Glauben Sie, das war purer Zufall?« Timothy zeigte lebhaftes Interesse. »Das kommt einem

ja so vor, als ströme hier alles nach Farthing Bishop.« Er wandte sich aufgeregt an Appleby. »Meinen Sie nicht, Sir?«

»Gewiß.« Appleby hörte sich wieder grimmig an. Es war klar, daß ihm die Neuigkeiten von Farquharson nicht gerade Freude gemacht hatten.

»Fehlt eigentlich niemand mehr. Außer dem alten Faircloth.«

»Faircloth? Um den machen Sie sich mal keine Sorgen. Der ist sicher schon lange da. Da wollte er ja hin, als er an uns vorbeikam.«

»An uns vorbeikam?« Timothy war verwirrt.

»Mein lieber Junge, der Wagen, der uns beinahe gerammt hätte, als wir nach Tremlett unterwegs waren, das war mit Sicherheit Faircloth.«

Pettifor beugte sich plötzlich vor. »Wie war das, Appleby? Faircloth! Was wollte der denn auf Tremlett?«

»Er wollte da in Ruhe etwas erledigen.«

»Etwas erledigen?«

»Ja. Aber seltsamerweise wußte er selbst nicht genau, was.«

»So.« Pettifor nahm diese rätselhafte Bemerkung nicht sehr geduldig auf. »Aber Ihnen ist es zweifellos völlig klar?«

»Nun ja – das ist es tatsächlich. Und ich hoffe, ich kann Faircloth auch sehr bald aufklären. Sehen Sie, viel Geheimnisvolles ist an dieser Geschichte nicht mehr. Aber gefährlich ist sie noch. Und wie ich heute morgen schon zu David Henchman sagte, Gefahr ist nicht wirklich interessant. Wir müssen halt mit ihr fertigwerden.«

Gefährlich, dachte Timothy, war allein schon ihr

Tempo. Man konnte fast meinen, daß Appleby sich in einem Zustand nervöser Spannung befand und sich abreagierte, indem er einfach drauflosredete. Timothy sah ihn im matten Licht von der Seite an. Sein Gesicht war ruhig und entschlossen.
Plötzlich hob es Timothy aus dem Sitz. Appleby hatte scharf gebremst und hielt jetzt an. Timothy sah ihn überrascht an und war noch überraschter, als er sah, daß Appleby übers ganze Gesicht grinste. »So«, sagte Appleby, »das war das. Haben Sie's nicht gesehen?«
»Gesehen, Sir?«
Ohne zu antworten schaltete Appleby einen Scheinwerfer am Heck des Wagens ein und fuhr rückwärts, ungefähr dreißig Yards. Timothy starrte hinaus ins Mondlicht. Am Straßenrand kam ein Rad in Sicht und dann das ganze Motorrad. Da, neben der Maschine, stand David Henchman und blickte finster.
Timothy hatte das Fenster heruntergekurbelt. Appleby beugte sich über ihn hinweg. »Können wir Ihnen irgendwie helfen?« rief er fröhlich.
David starrte sie an. Es dauerte einen Augenblick, ehe er sie erkannte. »Es ist stehengeblieben«, sagte er. »Will nicht mehr. Ich steh' hier schon seit einer Ewigkeit.«
»Vielleicht können wir Sie abschleppen?« In Applebys Stimme schwang etwas mit, das Timothy für einen Moment verwirrte. Bis er merkte, daß es einfach Freude war. Es war fast, als hätte er nicht damit gerechnet, David noch einmal wiederzusehen.
»Abschleppen? Reden Sie doch keinen Unsinn.« David war offensichtlich todmüde und kam sich außerdem vor wie ein Idiot. »Es ist die blöde Zündung. Das Ding

springt nicht an.« Einen Augenblick sagte niemand etwas, und David fummelte wieder an der Maschine herum. »Ach du lieber Himmel!« sagte er.
Appleby lachte laut. »Sprit?«
»Ja. Der Tank ist knochentrocken.« David drehte sich zu ihm um. Im Mondlicht konnte man sehen, daß er rot wurde und wütend war. »Können Sie mir welchen geben?«
»Könnte ich – natürlich.« Appleby war jetzt wieder ganz ernst. »Und dann könnten Sie auf eigene Faust weiterfahren. Zu Dornröschen aufs Schloß, vermutlich.«
»Was meinen Sie damit – Dornröschen, Schloß?« David schaute in den Wagen und erkannte Ian und Timothy. »Was haben Ihnen diese Vollidioten denn erzählt?«
»Sie haben mir geholfen, das Puzzle zusammenzusetzen, zugegeben. Und jetzt tauchen Sie auf wie ein falscher Fuffziger. Das ist wirklich höchst erfreulich. Ganz plötzlich kriegt man diese ganze üble Geschichte doch noch in den Griff. Ich meine, Sie sollten das Motorrad Ihres Freundes besser hierlassen – für eine Stunde ist es hier bestimmt sicher – und bei uns einsteigen. Es wäre doch eine Schande, wenn Sie das Dornröschenschloß überhaupt nicht zu Gesicht bekämen.«
»Wovon reden Sie überhaupt?« David wirkte immer noch ziemlich mürrisch. Aber er öffnete schon die Tür des Wagens und war dabei, sich neben Timothy zu setzen.
»Hat man Ihnen nicht gesagt, daß sich Farthing Bishop eines hochromantischen verlassenen Herrenhauses

rühmt, zu dem sogar ein hoher uralter, mit Efeu bewachsener Turn gehört?«

»Ja, sowas fiel mir ein, als ich anfing, über den Ort nachzudenken. Jemand muß kürzlich davon erzählt haben. Aber ich sehe nicht – – –«

Doch Appleby hatte schon die Kupplung kommen lassen. »Wir müssen weiter«, sagte er. »Meine eigene Neugier auf Farthing Bishop wächst. Wissen Sie, hinter dieser Affäre verbirgt sich eine Menge Kunstfertigkeit.«

Auf dem Rücksitz beugte sich Pettifor abrupt nach vorn. »Kunstfertigkeit? Was meinen Sie eigentlich damit?«

»Vielleicht sollte ich besser sagen, eine Menge begnadeter Improvisation. Wie David zum Beispiel auf Ians Pferd springt und dann denkt, daß er sich in einem Krankenwagen wegschmuggeln kann.«

David lachte. Seine Verdrießlichkeit war gegen diese Erinnerung nicht gefeit. »Hat ja nicht funktioniert«, sagte er.

»Genau. Und da ist noch eine ganze Menge mehr, was auch nicht funktionieren wird.«

Kapitel 7

Sie fuhren noch einige Meilen. »Das Haus ist auf dieser Seite des Dorfes«, sagte Timothy, von der Karte aufblickend. »Und es ist in gotischer Schrift bezeichnet. Es muß also alt und sehenswürdig sein.« Er drehte sich mit fröhlichem Grinsen zu Pettifor um. »Wir hätten

den ganzen Haufen mitnehmen sollen, Sir. Sie hätten es uns erklären können.«
Pettifor schien von diesem Einfall, der witzig sein sollte, nicht viel zu halten. Timothy, dem plötzlich Arthur Pettifor einfiel, war sehr beschämt.
»Ich könnte mir denken, daß nur der Turm die historische Sehenswürdigkeit ist«, sagte Appleby. Plötzlich nahm er eine Hand vom Steuer und zeigte. »Da ist er.«
Da war tatsächlich der Turm. Hinter einer Kurve war er sichtbar geworden, trutzig stand er gegen den Himmel, der Mond fast unmittelbar darüber. Und einen Augenblick später konnten sie das massige Haus sehen.
Neugierig beugte sich Pettifor vor. »Ich glaube, der Turm ist alles, was von einer kleinen mittelalterlichen Festung übriggeblieben ist, und er scheint noch einigermaßen gut erhalten zu sein. Alles andere steht nicht mehr. Zweifellos haben die Ruinen als Steinbruch beim Bau des jetzigen Herrenhauses gedient.«
Appleby ging mit der Geschwindigkeit herunter. »Ein interessanter Anblick«, murmelte er. »Wie geschaffen, die Phantasie sofort zu stimulieren. Nicht wahr, David?«
»Schon möglich.«
»Und ist das da nicht ein Licht – ein sehr schwaches, da ganz oben? Ich glaube ja. Selbst wenn da oben noch Fensterscheiben sein sollten, denke ich nicht, daß das Mondlicht diese Wirkung hervorrufen könnte. Aufregend, nicht wahr, David?«
»Oh, halten Sie die Klappe!« David schien das Gefühl zu haben, daß die Abenteuer, die er an diesem Tage zusammen mit Appleby durchgestanden hatte, ihn da-

zu berechtigten, sich so frei auszudrücken. Aber dann fuhr er höflich, wenn auch dringlich, fort: »Ich glaube nicht, daß Sie das verstehen, Sir. Das ist vielleicht eine ganz furchtbar kritische Situation. Sehen Sie – – –«

»Ich verstehe das schon.« Appleby hatte den Wagen angehalten. »Und da ist immer noch etwas, das Sie unbedingt tun müssen.« Er hielt inne, als hätte ihn diese Äußerung auf einen neuen Gedanken gebracht. »Hören Sie«, sagte er. »Ich möchte Ihnen allen etwas sagen.« Er hatte den Motor abgestellt, und plötzlich war es vollkommen still um sie herum. Das blieb so, bis Appleby wieder sprach. »Dies ist eine komplizierte Angelegenheit gewesen. Und ich glaube, ich habe mich jetzt hindurchgearbeitet. Aber die Ansicht eines einzelnen hat vor Gericht nicht viel Gewicht. Wir müssen daher etwas Bestimmtes tun, wenn wir sicher sein wollen, die Sache auf zufriedenstellende Weise aufzuklären... Mr. Pettifor, im Mittelpunkt von allem steht natürlich der Tod Ihres Bruders. Würden Sie mir versichern, daß Sie die Umstände seines Todes völlig geklärt sehen wollen?«

Es war lange still. Man hätte meinen können, Pettifors Schüler wären starr vor Erstaunen über diese seltsame Frage und das bedrückende Schweigen, das darauf folgte. Aber schließlich sagte Pettifor: »Ja, das versichere ich Ihnen.«

»Vielen Dank. Und jetzt steigen wir alle aus.« Appleby sprach lebhaft. »Außer Dancer. Er sollte sich besser nicht rühren.«

»Was für ein absoluter Quatsch!« Ian war entrüstet. »Ich komme so gut wie jeder andre zurecht. Das war ja

nur diese verdammte Knochenmühle von Motorrad.«
»Auch gut. Das ist Ihre Sache.« Appleby warf dem jungen Mann einen respektvollen Blick zu. »Machen Sie sich aber bitte klar: wir begeben uns in eine Situation, in der es wünschenswert sein kann, einigermaßen im Vollbesitz seiner körperlichen Kräfte zu sein. Verstanden?«
»Verstanden.« Ian kletterte betont locker aus dem Auto. Timothy sprang auch heraus. »Sir«, sagte er herausfordernd, »und wie sieht diese Situation nun aus, bitte?«
Appleby lächelte. »Ganz präzise kann ich Ihnen das nicht sagen. Jedenfalls werden ein paar Freunde von uns hiersein. Der vermögende Geistliche im Ruhestand wird dasein und jemand mit einem Faible für die jungen Männer Englands. Vielleicht sind auch noch andere da. Aber wie die im Augenblick zueinander stehen, kann ich leider nicht sagen. Wir gehen jetzt zu Fuß vor.«
Ian machte versuchsweise ein paar Schritte. »Gar nichts dabei«, sagte er. »Ich könnte meilenweit gehen.« Dunkle Augen blitzten in seinem vom Mondlicht bleichen Gesicht. »Ist dies ein Angriff?«
»Es ist ein Überraschungsangriff, wenn es sich machen läßt.« Appleby zeigte auf den Straßenrand. »In einer Reihe hintereinander, und möglichst im Schatten. Niemand spricht. Dort wird eine Auffahrt sein. Da halten wir an, um die Lage zu erkunden.«
»Soll das heißen«, fragte David, »daß wir alle zusammen gehen? Sie sagten doch, da wäre etwas für mich zu tun. Meinen Sie bloß mit allen zusammen?«
»Nein, das meine ich nicht. Ich meine etwas ziemlich

Riskantes. Man könnte es ›Ein-Mann-Häschen‹ nennen.«
»So.« David war jetzt schon zu kampferprobt, als daß er dies mit freudiger Erregung begrüßt hätte. »Im Stil von Baby Ogg? Tal des Todes und so?«
»Sicher nicht so schlimm wie das. Denken Sie daran, Ihr preisgekrönter Scharfschütze ist tot. Und jetzt – vorwärts marsch!«

Sie gingen schweigend die Straße hinunter, Appleby an der Spitze. Haus und Turm waren hinter einer Reihe von Bäumen zu ihrer Linken verschwunden, und kurz darauf kamen sie rechts an einen Weg mit einem Wegweiser, der anzeigte, daß es noch eine halbe Meile bis Farthing Bishop war. Die Bäume standen nun dichter und schienen sich im Unendlichen zu verlieren. Und dann war da plötzlich eine Lücke mit einem einfachen Eisentor und dahinter eine Auffahrt, die über eine breite, mondbeschienene Rasenfläche direkt zum Haus führte. Rechts und links davon verloren sich die Bäume in flachen Kurven im Hintergrund, dazwischen schimmerte das Gras wie Wasser in einem großen dunklen Felsbecken. Das Haus lag ganz im Dunkeln. Aber hinter ihm stand nun wieder deutlich die Silhouette des Turms gegen den Himmel, ganz graues Gestein und dunkler Efeu, und immer noch leuchtete ganz oben ein einzelnes Licht. Das alles hatte etwas hinreißend Theatralisches. Es war eindrucksvoll wie ein gelungenes Bühnenbild.
Sie waren stehengeblieben, ohne daß ein Wort gesprochen worden war. Die Schatten um sie herum waren

weich und vieldeutig; ein schwacher Abglanz des Mondlichts schien auch auf ihnen noch zu liegen. Aber wo sie stand, war die Gesellschaft sicher davor, beobachtet zu werden, und eine Zeitlang bewegte sich niemand. Auch wenn man länger hinsah, ließ der merkwürdig theatralische Effekt nicht nach. Es war, als wäre der dunkle Vorhang der Bäume weggezogen worden und der Blick frei auf ein Dekorationsstück, das man schon erwartet hatte, das aber für einige Zeit zurückgehalten worden war. Das kündigte nun zur allgemeinen Befriedigung entschieden die Auflösung aller Rätsel an. Ein Käuzchen rief dreimal schnell hintereinander.

Fast im selben Augenblick hob Appleby warnend die Hand. Niemand hatte sprechen wollen, jetzt hielten alle den Atem an. Aus der dunklen Baumreihe, jenseits des Rasens zu ihrer Rechten hatte sich eine Gestalt gelöst. Sie blieb im Schatten stehen und ging dann langsam und vorsichtig ein paar Schritte vorwärts, offensichtlich, um das Haus und den Turm besser beobachten zu können.

»Farquharson!« Timothy hauchte den Namen in Applebys Ohr. Appleby nickte, antwortete aber nicht. Die Gestalt drehte sich um und glitt zurück ins Dunkel der Bäume. Einige Sekunden später konnte man sie wieder sehen, als sie kurz noch einmal aus der Baumreihe herauskam, so als gehe sie um ein Hindernis herum. Es konnte kein Zweifel sein, daß Farquharson jede Dekkung nutzend und auf Umwegen sich auf die Gebäude vor ihnen zubewegte.

Eine lange Zeit, so schien es, verging. Appleby hatte die

Hand nicht wieder heruntergenommen – wie ein Schiedsrichter beim Kricket, dachte Timothy, der einem Werfer signalisiert, daß er noch nicht beginnen soll. Wieder schrie das Käuzchen, und diesmal kam aus einiger Entfernung Antwort. Timothy konnte Ian neben sich flach und vorsichtig atmen hören. Wahrscheinlich hatte er ziemliche Schmerzen in der Schulter. Man mußte ihn daran hindern, auf den Turm zu klettern, falls das rätselhafte Programm auch noch eine Kletterpartie einschloß.
Minuten vergingen in Schweigen. Dann sagte Appleby leise: »Es läuft nicht alles nach Plan. Ich meine, nach *ihrem* Plan. Der Zeitplan ist ganz durcheinander. David hat sich verspätet. Aber vielleicht heißt man ihn trotzdem willkommen. Wir lassen ihn weitermachen.«
»Und was soll ich denn nun tun?« David flüsterte die Worte nur vorsichtig.
»Genau was ich sage. Machen Sie weiter. Vergessen Sie, daß Ihnen das Benzin ausgegangen ist. Vergessen Sie, daß wir Sie eingeholt haben. Sie sind allein. Sie sind vollkommen fertig, und Ihr Verstand ist total durcheinander. Ihr Kopf ist voll von romantischem Unsinn –«
»Oh, das ist doch –«
»Voll von romantischem Unsinn über ein Mädchen. Und plötzlich, kurz vor Farthing Bishop, stoßen Sie auf diese Szenerie: das verlassene Herrenhaus, der alte Turm, das einzige Licht. Nun, machen Sie weiter. Verhalten Sie sich genauso, als wären wir nicht hier. Aber tun Sie es mit einer Einschränkung: Steigen Sie nicht eher hoch, als bis Sie wieder meine Stimme hören. Keine andere Stimme soll Sie veranlassen, auch nur

einen Schritt nach oben zu tun. Haben Sie verstanden? *Keine andere* Stimme.«

»Ich verstehe.«

»Dann mal los.«

Kapitel 8

Sie beobachteten, wie David zu dem niedrigen Eisentor hinaufging, hinter dem die Auffahrt lag. Einige Sekunden lang stand er da, die Hände auf der obersten Stange, und starrte das Haus an. Er drehte sich um, ging zurück, wartete und ging wieder hin. Er kletterte über das Tor. Und dann ging er im vollen Mondlicht direkt auf das Haus zu.

»Kommen Sie«, sagte Appleby leise und verschwand im Schatten. Sie folgten ihm ein paar Yards einen trockenen Graben hinunter. Er kroch durch einen Zaun und in die Schonung hinein, die an der Straße entlanglief. »Wir bleiben zwischen den Bäumen«, sagte er, »und machen so wenig Lärm wie möglich, vor allem wenn wir in die Nähe des Turms kommen. Und keiner läßt sich zu irgend etwas hinreißen, wenn unsere Freunde sich rühren. Davids wegen.«

Am Rande der Bäume gingen sie weiter. David war deutlich zu sehen, wie er die gerade Auffahrt hinunterstapfte, die zu dem Haus führte. Einmal hielt er auf seinem Weg an und hob den Kopf, als blickte er zu dem einsamen Licht empor. Keine Spur von Farquharson, den sie zuletzt zwischen den Bäumen genau gegenüber gesehen hatten. Die Käuzchen waren verstummt, und die Nacht war ganz still, außer den Geräuschen, die sie selbst machten, während sie sich vorsichtig dem Turm näherten, und dem schwachen Dröhnen eines Flugzeugs sehr weit weg. Dann hörten sie plötzlich, wie eine Stimme aufschrie – einmal, noch einmal. Sie schien gleichzeitig von oben und aus der Ferne zu kommen. Es war die Stimme einer Frau. Sie rief um Hilfe, zweifellos. David war sofort erstarrt. Und nun rannte er Hals über Kopf auf den Turm zu.

»Dahin laufen wir jetzt auch – bleiben aber noch in Deckung!« Appleby hatte angefangen zu rennen, geschickt wich er den Bäumen aus.

Pettifor, überraschend behende, lief direkt hinter ihm. »Haben Sie auch nichts überstürzt?« fragte er dringlich. »Der Junge ist doch nicht in Gefahr?«

»Wenn er sich an seine Befehle hält, wird ihm nichts passieren«, sagte Appleby halblaut nach hinten. »Jedenfalls nicht mehr als uns. Von jetzt an, meine ich, sitzen wir in einem Boot.« Er lief noch ein kurzes Stück, blieb dann stehen und zeigte auf den Turm. »Da ist ein Eingang. Er ist offen. Wenn wir die Deckung verlassen, rennen wir zur Mauer, drücken uns ganz eng an sie heran und mogeln uns hinein. David ist schon drin. Kommen Sie!«

Sekunden später waren sie am Turm, durch den Eingang tauchten sie ins Dunkel. Dann standen sie regungslos und bemühten sich, wieder ganz ruhig zu atmen. Plötzlich war da ein Lichtkegel. Appleby hatte eine Taschenlampe hervorgeholt. Sie standen auf Steinfliesen in einem quadratischen Raum mit gewölbter Decke. Er war ganz kahl. In der Mitte stand David.

Appleby ging auf ihn zu, gab ihm die Taschenlampe und zeigte in eine Ecke. Dort ging es eine Wendeltreppe hinauf. Appleby stellte sich ins Licht, winkte Timothy heran und holte dann zwei kleine Revolver aus den Hosentaschen. Das geschah so sachlich, als handle es sich um Pfeife und Tabaksbeutel. Einen gab er Timothy. »Nicht entsichert«, flüsterte er. »Aber das hier ist der Hebel. Kinderleicht.« Dann sagte er zu David: »Jetzt sind Sie dran.«

Sie gingen zur Treppe hinüber. David verschwand mit der Lampe. In dem rasch schwächer werdenden Licht konnte man sehen, wie Applebys Lippen sich bewegten. Es sah aus, als zählte er. Dann nickte er und verschwand auch. Timothy folgte und schließlich Pettifor. Sie stiegen alle hoch. Ian biß die Zähne zusammen und tastete nach dem Pfeiler der Treppe in der Mitte. Irgendeine Art Geländer oder Seil wäre nicht schlecht gewesen. Aber er schaffte es auch so. Er hatte nicht die Absicht, unten zu bleiben.
Der Aufstieg schien genauso endlos, wie Ian erwartet hatte. Zuerst war es fast vollkommen dunkel, weil nur ein sehr schwacher Lichtreflex von Davids Taschenlampe zu sehen war. Dann kamen sie an einer Reihe übereinanderliegender Spitzbogenfenster vorbei. Durch dunkles Efeu drang spärliches Mondlicht. Sie passierten zwei dunkle Türhöhlen, die wohl ins erste und zweite Stockwerk des alten Gebäudes geführt hatten. Obwohl sie alle nur langsam vorankamen, fand Ian, daß er zurückfiel. Wenn er versucht hätte, etwas schneller zu gehen, hätte er vor Schmerzen gebrüllt.

Und das wäre wahrscheinlich nicht besonders günstig gewesen. Immerhin, er würde dabeisein, wenn es ans Sterben ging – oder wofür das Schicksal sie sonst als Zeugen bestimmt hatte. Und dann, mit einem plötzlichen dramatischen Auftakt begann die Vorstellung. Oben bellten scharfe Stimmen. Ian nahm zwei Stufen auf einmal. Und anstatt aufzuheulen, schaffte er es, nur zu fluchen. Ein bißchen zusätzlicher Lärm spielte jetzt auch keine Rolle mehr.

Als er aber oben ankam, war es wieder still. Er stolperte mitten hinein: Schweigen und Ratlosigkeit. Es war wie auf den Standphotos draußen vorm Kino. Ein Gangsterfilm.

Dieser obere Raum war genauso quadratisch und kahl wie der untere. Er hatte kleine Fenster, die in tiefen Nischen lagen. In einer brannte eine Petroleumlampe. Ein Teil des Daches fehlte und auch der größere Teil einer Wand. Es war diese fehlende Wand, dachte Ian, die das Theatralische der Szene vollkommen machte: Wenn man nach dieser Seite sah, stand man einer mit schwach glitzernden Sternen überzogenen, dunklen Leere gegenüber, als wäre das ein riesiger Zuschauerraum während einer Galavorstellung, und als reflektierten die Juwelen auf den Rängen das von der Bühne strömende Licht.

Das ganze Ensemble – das heißt, alle diejenigen, die im Laufe der Handlung noch nicht abgetreten waren – hatte sich wie zu einem Tableau versammelt. Es war, als hielten sie krampfhaft eine Pose durch, während der Schlußvorhang einer Panne wegen nicht fallen wollte. Nur eben, daß es keinen Vorhang gab. Und dies kein

Theaterstück war. Es war eine wirkliche, wenn auch bizarre Krise im Leben einer Reihe von Menschen.
Dr. Faircloth und Colonel Farquharson starrten einander über den leeren Raum hinweg an. Sie sahen aus, als hätten sie eine Weile so dagestanden, fest und wachsam, bevor David und die anderen eingefallen waren. In der Mitte zwischen ihnen, aber hinten am Fenster, wo die Lampe brannte, stand ein Mädchen. Das mußte Alice sein, deren Aussehen und Wesen eine Zeitlang die überschwengliche Phantasie von Pettifors Haufen beschäftigt hatte. Irgendwie sah sie nicht so aus, als wäre sie Faircloths Tochter. Sie sah nicht töchterlich aus, sondern wie die ganz orthodox aufgefaßte »femme fatale« des Stückes. Aber natürlich – fuhr es Ian durch den Kopf – können auch die Töchter wohlhabender Geistlicher im Ruhestand vom rechten Wege abweichen. Und wenn David überhaupt an jenem Morgen etwas an ihr gefunden hatte, dann mußte er wohl einigermaßen durcheinander gewesen sein. Was Timothy anging, so zog der eine schon ziemlich professionelle Show mit seinem Revolver ab. Appleby nicht minder. Aber für Appleby, vermutete Ian, war das ja nur eine Routineübung.
Appleby sprach zuerst. »Sieht ganz so aus, als ob dieser teuflische Brei verdorben ist«, sagte er. »Zuviele Köche.«
»Köche? Sie meinen wohl Ganoven?« Farquharson fragte das. Es klang nicht sehr freundlich. »Es scheint Ihnen ja ziemlichen Spaß zu machen, welche zu erfinden.«
»Ich denke schon, daß hier verschiedene Verbrechen

im Spiel sind, schwere und weniger schwere.« Appleby blickte ernst von Farquharson zu Faircloth und dann zu dem Mädchen hinüber. »Und nun, da wir alle da sind – jedenfalls alle, mit einer unbedeutenden Ausnahme –, ist es vielleicht vernünftig anzufangen.«
Faircloth, der ganz still gestanden und ein Gesicht gemacht hatte wie jemand, der angestrengt nachdenkt, nickte nachdrücklich. »Ganz meine Meinung. Und es muß einfach Ihre Aufgabe sein, Sir John, diesen Farquharson zu verhaften.«
Appleby schien nachzudenken. »Dazu würden Sie mir raten?« fragte er milde.
»Aber ganz gewiß!« Faircloth blickte erstaunt. »Ist er nicht der Erpresser, der hinter allem steckt, und habe ich ihn nicht gerade jetzt bis zu diesem Turm verfolgt, wo ich dann entdecken mußte, daß er diese Dame gegen ihren Willen festhält?«
»Diese Dame?« Appleby sah wieder das Mädchen an. »Ihre Tochter, hörte ich.«
»Gewiß – meine Tochter.« Faircloth sagte das erst, nachdem man hätte meinen können, er habe ganz leicht gezögert. »Sie wissen, wie sehr ich mir Sorgen machte, weil Alice nicht gekommen war. Dann erhielt ich ein Telegramm, das mich beruhigte. Henchman hat es gesehen. Können Sie sich meine Bestürzung vorstellen, als ich später am Abend merkte, daß es nicht in dem Ort aufgegeben worden war, wo Alice sich aufhielt, sondern in Farthing Bishop! Meine Besorgnis wuchs, wenn ich an all die gewaltsamen Ereignisse des Tages dachte. Ich fuhr hierher, um Nachforschungen anzustellen, und das Licht in diesem Turm zog meine

Aufmerksamkeit auf sich. Ich stieg hinauf und entdeckte, daß meine Tochter in eben diesem Raum gefangen gehalten wurde. Dann kam Faurquharson an, und ich wollte ihn gerade zur Rede stellen, als Sie kamen – Gott sei Dank rechtzeitig. Meine Tochter wird Ihnen erzählen, wie er sie weggeschleppt hat, da er ja wußte, während er heute morgen durchs Moor fuhr...«

»Müssen wir uns das wirklich anhören?« unterbrach Farquharson ärgerlich und trat einen Schritt vor. »Sie wissen doch genau...«

»Es könnte mir nicht schaden, wenn ich noch einiges mehr wüßte.« Appleby gab sich immer noch sanft. »Wir haben Faircloths Erklärung, weshalb er hier ist, gehört – jedenfalls hat er angefangen, uns das auseinanderzusetzen. Jetzt scheint es, als werde diese recht schweigsame Dame die Geschichte weitererzählen. Aber zunächst könnten wir vielleicht ein Wort von Ihnen hören, Colonel. Vielleicht legen Sie Wert darauf, Ihre Anwesenheit hier selbst zu erklären?«

»Sehr gern. Vor weniger als einer Stunde rief mich Faircloth an und teilte mir mit, daß er seine Tochter hier in diesem Turm gefunden hätte, und zwar in einer verzweifelten Lage. Er bat mich, sofort herzukommen und seine Bitte als absolut vertraulich zu betrachten. Wie Sie sehen, habe ich das auch getan.«

»Ohne irgend jemand davon zu erzählen?«

»Gewiß. Sie selbst, Sir John, waren nicht erreichbar. Aber ich war – wie Sie wohl vermuten können – vorsichtiger, als Faircloth angenommen hatte. Was Sie zweifellos daran erkennen, daß ich noch am Leben bin.«

»Verstehe.« Und Appleby wandte sich dem Mädchen zu. »Vielleicht haben Sie etwas beizutragen, gnädiges Fräulein?«
Das Mädchen rührte sich nicht und sagte auch nichts. David Henchman starrte sie mit großen Augen an. Vielleicht erinnerte er sich daran, daß er überzeugt gewesen war, sie sei ein ganz gewöhnliches Mädchen – eben wie eins von den Mädchen, mit denen man gewöhnlich Umgang hatte. Dann wurde er rot und sah schnell weg. Es war nur eine kleine, aber sehr aufschlußreiche Geste. Ein solches Mädchen war sie eben nicht.
Appleby hatte für einen Augenblick geschwiegen. »Nun«, sagte er, »wenn keine weitere spontane Zeugenaussage angeboten wird, muß ich wohl ein oder zwei Dinge selber sagen. Ich beginne mit den Dokumenten, die in diesem Fall eine Rolle spielen. Es sind drei: Eins steckt ohne Frage in Dr. Fairclothș Tasche, nämlich das Telegramm. Das zweite habe ich in der Tasche, und man beschreibt es am besten als ein bedeutungsvolles Fragment. Das dritte befindet sich in Mr. Pettifors Tasche. Es ist ein Brief, denke ich, von seinem verstorbenen Bruder. Und dieses Dokument steht am Anfang der ganzen Serie.«
»Serie?« wiederholte Pettifor dumpf.
»Die ganze Serie von Morden und versuchten Morden, die eine Anzahl von uns seit ungefähr heute mittag beschäftigt habt.«

Langsam holte Pettifor seine Brieftasche hervor, suchte ein Papier heraus und gab es Appleby. »Vielleicht braucht es nicht jetzt gelesen zu werden«, sagte er ruhig.
»Aber ich werde Ihnen davon erzählen. Bald wird vermutlich jeder, der Zeitung liest, die ganze Geschichte dieser unseligen Ereignisse kennen. Gerade das wollte ich eigentlich verhindern.«
Appleby nickte. »So ist es.«
»Dieser Brief wurde mir von Arthur von Tremlett aus gestern morgen herübergeschickt. Er muß jedem, der Arthur nicht kannte, sehr seltsam vorkommen. Er bat mich, auf den Loaf zu gehen und den Knack Tor zu beobachten, und zwar heute mittag. Ich sollte eine Stunde warten und nicht nach Leuten Ausschau halten, sondern nach einem Signal. Wenn kein Signal käme, sollte ich weggehen. Wenn aber ein Signal zu sehen wäre, sollte ich zum Tor hinübergehen; denn Arthur würde dann dringend meine Hilfe brauchen. Wenn ich irgend jemand anders als Arthur sähe, sollte ich mich ihm nicht zeigen.
Dies alles war sehr eigenartig – aber im weiteren deutete mein Bruder auch eine Erklärung an. Es ging um jemanden, der Redwine hieß und von dem ich noch nie gehört hatte. Dieser Redwine verlangte etwas von ihm. Wenn er die Kraft hätte, diesem Ansinnen zu widerstehen, dann würde er das Signal geben. Falls da kein Signal wäre, hätte er nachgegeben – und das würde bedeuten, hatte er hinzugefügt, daß für ihn alles aus wäre,

obwohl möglicherweise niemals ein Mensch davon erfahren würde.«
Pettifor hielt inne. Faircloth sah zu Farquharson hinüber. »Erpressung«, sagte er mit Nachdruck.
»Ja – Erpressung.« Das hatte Pettifor gesagt. »Eine andere Erklärung konnte ich nicht sehen. Wie ich schon Sir John auseinandergesetzt habe, war mein Bruder höchst empfindlich in bezug auf gewisse Ereignisse in seiner Vergangenheit. Und da gab es Dinge – er wäre lieber gestorben, als daß er sie der Öffentlichkeit preisgegeben hätte. Obwohl das so war und obwohl dieser eigenartige Brief in Hinblick auf den Charakter meines Bruders mir nicht völlig unverständlich war, gab es doch etwas darin, das mich verwirrte. Es war, denke ich, daß er das Gefühl vermittelte, mein Bruder habe einer unbekannten Erniedrigung zu begegnen, und die Ahnung, daß da ein moralisches Problem sei, dem er sich ganz alleine zu stellen hatte. Wenigstens kannte ich ihn gut genug, um zu erkennen, daß mir nichts übrigblieb, als zu tun, was er von mir erwartete. Und das habe ich – oder habe es jedenfalls versucht. Unglücklicherweise habe ich versagt.«
David unterbrach ihn. »Wollen Sie sagen, Sir, daß Sie auf dem Loaf waren?«
»Nein. Ich nahm die Straße, die zum nördlichen Teil des Moores führt – nicht die, auf der Sie zum Knack Tor gingen –, und unterwegs blieb ich mit dem Wagen liegen. Ich brauchte, weil ich von technischen Dingen herzlich wenig verstehe, über eine halbe Stunde, um die Panne zu beheben. Als ich meine Wanderung über das Moor begann, war ich viel zu spät. Und dann sah ich

etwas, das nur Arthurs Signal sein konnte: vom Gipfel des Tor stieg eine dünne Rauchsäule auf. Ich fühlte mich ungeheuer erleichtert. So mysteriös die ganze Sache auch war, es war mir bewußt, daß Arthur niemals nur so daherredete. Wenn er erklärt hatte, ein Signal würde bedeuten, daß er die Kraft gefunden hatte, etwas Unrechtem zu widerstehen, dann war das auch so. Wenn er aber zugleich erklärte, daß er dann meine Unterstützung bitter nötig hätte, dann stimmte das ebenfalls. So schnell ich konnte, hastete ich weiter. Der Rauch verblaßte und verschwand, als ich immer noch fast eine Meile über schwieriges Gelände zurückzulegen hatte. Als ich den Gipfel erreichte, fand ich meinen Bruder. Er war tot. Man hatte ihm in die Stirn geschossen. Aber eine Waffe war nicht zu sehen.

So seltsam das scheinen mag, ich handelte, ehe ich mir zu fühlen erlaubte. Ich will damit sagen, daß ich sofort zu dem gegenüberliegenden Rand des Felsbeckens dort oben eilte und das Moor absuchte. Ich kam gerade noch rechtzeitig, um zu sehen, wie zwei Gestalten den Weg hinunter verschwanden.«
»Da haben Sie Redwine und seinen Gehilfen gesehen, Sir, wie sie hinter mir her waren.« David sagte dies zögernd. Er mochte nicht gern unterbrechen.
»Zweifellos. Und nun erst kamen meine Gefühle. Trauer, Schrecken und Verwirrung übermannten mich. Eine sehr lange Zeit saß ich neben der Leiche meines Bruders.«
Appleby, der während dieser Erzählung ganz regungslos dagestanden hatte, räusperte sich und fragte: »War

das wirklich eine sehr lange Zeit? Manchmal kommt einem schon eine ganz kurze Zeit so vor.«

»Sicher länger als eine Stunde. Während dieser Zeit wurde ich langsam wieder zum Denken fähig. Zunächst war ich unsicher, gewann dann aber die Überzeugung, zu wissen, was der Tragödie zugrunde lag. Ich erkannte, daß Arthurs Signal mehr gewesen war als nur ein Signal. Es war für sich selbst eine ehrenhafte Tat gewesen. Und er hatte dafür mit seinem Leben bezahlt. Doch in den Augen der Welt würde er in Schande gestorben sein. Ich sah, daß ich eine Pflicht hatte – meinem Bruder und unserem Namen gegenüber. Aber eine Pflicht kann eines sein und die Möglichkeit, sie zu erfüllen, etwas ganz anderes. Ich dachte über mein Problem nach – denn ich hatte, Gott sei Dank, eingesehen, daß ich tatsächlich ein Problem hatte –, da wurde ich von Stimmen am Fuße des Felsens aufgeschreckt. Es waren die Stimmen von zwei Männern.«

»Sir John und ich!« platzte David heraus.

»Nein, nein. Dies war Stunden vorher.« Pettifor lächelte schwach. »Ich bezweifle, daß Sie sich schon Ians berühmten Pferdes bemächtigt hatten.«

»Haben Sie die Stimmen erkannt?« fragte Appleby.

»Nein. In meiner Verfassung wäre das auch nicht ganz einfach gewesen. Und vielleicht war auch das, was ich gleich darauf tat, unverantwortlich. Aber ich hatte sofort das Gefühl, daß mir Gefahr drohte – und daß es sinnlos gewesen wäre, mich ihr auszusetzen. Ich lief zur anderen Seite, stieg ab, nicht sehr schnell, denn ich bin nicht sehr geübt im Klettern. Unten dann versteckte ich mich so gut ich konnte. Geradezu gleichzeitig stiegen die Neuankömmlinge auf der anderen Seite auf, und sehr bald schon konnte ich sie – obwohl nur schwach – oben sprechen hören. Ich bemerkte, daß sie sich stritten. Und dann fiel ein Schuß… und alles war wieder still.«

Pettifor hatte aufgehört zu sprechen, und einen Augenblick sagte niemand etwas. Faircloth nickte wieder nachdrücklich. Es war, als wolle er ausdrücken, daß sich ein klares Bild vor seinem inneren Auge formte. »Tatsächlich«, sagte er, »Diebe oder Erpresser, die sich überworfen hatten.«

Pettifor nickte, doch nicht so, als hätte er den Worten viel Beachtung geschenkt. »Ich blieb in meinem Versteck«, sagte er, »noch zehn Minuten oder länger. Oben war es weiter still, und am Ende entschloß ich mich, wieder auf den Gipfel zu klettern. Was ich dort fand, können Sie sich vorstellen. Jetzt lag noch ein Toter da. Ich war so schockiert, daß ich einige Minuten überhaupt nichts Vernünftiges tun konnte. Dann ging ich zu dem gegenüberliegenden Rand hinüber. Eine einzelne Person entfernte sich vom Tor – ziemlich genau dort, wo vor etwas mehr als einer Stunde die beiden anderen gerannt waren. Aber die Person ging bloß schnell weg.«

Appleby blickte von Faircloth zu Farquharson. »Aber identifizieren konnten Sie sie nicht?«

Pettifor schüttelte den Kopf. »Ich bin schon ziemlich kurzsichtig. Und jetzt komme ich zu dem Teil meiner Erzählung, den ich mir nur allzu gern ersparen würde. Ich möchte Sie bitten, daran zu denken, daß ich moralisch in einer sehr schwierigen Lage war. Es ist möglich, daß das, was ich getan habe, sich nicht einmal moralisch rechtfertigen läßt – vor dem Gesetz aber ganz sicher nicht.«

»Mein lieber Pettifor«, – Faircloth sprach mit ruhigem Wohlwollen – »Sie können unseres Mitgefühls in allem, was Sie zu berichten haben, sicher sein.«

»Danke.« Für einen Moment schien Pettifor verwirrt zu sein, dann fuhr er fort: »Die beiden Leichen – die meines Bruders und die des Fremden – lagen so oder waren vielleicht so hingelegt worden, daß man meinen mußte, es hätte ein Schußwechsel oder ein Duell stattgefunden. Der eine hielt die Pistole noch in der Hand, dem anderen schien sie entglitten zu sein. Das heißt, der dritte Mann hatte seinen Begleiter umgebracht und den Anschein erweckt, als hätte es zwischen jenem und meinem Bruder einen Kampf gegeben. Dieses Arrangement konnte mich nicht trösten. Plötzlich stand mein Entschluß fest. Ich mußte die Leiche meines Bruders wegschaffen. Ich hatte in der Tat schon vorher gewußt, daß eben das meine Pflicht war. Und jetzt, unter der Last dieser neuen und unglaublichen Situation, fiel mir ein kühner Plan ein. Ich konnte ebenfalls einen bestimmten Anschein erwecken. Wenn Arthurs Leiche unter den gegebenen Umständen gefunden würde – ja, wenn sie überhaupt jemals gefunden würde –, dann waren skandalöse Enthüllungen und Spekulationen nicht zu verhindern. Sie mußte daher verschwinden. Und ich wußte sehr gut, wo: keine halbe Meile entfernt konnte ich sie verschwinden lassen – und zwar für immer. Mir fiel auch ein, daß mein bescheidener Landrover den Vorteil hat, daß ich mit ihm durchs Moor fahren konnte. Ich hatte ihn von Arthur bekommen, der ihn auf seinem eigenen Besitz benutzt hatte. Es würde nicht pietätlos sein, meinte ich, ihn zu seinem Leichenwagen zu machen. Ich versuchte also, ob ich es tatsächlich schaffen würde. Es erwies sich als überraschend einfach. Ich stieg wieder auf den Gipfel. Ich nahm die kleine Pistole, die in Redwines Hand gelegt worden war, und ersetzte sie durch diejenige, die sich neben der Hand meines Bruders befand. Aus dieser war natürlich der Schuß abgefeuert worden, der Redwine getötet hatte. Was ich auf dem Gipfel zurücklassen würde, war also nur jemand, der scheinbar Selbstmord begangen hatte. Mir war vollkommen unbekannt, vergessen Sie das bitte nicht, daß David auf dem Gipfel gewesen war und tatsächlich die Leiche meines Bruders gesehen, ihn vielleicht sogar erkannt hatte.«

»Ich habe ihn gewiß nicht erkannt«, sagte David. »Ich hatte ihn nie zuvor gesehen. Aber er kam mir irgendwie bekannt vor. Ich vermute, es war die Familienähnlichkeit.«

»Mein Plan, so gewagt er sein mochte, war überraschend einfach auszuführen. Einen sehr schlimmen Augenblick gab es, den zu erwähnen ich kaum über mich bringe. Ich hatte nichts, womit ich Arthurs Leiche auf den Boden herunterlassen konnte. Ich mußte mich daher zu der klaren Unterscheidung zwischen seiner sterblichen Hülle und dem zwingen, was von höherem und immateriellem Wert war – das mußte ich retten: seinen guten Ruf, auch im Tode. Ich warf die Leiche hinunter.«

»Und ging dann – nach Ihrer Sicht der Dinge – alles gut?« Appleby fragte dies eine Spur hastig.
»Ja. Später war es noch ein wenig schwierig, die Leiche an der Stelle, die ich ausgemacht hatte, tief genug in den Sumpf hineinzubekommen. Aber ich schaffte es. Arthur war sehr schmal.«
»Verstehe.«
Pettifor nickte – und darin drückte sich auf merkwürdige Weise der Fanatismus aus, der in ihm steckte. »Ich hatte die Leiche natürlich ausgezogen. Also konnte ich sofort nach Tremlett fahren und dafür sorgen, daß es so aussah, als hätte es einen Badeunfall gegeben. Als ich nach Nymph Monachorum zurückkehrte und Faircloth einen Besuch zum Knack Tor vorschlug, war ich natürlich zuerst ziemlich bestürzt. Dann aber kam ich darauf, daß dieser Vorschlag für mich günstig war. Ich würde dabeisein, wenn Redwines Leiche entdeckt wurde, und bezeugen können, daß offensichtlich Selbstmord vorlag. Doch als ich den Tod des Mannes in Knickerbockern mitansah und erfuhr, was David zugestoßen war, wußte ich, daß doch nicht alles so glatt gehen würde. Wie Sie wissen, glitt mir die ganze Sache bald völlig aus der Hand.«
»Glücklicherweise ging es der Polizei nicht wie Ihnen.« Faircloth brachte es fertig, dies überhaupt nicht wie jemand zu sagen, auf den ständig ein Revolver gerichtet ist. »Und dürfen wir jetzt hoffen, etwas über das sogenannte dritte Beweisstück zu hören?«
Appleby wandte sich ihm zu. »Selbstverständlich. Das dritte Beweisstück wurde von mir im Kamin der Bibliothek des verstorbenen Mr. Arthur Pettifor auf Tremlett

entdeckt. Es ist eine maschinenschriftliche Mitteilung, die zum Teil verbrannt ist. Ihre Bedeutung aber unterliegt keinem Zweifel. Sie ist der Versuch, von Arthur Pettifor durch Drohung eine große Summe Geldes zu erpressen. Und sie bestimmt ein Treffen auf dem Knack Tor.«

»Höchst interessant – höchst bedeutsam.« Faircloth hielt inne. »Und läßt sich irgendwie feststellen, woher dieser Erpresserbrief kam?«

Appleby nickte. »Durchaus. Er wurde auf der Schreibmaschine Colonel Farquharsons getippt, die sich jetzt in seinem Zimmer im ›George‹ befindet. Ich denke, ich sage nicht zuviel, wenn ich feststelle, daß der Fall klar ist.« Appleby wandte sich Farquharson zu. »Sie stimmen mir zu?«

Farquharson überlegte teilnahmslos einen Augenblick. »Ja«, sagte er. »Sicher stimme ich zu. Aber es bleibt doch wohl noch etwas zu erwähnen, nicht wahr?«

»Allerdings.« Appleby hielt den Revolver ganz ruhig. »Das maschinenschriftliche Fragment will natürlich den Eindruck erwecken, daß es gestern geschrieben wurde, spätestens. Aber – wie ich dem Colonel schon auseinandergesetzt habe – in Wirklichkeit wurde es erst heute abend spät auf der Maschine getippt.«

»Unmöglich!« rief Faircloth plötzlich.

»Keineswegs. An den Typen ist eine kleine, aber unübersehbare Veränderung erfolgt. Ich selbst habe sie erst vor ein paar Stunden in Gegenwart zweier Zeugen mit meinem Federmesser angebracht.«

Für einen Augenblick herrschte Totenstille. Sie wurde nicht durch eine Stimme gebrochen, sondern durch

plötzliches Klirren von Glas. Mit einer einzigen schnellen Bewegung hatte das bisher regungslose Mädchen die Petroleumlampe auf den Boden geschleudert.
Was dann geschah, geschah blitzartig. Obwohl der Raum zum Nachthimmel hin offen lag, schien er für einen Moment stockdunkel zu sein. Mit einem Satz hatte Appleby die Treppe versperrt. Timothy wollte auf Faircloth losgehen, prallte aber mit David zusammen, als er gerade die Taschenlampe anknipste. Das Mädchen hatte sich nicht gerührt. Pettifor war zu der Lücke in der gegenüberliegenden Wand gehastet und schaute mit einem merkwürdigen Gesichtsausdruck am Turm hinunter. Faircloth war verschwunden.
»Aber er ist doch nicht gesprungen?« rief Appleby von der Tür her.
»Nein, nein – der Efeu ... er versucht runterzuklettern.« Pettifor lehnte sich weit hinaus. »Halt, Mann!« rief er. »Das reißt ab ... nicht bewegen ... Faircloth, schnell ... mein Arm ... zufassen, Mann, fassen Sie doch zu!« Er lehnte sich noch weiter hinaus. Es hörte sich an, als wenn etwas risse, von Faircloth kam ein Entsetzensschrei, und dann war es still. Pettifor war nicht mehr da. Wo er noch einen Augenblick vorher gestanden hatte, war jetzt nur Staub, der vom Efeu aufstieg, in den Raum trieb und im kalten, blassen Mondlicht tanzte.

Am nächsten Tag war Appleby schon kurz nach dem Frühstück im »George«. Er fand David Henchman, der bleich in einer abgelegenen Ecke des Gartens hockte. Er setzte sich neben ihn. »Geht es Ian Dancer einigermaßen?« fragte er.

»Einigermaßen. Der Arzt mußte nochmal kommen. Aber er ist auf.« David stocherte lustlos mit der Fußspitze in der Erde herum. »Ogg hat es sehr gut verkraftet.«

Appleby nickte. »Ogg ist in Ordnung.« Er freute sich, als ihm einfiel, daß das auch Pettifors Meinung gewesen war.

»Hat sich den Bart abrasiert. Sagt, er muß bei den Pächtern anständig auftreten und ihr Vertrauen gewinnen. Ein Bart bei einem so jungen Gutsherrn könnte sie mißtrauisch machen.«

»Guter Gott!« Appleby fühlte sich plötzlich uralt. Es war das Gefühl, das sich manchmal einstellte, wenn man mit der unverwüstlichen Energie der Jugend konfrontiert wurde.

Es entstand eine lange Pause. »Hat er's gewußt?« fragte David.

»Ob Pettifor wußte, daß Faircloth der Mann war, der letzten Endes für den Tod seines Bruders verantwortlich war? Ja, er war schon darauf gekommen. Aber das spielte keine Rolle, als es darum ging, dem Mann die Hand entgegenzustrecken, als er fiel.«

»Nein.« David dachte nach. »Ziemlich fabelhafte Sache«, sagte er.

»Wie? Ah ja – ganz zweifellos.« Appleby sah David neugierig an. Der junge Mann schien gar nicht zu merken, daß er eine Floskel wiederholte. »Nun«, fuhr er fort, »wenigstens ist alles aufgeklärt. Das wollte ich Ihnen erzählen, deshalb bin ich hergekommen – das heißt, Ihnen allen wollte ich's sagen. Das Mädchen hat ausgepackt.«

»Ah ja – das Mädchen.« David sagte dies sehr kühl.

»Und wir haben das unbedeutende Mitglied des Ensembles, das heute nacht noch fehlte – den Ersten Gehilfen oder wie immer wir ihn genannt haben –, auch geschnappt. Aber er weiß nicht viel.«

»Es ging also wirklich um Spionage?«

»Ganz entschieden. Was Faircloth und Redwine wollten, war natürlich nicht Geld. Das tauchte in dem Zettel auf, der von Faircloth gefälscht und plaziert wurde, nachdem ich ihm die faustdicke Lüge erzählt hatte, Farquharson sei ein notorischer Erpresser. Es war eine grobe Falle. Aber Faircloth ist genau hineingetappt.«

»Es ging nicht um Geld? Es ging um Staatsgeheimnisse?«

»Ja. Arthur Pettifor als hochgestellter Mann mit wissenschaftlicher Ausbildung hatte zu einer Menge davon Zugang. Das hatte ich sehr bald heraus. Was er zum Tor hinaufbringen sollte, war... nun, Sie können es ein Staatsdokument nennen. Und sie hatten vor, noch eine ganze Menge mehr davon aus ihm herauszuholen. Aber er riß sich zusammen. Er ließ das Dokument ziemlich genau vor Redwines Nase in Rauch aufgehen – und sagte ihm, er könne veröffentlichen, was er wisse, und sich zum Teufel scheren. Redwine sah sofort, daß er ruiniert war. Wenn Arthur Pettifor sich ihm widersetzte und zur Polizei ging, würde Redwines ganzes Spiel auffliegen, und er müßte hinter schwedische Gardinen. Deshalb erschoß er Pettifor auf der Stelle. Dann jagte er Sie, zusammen mit seinem Ersten Gehilfen. Aber Faircloth, der eigentliche Chef, schlich in der Nähe herum – das Mädchen, wissen Sie, das er als seine Tochter ausgab, hatte ihn hergebracht. Faircloth nahm Redwine aus der Jagd heraus und überließ das dem ersten Gehilfen und Knickerbocker. Faircloth fühlte sich nicht in Gefahr; denn Sie hatten ihn ja gar nicht zu Gesicht bekommen. Er nahm Redwine mit zurück zum Tor, denke ich, weil er dessen Geschichte nicht traute. Und sehr bald stieg sein Mißtrauen bis zu einem Punkt, an dem er entschied, es sei besser, den armen Redwine zu liquidieren. So erschoß er ihn an Ort und Stelle, arrangierte das Ganze so, daß es nach dieser obskuren Schießerei aussah, und machte sich weg. Er hatte sonst nicht viel zu fürchten, aber er wußte, daß Sie das Mädchen nicht noch einmal sehen durften. Das bedeutete praktisch, daß auch Sie liquidiert werden mußten. Daher dieses gefälschte Telegramm – Sie hatten es ja in der Tat, wie er gehofft hatte, als Fälschung erkannt –, daher auch später die Falle, die er entsprechend Ihrem romantischen Temperament improvisiert hatte. Zur selben Zeit ging er Farquharson um Hilfe an; denn er hielt ihn immer noch, welch außergewöhnlicher Glücksfall, für einen polizeibekannten Erpresser. *Sie* waren es, der von der Spitze des Turmes fallen sollte – und Farquharson natürlich auch. Aber Farquharson hatte ich eine ganze Menge erzählt. Und

Ihnen ging, sozusagen durch göttliche Fügung, der Sprit aus. Also ging der Plan daneben. In einer Weise hat er das auch verdient.«

»Verdient?«

»Es war ein verrückter Plan. Aber trotz allem brillant improvisiert.«

»Wieso haben Sie diese Falle mit Farquharsons Schreibmaschine gestellt? Wie hatte Faircloth sich verraten?«

»Indem er sehr unvorsichtig erzählte, es ginge bei der Sache schließlich um die Sicherheit des Landes, oder so was. Davon hatte ich kein Wort gesagt, und er hätte das nicht wissen können.«

David dachte nach. »Und das ist alles?«

»Das ist alles.«

David streckte sich. Der milde Sonnenschein war noch schwach und füllte trotzdem schon den Garten mit verschwenderischer Wärme. »Was ich sagen wollte«, fragte er, »können Sie mit mir heute nachmittag einen Spaziergang machen – auf den Knack Tor? Mir ist etwas eingefallen. Ich habe meinen Wanderstock dagelassen. Sehr hübscher Stock, wie Sie selbst sagten.«

Appleby stand auf. »Ja«, sagte er, »gleich nach dem Mittagessen.« Und im Weggehen murmelte er noch einmal vor sich hin: »Guter Gott!«